당신은 글과 마주하면서 당신의 바닥을 볼 것이다.

이 도서의 국립중앙도서관 출판예정도서목록(CIP)은 서지정보유통지원시스템 홈페이지
(http://seoji.nl.go.kr)와 국가자료종합목록시스템(http://www.nl.go.kr/kolisnet)에서
이용하실 수 있습니다. (CIP제어번호 : CIP2020035577)

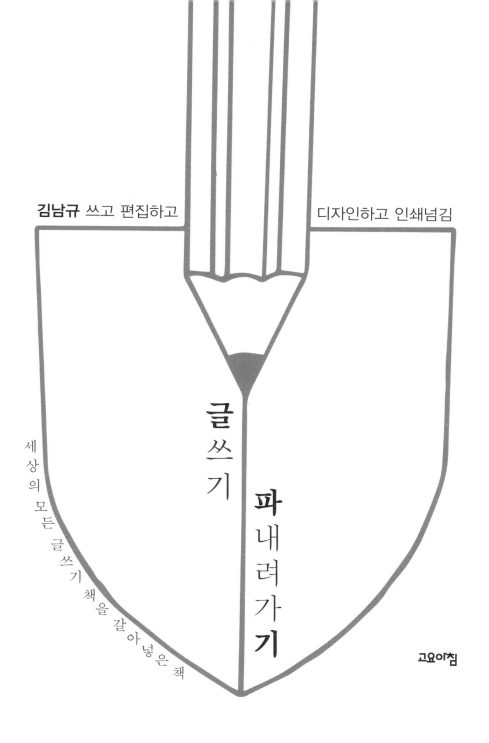

김남규 쓰고 편집하고

디자인하고 인쇄넘김

글쓰기

파내려가기

세상의 모든 글쓰기 책을 갈아넣은 책

고요아침

　　내 대학교 첫 강의는 2015년 3월이었다. 이제 겨우 박사과정만 수료했는데, 누군가를 가르친다니. 심지어 맡게 된 과목은 '문학과사랑'. 문학을 가르치는 것만 해도 벅찬데 사랑이라니. 그것도 여대에서 말이다. 첫 학기는 학생들 눈도 못 보고 벽시계만 바라보며 강의했다. 여학생들에게 사방으로 둘러싸인 나는 한동안 남자 화장실 양변기에 앉아 몰래 도시락을 먹었다. 물론 한 학기 지나자 나는 학교 앞 식당에서 혼자 당당히 밥을 먹을 수 있었다.

　　2006년부터 고요아침 출판사에서 정식으로 일하게 되면서 계속 글 가까이 있었고, 2008년 등단 이후 시인으로서의 삶과 2010년 대학원 진학 이후 연구자의 삶을 병행하며 계속 글을 써나갔다.

　　2014년 8월에 결혼했으니 올해로 6년 남짓의 결혼생활을 해왔다. 그 사이 사랑스러운 아들도 태어났고, 서울 마포 신혼집에서 부천 고강동으로 거처 이동이 있었으며, 박사 졸업도 했다. 시집과 연구서도 발간하였다.

　　문장을 책으로 만들면서, 문장을 써가면서 늘 글과 문학이 무엇인지 고민했다. 어쨌든 글로 먹고살고 있으니까 말이다. 좋은 글을 더 많이 보고 싶어서 대학원에 갔고, 좋은 글을 더 쓰고 싶어서 작가가 되었다. 운이 좋았다.

누군가를 가르친다는 것은 참 아름다운 일이기도 하고 멋진 일이라고 여겨 왔다. 동시에 무서운 일이라는 생각도 들었다. 말 한마디가 사람을 어떻게 바꿀지 모르니까.

이왕 이렇게 된 김에, 함께 글을 써나가는 것도 좋겠다는 생각이 들었다. 글이 무엇인지는 나도 잘 모르겠으나, 여태 읽은 글들을 생각해 보니, 나빠 보이진 않았다. 광휘가 비치는 글도 본 적이 있다.

짧은 공부에 머물러 있지만, 문학과 글쓰기를 내 나름의 방식으로 이해하고 싶었다. 그동안 공부하고 강의하면서 만들었던 강의자료들을 계속 최신화시키면서 마침내 2020년 여름에 어느 정도 정리할 수 있었다. 이 책 〈글파기〉는 그 강의자료를 토대로 만든 것이다.

출판사에서 오래 있다 보니, 부족하지만 책을 직접 '작업'할 수 있게 되었다. 그래서 내 책은 내가 만들자는 생각에, 편집부터 시작해 디자인, 교정 교열까지 직접 해냈다. 이 책 한 권이 여태 내가 살아온 삶의 압축파일 정도는 될 것 같다는 생각이 든다. 흐뭇하다.

어리숙한 내 강의를 들어주시느라 무척 고생하신 여러 선생님들과 한양여대, 경기대, 고려대 학생들에게 부족하나마 이 책을 바친다. 당신들이 지금의 내가 있도록 해준 고마운 은인이다. 당신들을 일일이 만나 직접 책을 건네주고 싶다.

앞으로도 열심히 쓰고 공부하며 강의할 수 있었으면 좋겠다.

2021년 2월

김남규

글쓰기
파내려가기

갑자기 글
쓰
기

갑자기, 글을 써야 한다.

우리가 처한 상황,
갑자기 글쓰기

우리는 지금 독서할 수 없는 시대에 살고 있다

· · ·

먼저, 독서 이야기부터 시작해보자.

우리나라는 2년에 한 번씩 문화체육관광부에서 전 국민 대상 독서 실태 조사를 한다. 2019년 조사 결과에 따르면, 성인의 종이 책 연간 독서율은 52.1%, 독서량은 6.1권으로, 2년 전보다 7.8%, 2.2권이 감소했다. 초중고생의 경우 독서율은 90.7%, 독서량 32.4 권으로, 2년 전보다 독서율은 1% 감소했으나 독서량은 3.8권 증가 했다. 연간 독서율은 일반도서(교과서, 학습참고서, 수험서, 잡지, 만화 제외)를 1권 이상 읽은 사람의 비율, 연간 독서량은 지난 1년 간 읽은 일반도서 권수를 가리킨다. 이 통계만 살펴봐도 우리가 어 떻게 한국에서 살아가는지 쉽게 알 수 있다.

세부적인 통계를 확인해보면, 초등학생이 중고등학생의 독서량을 완전히 압도한다. '초딩 독서논술'이 있기 때문이다. 방과 후 활동을 하든, 학원에 다니든, 학습지를 하든 간에 '초딩'때는 책 볼 시간과 환경이 보다 넉넉하게 제공된다. 책을 안 읽으면 바보가 된다는 부모님의 무자비한 협박(?)에 우리는 진짜 책을 안 읽으면 큰일이 나는 줄 알고 책을 (억지로) 읽어 왔다. "책이 사람을 만들고 사람이 책을 만든다"는 말 운운.

그러나 '중딩'이 되면 우리는 독서 논술보다는 '국영수' 중심의 공부로 태세가 전환된다. 바야흐로 대학교 입시를 위한 전쟁이 시작된 것이다. '고딩'때는 말할 것도 없다. 물론, 몇몇 학생은 '논술전형'이라는 '테크 트리(Tech tree)'를 타기 시작하지만, 대체로 본격적인 독서와 논술은 '초딩'때가 우리의 마지막 경험일 가능성이 높다. 수행평가 때 독서감상문 몇 번 써봤다면 그나마 다행이다.

내 주변 지인의 증언에 따르자면, '초딩 독서 논술'이 제일 가르치기 쉽다고 한다. 왜냐하면, 성적과 같은 결과물에 영향을 받지 않는 과목이니까! 부모도 학생도 선생도 스트레스를 거의 받지 않는다고 한다. 독서 논술을 잘한다고 해서 성적이 잘 나오거나, 못한다고 해서 성적이 안 나오는 그런 과목이 아니니까. 불쌍한 부모님들이여, 학생들이여, 선생님들이여(누가 제일 불쌍한가).

전 국민 대상 독서 실태 조사에서 성인들이 독서하기 어려운 이유로 가장 많이 대답한 것은 '책 이외의 다른 콘텐츠 이용'

(29.1%)이었는데, 2017년까지 가장 많은 사람이 꼽았던 이유는 '시간이 없어서'였다. 제4차 산업혁명 시대, 최첨단 디지털 환경에서 종이책보다는 영상 매체의 이용률이 점차 증가하고 있기 때문이다. 지금 우리만 해도 아침에 눈 떠서 밤에 눈 감을 때까지 스마트폰으로 무언가를 끊임없이 보지 않는가. '잠들기 전 유튜브 한판'이라는 말처럼 우리는 유튜브의 알고리즘(무한 재생 지옥)에서 쉽게 헤어나지 못하고 있다. 물론 전자책, 오디오북 독서율이 어느 정도 존재하지만, 조족지혈(鳥足之血), 창해일속(滄海一粟)에 불과하다.

더욱이 '코로나19'로 인해 전 세계 팬데믹이 선언된 '뉴노멀(New Normal)' 시대를 맞이하여 세상 모든 것이 유례 없이 변하고 있다. 이전으로 (영영) 돌아갈 수 없을 것이라는 예측이 난무하는 가운데, '넷플릭스(Netflix)' 구독자가 폭발적으로 증가했다고 하니 무료함을 달래기 위한 영상 매체는 그나마 우리 손에 들고 있는 책 또한 빼앗아갈 것이다.

이렇게 우리는 누구의 잘잘못을 따지기 전에, 지금 독서할 수 없는 시대에 살고 있다. 인정할 것은 인정하자.

슬프지만, 슬플 시간도 없는 우리

· · ·

고등학교를 졸업하거나 대학생이 되면 그래도 책을 좀 더 읽게 되지 않을까, 하고 섣부른 낙관을 하지만, 역시나는 역시나. 요즘은 대학생이 세상에서 제일 바쁘다! '코로나19'로 인해 모든 강의가 비대면(un contact)으로 진행되면서 대학생들은 과제 폭탄을 맞았고, 여전히 알바와 취업 준비에 정신이 없다. 휴학 몇 년은 기본이고, '졸업 유예'까지 하면서 본격적인 '취준생'의 삶이 시작되지만, 취업은 하늘의 별 따기. 대학생과 취준생에게 책 따위를 읽을 사치는 허락되지 않는다.

그렇다면 취업에 성공(취뽀!)하거나 직업을 가지면 책을 읽을 여유가 있을까? No, No. '먹고사니즘'에 정신없다. 지하철에서 책을 읽고 있는 사람을 본 적이 있는가. 만화책, 무협지 말고. 좀비(walking dead)가 걸어 다닌다.

성인의 종이책 연간 독서율이 52.1%라는 것을 생각해보자. 순수하게 독서할 수 없다는 뜻이다. 입시를 위한 교과서, 학습참고서 또는 취업을 위한 수험서 등이라도 읽어서 그나마 6.1권이라는 독서량이 나올 수 있었다.

그럼 언제 책을 여유롭게 읽을 수 있을까. 아마도 모든 생업에서 손을 떼고 노동하지 않아도 먹고 살 정도의 형편이 되는 때가 되면 그제서야 책을 찾게 될 것이다. 문제는 그때 책을 볼 만큼의 시력과 체력이 있는지는 의문. 책이 아닌 유튜브와 같은 영상을 보게 될 확률이 (매우) 높다.

결국 우리는, 초딩 때 읽었던 책들이 초딩 이후 평생 살면서 읽을 책보다 많을 것이라는, 인정하기 싫은 결론에 도달하게 된다.

그러나 한편으로는 '꼭 책을 읽어야 하나'하는 회의적인 관점도 존재한다. 책이 아닌 다양한 매체, 특히 영상물로 충분히 학습할 수 있고, 지식을 습득하고 사유할 수 있다는 말이다. 그러나 문제는 영상물의 빠른 속도. 쉴 새 없이 화면이 지나가는데, 깊은 사유와 폭넓은 지식 습득이 얼마나 가능할지는 알 수 없다. 말 그대로 (지적 대화를 위한) 얇고 넓은 지식 정도는 습득할 수 있을 뿐이다. 슬프지만, 슬플 시간도 없다. 지금 당장 할 일이 무척 많기 때문이다.

갑자기, 글쓰기
・・・

자 그럼, '글쓰기'에 대해 생각해보자.

우리가 마지막으로 글을 썼던 것이 언제인가. 떠올려보자. SNS, 채팅, 이메일 제외하고 말이다. 아니, 하루 중 종이에 펜이나 연필로 무언가를 적어본 일이 얼마나 되는가. 메모나 낙서도 포함된다. 사실, 나 역시 펜을 잘 들고 다니지 않는다. 스마트폰이 있으니까! 요즘에는 다양한 스마트폰 앱이 있어 짧게나마 일기를 쓰거나 메모할 수 있지만, 그것마저 귀찮다!

더욱이 학창 시절에 글쓰기를 얼마나 해봤을까. 독서와 마찬가지로, 초딩때 경험이 대부분일 것이다. 수행평가로 독서감상문 몇 번 써본 경험이 가장 최근일 것이다.

문제는 고딩 이후다. 열심히 대학 진학 또는 취업을 위해 무시무시한 '중2병'의 강을 건너 '문제 풀이-기계'가 되어 살아왔는데, 대학생이 되니, 갑자기 보고서와 리포트를 쓰라 하신다. (객관식) 문제를 잘 풀 자신은 있지만, 글쓰기라니. '멘붕'과 '현타'가 동시에 올 수밖에.

　최근 대학교 대부분은 '사고와 표현', '글쓰기' 등의 필수 교양과목을 운용하여 신입생에게 (급하게) 글쓰기 능력 향상을 요구하고 있다. 글쓰기 능력이 곧 사고 능력이기 때문이다. 초중고 교과서가 아니라 본격적인 전문 학문을 배워야 하니, 그에 따른 높은 차원의 사고 능력이 필수로 요청될 수밖에 없다. 나 역시 이러한 강의를 오랫동안 맡아 강의해 왔지만, (솔직히 고백하건대) 한 학기 또는 1년 만에 글쓰기 능력을 괄목할 만큼 향상시킨다는 것은 거의 불가능하다.

　글쓰기 능력이 사고 능력인 이유가 여기에 있다. 글쓰기 능력의 향상을 위해서는 기본적으로 많이 읽고(多讀), 많이 써야 하며(多作), 많이 생각해야(多商量) 하는데, 이것을 단기간에 어떻게 할 수 있단 말인가. 물론, 짧은 시간이나마 훈련시켜서 앞으로 글을 잘 쓸 수 있도록 자신감을 길러주고 유용한 방법을 알려준다는 점에서 의미는 있다. 문제는 시간! 그놈의 시간! 1학년 교양은 1학년에서 끝이다! 고학년으로 진급할수록 취업에 가까워진다. 고로, 글쓰기 훈련을 계속 유지할 시간이 없다!

문단 나누고, 개요 만들고, 중심문장 찾고, 문법 외우고, 글의 종류가 무엇무엇이 있다는 정도만 신입생 때 잠깐 배우는 것이 현 대학교의 현실이다. 뼈아프지만 어쩔 수 없다.

자, 그럼 다 건너뛰고, 이제 취업을 준비할 때가 되었다고 치자! (잊고 있었던) 글을 다시 써야 한다! 1학년 때 교양으로 들었던 글쓰기 훈련이 생각날 것이며, (중고 책으로 팔지 않았다면) 글쓰기 교재를 다시 보게 될 것이다. 취업에 필요한 이력서와 '자기소개서(자소설)'를 써야 하기 때문이다. 부랴부랴 자소서를 위한 컨설팅을 돈 내고 받거나, 여기저기 자소서를 쓰기 위한 강의와 커뮤니티에 기웃거리며 머리를 쥐어짜게 되는 게 일반적인 대학생의 라이프 스타일이다.

왜 대학교에서는 졸업할 때까지 글쓰기를 가르치지 못할까. 답은 뻔하다. 먹고사니즘. 먹고 살기 위한 학문, 취업을 위한 학문, 자격증이 되는 학문을 익히는 데 모든 시간과 정성을 투자해야 하기 때문이다. 덤으로 '학점-기계'도 되어야 한다.

기업에서는 왜 자소서를 받을까. 앞서 언급했듯이 글쓰기 능력이 사고 능력이기 때문이다. 그 사람의 수준은 글만 봐도 쉽게 알 수 있다. 내가 잘 아는 인사채용 담당자가 내게 말했다. 이력서와 자소서를 보는 시간은 '김 굽는 속도'와 같다고. 적당히 빨리 본다는 말이다. 근데, 그렇게 빨리 봐도 실력 있는 자는 금세 알아볼 수 있다고 한다.

나 역시 그 말에 동의한다. 나는 종종 백일장이나 각종 문학상 심사를 맡게 되는데, 나 또한 김 굽는 속도 만큼 글을 봐도 심사가 가능하다. 몇 문장만으로도 그 사람의 실력을 쉽게 알 수 있다. 좋은 문장이라고 생각되면 글을 끝까지 읽지만, 나쁜 문장, 기본도 안 된 문장이 보이면, 끝까지 글을 볼 필요도 없다.

그러니까, 독서는 둘째치고 글 쓸 일 거의 없이 학창 시절을 보내왔는데, 갑자기, 난데없이 글쓰기 할 상황이 도래하였다! 대학교 4년 내내 각종 보고서와 리포트 작성에 하얗게 밤을 지새울 것이며, 자소서는 또 얼마나 고치고 고쳐야 취업에 성공할까. 취업해도 문제. 직종에 따라 다르지만, 직장에서 써야 할 보고서와 프로젝트 기획안은 또 얼마나 많을까. 대학교 졸업할 때까지, 취업할 때까지, 승진할 때까지, 인생 졸업할 때까지! 글쓰기는 끈질기게 우리를 괴롭힐 것이다.

독자보다 작가가 더 많은 시대

. . .

그런데 또 한편으로, 요즘에는 다양한 글쓰기 플랫폼 덕분에 모든 사람이 글을 쓸 수 있고, 책을 (쉽게) 낼 수 있다! '독자보다 작가가 더 많아졌다'는 우스갯소리를 심심치 않게 들을 수 있다. 서점에 가보라. 글쓰기 관련 책들이 아예 서점 한 코너를 차지하고 있다. 나 역시 글쓰기 책을 쓰고 있으니 말이다. 대부분의 글쓰기 책은 '이 책 한 권이면 당신도 글을 쉽게 쓸 수 있습니다'라는 호언 장담을 깔고 시작하지만, 과연 그러한지는 의문이다. 글을 쓰기 위한 태도부터 마인드, 다양한 방법(스킬)을 알려주고 있지만, 그것이 모든 사람에게 적용 가능한 것인지, 효과적인지는 그 누구도 알 수 없다. 다만 글을 쓰기 위한 용기를 불어넣는 데에는 충분해 보인다.

그러나 용기는 용기일 뿐. 용기를 불어넣어도 글쓰기를 지속하지 않는다면 하나 마나 한 소리. 우리는 메모와 일기의 중요성, 누구나 글을 쓸 수 있다는 식의 이런저런 TV 프로그램이나 강연을 쉽게 접하게 되고, 늘 새해가 되면 작심삼일을 시행해보지만, 응, 작심삼일. 오래 가지 못한다. 내 습관이 되지 못하기 때문이다. 몇 장 쓰다만 일기장, 메모장, 노트가 집안 한구석에 없는 사람은 없을 것이다. 하도 처박아 두어서 어디 있는지 모르는 게 문제.

SNS를 비롯해 블로그, 카카오 브런치 등 다양한 매체를 통해 매일 새로운 작가가 탄생하는 시대. 여기저기 글쓰기 강연도 넘치고, 글쓰기 관련 유튜브 영상도 많다. 매일 쏟아지는 글쓰기 안내서도 상당하다. 나도 쓰고 있으니 말이다. 그렇다면, 우리가, 아니 내가, 그들과 다른 점은 무엇일까. 다른 점은 둘째치고, 계속 글을 쓰려면 어떻게 해야 할까. 내가 이 책을 써야겠다고 작심한 이유가 바로 여기에 있다.

오랫동안 대학교에서 '사고와 표현', '글쓰기' 등의 과목을 강의

하면서, 청소년이나 일반 성인을 상대로 하는 인문학 강의 등을 맡으면서 늘 답답하고 안타까운 점이 있었다. 그것은 바로 글쓰기의 방법과 이론만 서둘러 주입한다는 것이다. 대학교는 말할 것도 없고, 심지어 일반 성인을 위한 강좌에서도 마찬가지. 글쓰기는 이런이런 종류가 있고 저런저런 이론이 있습니다, 이렇게 하면 글을 잘 쓸 수 있습니다, 이런 기술을 쓰면 됩니다 등 서둘러 결과물을 도출하려는 데 급하다. 특히 대학교에서는 글쓰기 결과물로 성적을 매기거나 취업을 위한 자소서를 만들어내는 일에 사활을 걸고 있다. 그만큼 먹고 살기 힘들다는 말이다.

먹고 살기 힘들다는 말은 그만하자. 마음 아프니까.

나는 글쓰기의 힘을 믿는다. 물론, 나는 섣부르게 글쓰기가 우리의 삶을 위로하거나 마음의 병을 치료(치유)할 수 있다고 생각하진 않는다. 그것은 글쓰기에 사후적으로 주어지는 보상 혹은 보너스인데, 이것이 목적이 될 수 없을뿐더러, 처음부터 노린다고 해서 얻어지는 것도 아니다. 말 그대로 보상이자 전리품이다.

그렇다면, 글쓰기 앞에 '실용'이 붙어야 하는 현시대에서, 글쓰기와 문학은 무엇이 되어야 할까. 그리고 글쓰기를 계속 이어나가려면 어떻게 해야 할까. 아니, 왜 글을 써야 할까.

이제 이 책이 해야 할 일, 우리가 해야 할 일을 하나씩 생각해보자. 챕터 제로(0). 여기서부터 시작이다.

CHAPTER 1

글쓰기 트
라
이
앵
글

글쓰기 자체가 글쓰기의 목적이다.

글쓰기는,
글쓰기로 시작한다

시간을 죽이는 시간

. . .

미안하지만, 어쩔 수 없다. 글을 잘 쓰기 위해서는, 계속 쓰기 위해서는 'RWP(Reading+Writing+Presentation)'가 유기적으로 순환되어야 한다. 그것도 잘. 많이(+잘) 읽고 많이(+잘) 쓰고 많이(+잘) 표현해야 한다. 그러나 입시와 취업이라는 실용 위주의 교육을 받아오고 공부를 해온 우리에게 당장 필요한 것은 시간! 시간이 없다. 그러나 시간은 늘 없다. 늘 없을 것이다.

책을 많이 읽어야 하는데 시간이 없고, 글을 써야 하는데 시간이 없고, 말을 해야 하는데 대화할 시간도 없고, 사람도 없다! 그렇다면, 만약 당신에게 시간적 여유가 생긴다면 책을 읽고 글을 쓰며 사람들과 대화할 수 있겠는가.

코로나19로 인해 '자가격리'하며 집 밖에 나가지 못한 우리는 과연 무엇을 했을까.

외출과 만남을 자제해야 하는 '사회적 거리두기'가 한창 전개될 때, 책이 많이 팔리고 독서도 많이 하게 될 것이라는 다소 희망적인 전망이 있었지만, '역시나'였다.

온라인 스트리밍 서비스 넷플릭스는 전체 유료 가입자 1억 8,286만 명 중 코로나 덕에 2020년 1~3월에만 전 세계에서 1,577만 명이 신규 가입했고, 한국은 2020년 3월에만 272만 명이 신규 가입했다. 밖을 나가지 못하니 다양한 영화와 드라마가 즐비한 넷플릭스에 빠질 수밖에. 나도 한 달만 무료 구독하고 유료 구독 활성화 전, 바로 해지했다. 넷플릭스에서 벗어날 자신이 없었기 때문이다.

유튜브도 사정은 마찬가지. 어떻게 해야 그렇게 많은 구독자 수로 돈을 벌 수 있는지, (정말) 궁금하기만 하다. 요즘 초등학생 장래 희망 선호도 1위가 유튜브 크리에이터라는 말을 들었다.

우리는 사회적 거리를 두어야 할 때, 밀린 미드를 정주행했고, 유튜브의 알고리즘에 빠져 새벽녘이 밝아올 때쯤 잠들었고 넷플릭스 구독을 신청했다. 말 그대로 '킬링 타임(killing time)' 했던 것이다. 시간이 많으면 시간을 잘 쓸 줄 알았는데, 시간을 죽이다니.

무기력. 이 한 단어만큼 지금 우리의 코로나 시국을 잘 설명해 주는 단어도 없을 것이다. 무언가를 새로 시작할 수도 없고, 그렇다고 무언가를 하고 싶어도 할 수도 없는 이 상황에서, 우리는 그저 무기력하게 있다. 무기력은 '나를 어찌지 못함'이라 할 수 있으니, 나 자신을 뜻대로 컨트롤하지 못하고 나를 놓아버린 이 상태. 이 상태가 오랜 시간 악화되면 우울증이 빠지게 될 것이다.

우리는 시간을 죽이는 시간을 살아왔다. 그러나 이제 그만. 계속 시간을 죽일 수는 없다. 우리에게 주어진 시간을 죽인다는 것은 자기 자신을 죽이는 일과 마찬가지 일 테니까. 그렇다면 우리는 우리에게 주어진 시간을 어떻게 써야 알차게 보냈다고 소문이 날까. 여러 방법이 있을 것이다. 이 책은 그 중 글쓰기와 독서와 관련된 방법을 제시하고자 한다. 이름하야, '글쓰기 트라이앵글'.

글쓰기 트라이앵글─1. 총체적 시각

"세상의 모든 책은 연결되어 있다"

· · ·

"글을 잘 쓰려면 어떻게 해야 해요?"

우리는 비결과 전략을 묻는다. 그리고 그 질문에 대한 일반적인 대답은 바로 이것이다. '다독(多讀), 다작(多作), 다상량(多商量)'. 많이 읽고 많이 쓰고 많이 생각하라. 중국 북송의 문학가 구양수(1007~1072)가 한 말이다. 벌써 1,000년이나 지난 말이지만, 또 이만한 정답도 없다. 누가 할 줄 몰라서 안 하나, 할 수 없어서 못 하지. 시간이 없어서 못 한다는 말도 이제 말할 시간이 아까워서 못하겠다! 차근차근 하나씩 살펴보자.

가장 먼저 '다독(多讀)'의 문제. 얼마나 읽어야 다독이라 말할 수 있을까. 모름지기 사람은 평생 다섯 수레의 책은 읽어야 한다고, 책을 수레로 옮기면 소가 땀을 흘리게 되고, 쌓아 올리면 들보에 닿을 정도라는 '한우충동(汗牛充棟)'이라는 말을 들은 적이 있다. 그러나 한 해에 발행되는 새 책만 해도 1억173만7114부(『2019 한국출판연감』, 대한출판문화협회)나 되니, 얼마나 읽어야 많이 읽었다고 동네방네 소문이 날까.

> 훌륭한 사서가 되는 비결은 자신이 맡은 모든 책들에서 제목과 목차 외에는 절대 읽지 않는 거라고 말이야. 그는 이렇게 말했네. "책의 내용 속으로 코를 들이미는 자는 도서관에서 일하긴 글러 먹은 사람이오! 그는 절대로 총체적 시각을 가질 수 없단 말입니다!"
>
> — 로베르트 무질의 소설 『특성 없는 남자』 부분*

프랑스의 문학 교수이자 정신분석가인 피에르 바야르(Pierre Bayard)의 『읽지 않는 책에 대해 말하는 법』에 잠깐 로베르트 무질의 소설이 언급된다. 그 소설 속에서 도서관 사서는, 하루에 책 1권씩 읽으려는 주인공에게 이렇게 말한다. 훌륭한 사서는 책의 제목과 목차 외에는 절대로 읽지 않는다고 말이다. 책을 일일이 다 읽는 사서는 도서관에서 일하기 글러 먹은 사람이며, 총체적 시각을

---

* 피에르 바야르, 김병욱 역, 『읽지 않은 책에 대해 말하는 법』, 여름언덕, 2008, 27쪽.

가지지 못한다고 말한다. 사서는 제목과 목차만 봐도 이 책이 어떤 책인지, 어떤 내용인지 파악해낼 수 있다는 말이다. 실제로 그렇다. 내 아내는 현재 도서관 사서로 10년 가까이 근무하고 있는데, 1년 구입 예산이 정해져 있기 때문에 예산 안에서 최대한 좋은 책을 많이 구입[收書]해야 하므로 제목과 목차만 보고도 좋은 책을 잘 찾아내야 한다고 아내는 말했다.

그런데, 이 책에서 언급되는 '총체적 시각'은 도서관 사서에만 해당하는 것이 아니다. 바로 우리가 책을 읽을 때, 반드시 필요한 능력이다.

많은 사람은 책을 최대한 많이, 그리고 책을 다 읽어야 한다는 부담감을 은연중에 느끼며 살고 있다. 그러나 바야르에 따르면, 그럴 필요가 없다. 정독할 의무에서 자유를! 망각의 죄책감에서 해방을! 그는 책과의 교감과 그에 따른 사유가 매우 중요하다고 말한다. 즉 책의 맥락과 독자의 사유가 만나면 그것으로 충분하고, 책의 맥락만 파악하면 그것으로 독서는 끝났다는 것이다. 책을 덮어도 사유는 계속될 것이므로.

더욱이 책은 고립된 섬이 아니라, 마치 거미줄과 같이 다른 책과 다양하게 연결되어 있다. 따라서 그는 다른 많은 책을 두루 살피면서 맥락들이 서로 연결되는 것을 알게 되는 것이 좋은 독서임을 이야기한다.

'총체적 시각'. 책 제목과 목차만 봐도 책의 맥락을 파악하는 요령. 이것이 더욱 필요한 시대가 지금 아닐까. 다양한 매체에서 쏟아지는 어마무시한 정보와 지식의 양을 우리가 모두 담아둘 수 없다. 그러나 그 정보와 지식 간의 관계를 파악해낼 수 있고, 지형도를 머릿속으로 그려낼 수 있다면, 문제 될 것이 없다. 버릴 건 버리고, 받아들일 건 받아들일 수 있는 선택과 집중이 가능하니까.

따라서 책의 목차는 책 내용의 전체 지도와 같다. 책을 다 읽지 않아도, 이 책이 어떤 책인지, 무엇을 말하는지, 어디가 재미있는 부분이고, 어떤 것이 이 책이 전략적으로 노리고 있는 부분인지, 목차만 봐도 알 수 있다. 목차가 책의 전부다!

그러므로 '총체적 시각'은 지하철 노선도처럼 책과 책의 관계, 지식과 지식의 관계를 지도로 볼 줄 아는 것이다. 어떤 책이 어떤 책과 같은 맥락을 가졌는지, 어떤 지식이 어떤 지식과 만나는지, 그래서 이들의 관계가 어떤 의미를 형성하는지. 말 그대로 지식의 '큰 그림'을 그리는 것이다. 그러면, 모든 책을 다 읽을 필요가 없다. 퍼즐 조각을 맞추듯이, '빈 곳'만 찾아서 읽고 그곳을 채워가면 그만이다.

예컨대 나는, 예전에 철학 공부를 하기 위해 중요한 철학책들의 관계 그리고 철학자들의 주요 책들을 도표로 정리해 두었다. 그리고 하나씩 '도장 깨기' 하듯 읽어나갔다. (정말) 많이 읽진 못했지만, 그래도 이제는 어느 정도 이들의 관계와 계보가 머릿속으로 그려진다. 실존철학은 누구누구와 연관되어 있고, 해체주의 철학자들은 누가 누구에게 영향을 줬는지 말이다.

이제 우리는 무작정 책을 많이 읽을 것이 아니라 맥락과 핵심이 서로 연결되는 지점을 찾고, 책을 나름의 방식으로 분류할 줄 알아야 한다. 당신 집에 서재가 없더라도, 머릿속에 큰 서재가 있어서 책장마다 서로 같은 경향의 책들이 모여 있어야 한다.

총체적 시각이 자랄수록 분류기준도 세분될 것이며, 더 디테일한 부분도 놓치지 않을 것이다. 어느 정도 수준에 오르면, 책의 제목과 목차만 봐도 책 내용을 대충 말할 수 있을 정도가 될 것이다. 그것이 바로 피에르 바야르의 '읽지 않는 책에 대해 말하는 법'이다!

결국, 우리는 지식의 '큰 그림'에서 구멍만 찾아 책들을 읽어내면 된다. 물론 책이 너무 많겠지만, 맥락만 파악하면 되므로, 그물의 구멍을 계속 메워간다면 차츰 촘촘해지고 튼튼한 지식의 그물망을 갖추게 될 것이다. 그러니 정독할 필요도 없고, 다 읽을 필요도 없다.

책을 씹어먹으라는 말은 이제 옛이야기. 당신의 관심사에 맞는 책들로 당신이 구축한 세계의 퍼즐을 하나씩 맞춰나가면 된다. 다독과 정독의 죄책감은 이제 내려놓으시라. 퍼즐 맞추는 일에 '빅재미'가 찾아올 것이다.

당신은 곧, 책에게 책을 소개받는 날을 맞이하게 될 것이다.

"의미는 의미 지어진 의미"

. . .

이번에는 '다상량(多商量)'. 흔히들 다상량을 생각을 많이 하는 것(헤아려 생각하다)으로 알고 있는데, 중국어에서 '상량(商量)'은 '상의하다' 혹은 '의논하다'라는 뜻이 있다. 다시 말해, 다상량은 생각의 '양(quantity)'의 문제가 아니라, '질(quality)'의 문제다.

타인과 의논하면서 자기 생각을 다듬고 문제를 고쳐가는 과정 혹은 책(문장)과 소통하면서 편견 없이 자기 생각을 만들어가는 것이 바로 다상량이다! 천하의 문필가 구양수가 설마 '많이 생각하라' 정도로 밋밋하게 말했을 리 없지 않은가.

그렇다면, 우리는 독서를 왜 하고(해야 하고), 어떻게 하며, 독서한 것을 어떻게 나누는가.

고려와 조선 시대의 과거제도는 '극강'의 난이도를 보였다. 예를 들어, 나라를 망치지 않으려면 왕이 어떻게 해야 하는가(명종), 지금 이 나라가 처한 위기를 구제하려면(광해군), 인재를 어떻게 구할 것인가(세종) 등, 당시 가장 큰 이슈를 문제로 냈고, 그 문제에 대한 답을 써야 했다. 물론 시험의 출제 범위는 유교 경전이었으니, 유교 경전만 달달 외우면 된다.

따라서 과거 독서의 목적은 심신 수양을 가장 큰 목적으로 하지만, 결국 출세의 문제였다. 입신양명하여 가문을 일으켜 세워야

했던 것이다. 요즘 말로 하면 서울대 의대 입학! 글만 읽는 선비, 심신 수양하는 척하면서 모순덩어리인 선비는 박지원의 한문 소설 「호질(虎叱)」에서 호랑이에게 크게 혼이 났다.

그러나 현대에 와서 독서는 심신 수양이나 출세를 목적으로 하지 않는다. 물론 교과서와 수험서는 제외. 여기서 독서는 앞서 언급한 일반도서에 해당하는데, 대부분 휴식과 즐거움을 위해 읽는다. '북캉스(book+vacance)'라는 말처럼, 독서를 즐기며 휴가를 보내는 사람들도 점차 늘고 있다.

또한 오래전부터 독서에 '힐링(healing)'이라는 단어가 붙기 시작했다. 워낙 치열한 경쟁사회에 살다 보니, 우울증이나 '번 아웃(burn out) 증후군' 등 여러 정신질환을 앓고 있는 사람이 많아졌다. 그래서 독서로 이를 극복하려는 '독서 치료'라는 분야가 생겼고, 쉽게 힐링을 강조하면서 책을 권하기도 하지만, 효과는 누구도 알 수 없다. 다만, 책으로 위로될 수 있고 치유될 수 있다면 그나마 다행. 그리고 자본주의가 상품을 팔아먹기 위해 만든 미사여구가 힐링이라서, 힐링의 문제는 좀 더 생각해볼 필요가 있다.

요즘에는 독서 모임 기반 커뮤니티 서비스가 많이 생겼다. 예컨대 최근에 유행하고 있는 〈트레바리〉라는 독서 커뮤니티는 한 시즌 4개월 멤버십 가입을 하면, 월 1회 정기 독서 모임에 참가하여 독후감을 제출하고 서로 이야기를 나눈다. 말 그대로 독서 모임을 기반으로 한 커뮤니티가 생성되는 것이다. 한 달에 한 권씩 책을 강제로 읽어야 하고, 강제로 글을 써가야 하는데, 심지어 돈도 내야 한다. 이상하지 않나? 그런데 아주 성업 중이다. (현재는 코로나19로 인해 침체중이지만) 트레바리는 지난 5년 동안 44,538명이 8,816개의 클럽 모임에서 함께 9,983권을 읽고, 108,767개 글을 쓰고 있다고 한다(2020년 8월 기준 홈페이지 공지). 신기하다.

내가 잘 아는 선배가 현재 트레바리 강사로 뛰고 있는데, 이상한 모임이라고 생각되지만 어쨌든 인기도 많고 재미있게 잘 운영된다고 들었다. 그러니까, 소통이 어렵고 모이기 쉽지 않은 개인주의 사회에서, 직접 얼굴을 맞대는 오프라인 커뮤니티도 있었으면 좋겠고, 어려운 책이지만 함께 책을 읽고 해석했으면 좋겠으니, 이렇게 돈을 내면서까지 모이는 것이다. (코로나 시대를 잘 넘긴다면) 앞으로도 계속 발전할 것으로 보인다.

그런데, 문제는 우리의 독서 경험이 그다지 많지 않다는 것이다. 초딩 이후로 우리들은 대체로 교과서를 통해 문학이나 기타 글들을 접했다. 솔직히, 입시라는 특수한 목적을 위해 글을 읽었고 썼었다. 취업해도 마찬가지. 그러다 보니, 우리는 주입식과 암기 그리고 정답 찾기에 능한 독서만 하게 되었다.

예를 들어, 한용운의 「님의 침묵」을 떠올려보자. 교과서가 생각날 것이고, 동영상 강의(인터넷 강의)나 EBS 문제집 풀이가 생각날 것이다. 형형색색의 밑줄과 주석, 그리고 핵심어, 핵심문장, 분위기, 소재 등등. 어떤 것이 문제로 나올 줄 모르니, 그냥 다 외웠다! 정답이 있는 감상을 해야 했던 것이다. 시의 주제도 외웠지만, 과연 한용운 시인이 그렇게 시를 읽어내는 것을 동의할까. 요즘은 그래도 많이 나아졌지만, 내가 김소월, 한용운 등의 시를 학교에서 배울 때, 무조건 '님'은 잃어버린 조국, 빼앗긴 민족을 상징한다고 배웠다. 그런데 문학을 전공하다 보니, 그 따위 해석이 (정말) 옳지 않다는 것을 알게 되었다. 시는 100명이 읽었을 때 100명의 감상이 모두 달라야 한다고 배웠다.

> 해석은 지식인이 세계에 가하는 복수다. 해석한다는 것은 '의미'라는 그림자 세계를 세우기 위해 세계를 무력화시키고 고갈시키는 짓이다. 이는 세계를 '이 세계'로 번역하는 것이다('이 세계'라니! 다른 세계가 있기라도 하다는 말인가?). (…중략…) 우리의 임무는 예술작품에서 내용을 최대한 찾아내는 것이 아니라, 작품 속에 있는 것 이상의 내용을 더 이상 짜내지 않는 것이다. 우리의 임무는 내용을 쳐내서 조금이라도 실체를 보는 것이다.*

미국의 소설가이자 평론가, 사회운동가인 수전 손택(Susan Sontag)에 따르면, 해석은 '지식인이 세계에 가하는 복수'라고 했다. 쓸데없이 해석을 가한다는 말이다. 해석에 어떤 욕망이 이미 개입되어 있다는 것이다. 이를테면 잃어버린 조국, 민족과 같은 국

---

* 수전 손택, 이만아 역, 『해석에 반대한다』, 이후, 2002, 25~34쪽.

가 이데올로기나 해석자 자신의 우위를 점하기 위한 특별한 해석이 바로 그것이다.

어떤 텍스트를 해석하지 못한다는 것은, 자기의 무능함을 드러내는 일이라 생각하고, 우리는 어떻게든 해석하려 든다. 예컨대, 어떤 영화를 보면, 우리는 그 영화의 각종 상징과 복선, 플롯을 해석하려 한다. 영화 그 자체로 감상하면 되는데, 왜 굳이 시퀀스 하나하나를, 소재 하나하나를 해석하려고 할까.

우리가 그 영화를 완전히 이해하고 장악했다는 것을 보여주기 위한 것이다. 그래서 수전 손택은 이렇게 말한다. 우리의 임무는 예술작품에서 내용을 최대한 찾아내는 것이 아니라, 작품 속에 있는 것 이상의 내용을 더 이상 짜내지 말아야 한다고 말이다. 있는 그대로 보라는 말이다.

이 문제는 비단, 예술작품에만 국한된 것이 아니라, 모든 것에 대한 해석의 문제이기도 하다. 책부터 시작해 어떤 사람의 표정, 어떤 사건의 의미 등 우리는 더 잘 보고, 더 잘 느끼기 위해 노력해야지, 함부로 해석해서는 안 된다. 우리에게 진짜 필요한 것은 해석학이 아니라 대상을 파헤치기보다는, 애정이 필요하다. 피사체에 애정이 있어야 좋은 사진을 찍을 수 있듯이, 우리는 이제 책을 읽을 때, 무조건 해석하려고 달려들지 말고, 책을 있는 그대로 느끼고 감상해야 한다. 애정을 갖고 말이다. 정답은 당연히 없다! 정답 찾기는 이제 그만.

그저 즐거우면 그만이고 이해 못 하면 pass. 당신이 읽었을 때 좋다고 느껴지면 그것이 좋은 시이고, 당신 읽었을 때 재미있으면 재미있는 소설이다. 의미를 찾으려 애쓰지 말자.

따라서, 그동안 우리가 찾아 헤맸던 의미는 우리가 갖다 붙인 의미, 의미 지어진 의미, 억지로 만든 의미라 할 수 있다. 특히 교과서 문학작품 해석은 최악으로 갖다 붙인 해석이라고 말해도 무방하다. 해석은 모두에게 열려 있고, 모든 해석이 맞기 때문이다.

글쓰기 트라이앵글에서 '다독―다작―다상량'의 순서가 아니라 '다독―다상량―다작'의 순서로 이야기한 이유가 바로 여기에 있다. 다상량은 자신의 해석이 (무조건) 옳다고 여기거나, 타인의 해석을 (무조건) 신봉하는 것을 경계하는 일이다. 꾸준히 타인과 책과 소통하면서 자기 생각을 다듬는 일, 그래서 끊임없이 자기 자신을 문제 삼고 깨어 있게 하는 일. 이것이 바로 다상량! 총체적 시각과 함께 가는 다상량! 이제 마지막 단계가 남았다.

글쓰기 트라이앵글―3. 끝까지 쓴다
"글쓰기는 퇴고부터 시작"

. . .

이제, 글을 써 보자. 컴퓨터 앞에 앉는다. 글을 쓰면 된다. 근데 어떻게 시작하지? 이것저것 좀 보다가 써야겠다. (한참 뒤) 무슨 말을 쓰지? 오늘은 망했네. 내일 써야겠다. (내일은 가능할까?)

나처럼 시나 소설을 쓰는 사람들도 매일 작품을 생각하진 않는다. 대체로 작가들은 청탁받은 작품을 넘겨야 할 마감이 다가오면, 슬슬 초조해지기 시작한다. 이 글은 쓰는 현재, 작품 2편의 마감을 6일이나 넘겼다. 그러나 괜찮다. 진짜 마감은 따로 있으니까(사죄와 읍소의 메일을 보내며 마감을 겨우 미뤘다).

갑자기, '그분'이 오신다! 그분이 오시면, 우리는 미친 듯이 글을 써나간다. 소위 말하는, '일필휘지(一筆揮之)'! 그분이 오셔야 우리는 글을 쓴다!

글은 마감에 쫓기듯 써야 제맛이고, 그분이 오셔야 제맛! 미친 듯이 밤을 새우며 글을 써간다. 그렇게 밤을 지새우며 먹은 컵라면과 컵밥의 빈 용기를 쌓으면 못해도 아파트 20층 높이는 될 것이다. 과연 그렇게 탄생한 작품은 얼마나 작품성이 있을까?

가끔 우리는 '갬성(개인의 감성)' 터지는 날이 있다. 특히 요 며칠처럼 비가 계속 오면 마침내 갬성은 폭발한다! '밤수성(밤에 도는 감수성)'도 터진다. 음주까지 하면 갬성과 밤수성은 못해도 100배 이상 증가한다. 폭발한다! 무척 위험한 시간. 이 주체못할 기분을 참지 못해 인스타나 페이스북 등 SNS에 글과 사진을 올린다. 멜랑콜리하니까. 난 지금 심각하니까. 카톡 프로필도 바꾼다. 오, 제발. 아침에 눈 뜨자마자 후회와 숙취로 머리를 쥐어뜯는다. 차라리 오늘 그냥 제낄까. 이게 일반적인 패턴이다.

왜 그럴까. 글 쓸 당시는 (매우) 괜찮아 보이지만, 다시 보면 최악이라는 것을 알게 되기 때문이다. 다음날에는 반드시 삭제해야 한다! 우리가 말하는 감수성, 갬성은 그 특정한 시간대에만 유지되는 것이지, 하루 종일 유지되는 것은 아니기 때문이다. 밤에 그렇게 느꼈더라도, 햇빛 쨍쨍한 아침, 사람들 북적거리는 점심 시간대에는 그 감정에 아무도 공감하지 않는다. 더욱이 내 사적인 감정이 얼마나 호소력 있는지도 의문. 일필휘지라는 것이 그래서 문제다.

문제는 바로 일필휘지. 당시에는 완벽해 보이지만, 시간이 지나면 그게 아닐 가능성이 높다. 그 당시에는 자기감정에 충만해서 글이 완벽해 보이고 괜찮아 보일 수 있겠지만, 시간이 지날수록 그 감정에서 빠져나오면서 문제가 하나둘 발견되기 시작한다.

즉, 한 번에 완성되는 글은 없다! 일부 작가들이 '그분'이 오셔서 한 번에 다 썼다고 말하는데, 대체로 그건 '뻥'이다. 한번에 내려쓸 수는 있겠으나, 두고두고 퇴고해야 한다. 내가 농담으로 하는 말이 있다. '반건조 오징어 상태'. 적당히 물기가 있고 적당히 마른 상태가 되어야 글을 쓸 수 있다. 자신의 감정도 마찬가지. 감정에 너무 가까이 있어도 안 되고, 너무 멀리 떨어져 있어도 안 된다. 거리 조절. 그 거리를 조절하는 것이 바로 글쓰기다.

그러니까, 진짜 글쓰기의 시작은 바로 퇴고다!

글쓰기 강의나 안내서 등에 자주 회자되고 있는 헤밍웨이의 어록이 있다. 바로 '모든 초고는 쓰레기다'라는 말. 처음 쓴 글은 밖에 내놓을 수준이 되지 못하고 쓰레기, 걸레 조각에 불과하다는 말이다. 초고를 끈질기게 퇴고하고 퇴고하라는 말이다.

　대부분의 작가들은 퇴고를 무척 많이 한다. 그분이 오셔도 퇴고는 퇴고다. 퇴고에까지 그분이 오시면 좋으련만. 버려지는 초고도 엄청 많다. 초고를 버릴 줄 아는 용기를 가진 자가 작품을 지배하리라.

　따라서 우리는 글을 쓸 때, 한 번에 다 쓰려고 해서는 (절대) 안 된다. 글쓰기는 퇴고부터 시작이다. 문제는 초고까지 쓰는 게 문제. (더 정확히 말하자면, 초고를 쓰기 위해 컴퓨터 앞에 앉는 데까지 걸리는 시간이 문제겠다)

　그렇다면 퇴고는 어떻게 쓰레기 같은 글을 '심폐 소생'시키는가?

　퇴고는 일차적으로 글의 문제점을 잡아낼 수 있고, 감정과 리듬을 조절할 수 있다. 특히 삭제할 용기! 글을 삭제할 수 있는 용기가 정말 대단한 용기라는 것을 당신도 알 것이다. 어떻게 쓴 문장인데! 하지만 그 문장이 없어야 글이 산다! 제발 지우자. 퇴고의 중요성은 말하지 않아도 알 테니 여기까지.

　퇴고는 곧, '글쓰기 근육'을 키우는 일이다. 글쓰기 근육을 계속 단련해가면, 글을 완성하는데 시간이 덜 걸리고, 글은 차츰 좋아질 수밖에 없다. 그렇게 퇴고에 퇴고를 거듭하다 보면, '필력(筆力)'이라는 것이 쌓인다. 경험치라고 할 수 있겠다. 레벨업을 눈앞에 두게 될 것이다.

　글쓰기 초보가 흔히 하는 실수가 단기간에 실력을 높이려고 하는 것이다. 당연히 불가능. 처음부터 무거운 아령을 들 수 없고, 처음부터 4시간 러닝을 할 수 없다. 근육을 조금씩 키워나가야 고난도의 운동을 할 수 있다. 글쓰기도 마찬가지. 글쓰기 근육을 단련해야 한다. 어떻게? 바로 퇴고다.

자, 당신이 어떤 글을 써야 할 일이 생겼다. 일단 죽이 되든 밥이 되든 초고를 써라. 지우면 되니까. 더하는 일보다 지우는 일이 더 쉽다. 그렇게 대충 완성된 초고부터 글은 시작된다. 막막함이 덜 할 것이다. 흰 백지보다는 까만 글씨가 많은 것이 덜 두려울 것이다.

일필휘지. 그것은 초고에만 해당하는 말이며, 글쓰기는 퇴고부터 시작이다.

글쓰기는 글쓰기로 시작

. . .

소제목 '글쓰기는 글쓰기로 시작'이라는 말을 생각해보자. 말장난 같아 보인다. 그러나 곰곰이 생각해보면, 정확한 말이다. 글쓰기에 여러 목적과 이유가 추가되면 쓰기 싫어질 가능성이 커진다. 이제 공부하려고 마음먹었는데, 부모님이 '공부 좀 해'라는 말을 듣는 것과 같은 이치다. 물론 특수한 목적이 있어서 글을 써야 할 경우가 대부분일 것이다. 그러나 글을 쓸 때, 마인드만큼은 글 자체에 집중하라는 뜻이다.

글에 집중하라는 말은, 글을 써가면서 글과 싸우라는 말이다. 비문, 어색한 문장, 잘못된 문장, 맥락과 어긋난 문장 등등 글을 계속 고쳐가면서 글에 집중해야 하며, 자신의 논리와 사유가 어떻게 세계와 싸우는지 두 눈으로 똑똑히 보라는 말이다. 글쓰기 자체가 글쓰기의 목적이다!

그렇게 글에 집중하는 일이 곧 자기 자신에게 집중하는 일이라는 것을 곧, 깨닫게 될 것이다. 글과 마주하면서 당신의 바닥을 발견하기 때문이다. 여기서 바닥은 두 가지 바닥이다. 첫째는 문장력의 바닥, 둘째는 자기 자신의 바닥. 어휘력의 빈곤함과 유아스러운 표현에 절망하게 될 것이고, 그동안 애써 외면했던 자기 자신의 민낯을 보게 될 것이다. 그러나 끝까지 버텨야 한다. 그렇게 버티는 일을, 글에 집중하는 일을 우리는 '퇴고'라 부른다.

당연히, 바닥을 찍으면, 올라올 일만 남는다. 바닥이 깊을수록 높이 올라갈 것이다.

CHAPTER 2

글쓰기에 대한 오
해
와
진
실

글이란 즐거움과 고통 사이에 있다.

글쓰기란,
무엇인가

글쓰기는 통합적 언어 활동

. . .

본격적으로 글을 쓰기 전에, 글쓰기란 무엇인지 짚고 가자. 이 것은 글쓰기란 무엇이어야 하는지에 대한 질문이기도 하다.

사전적인 의미로 '글쓰기(作文, writing)'는 생각이나 느낌을 글 로 정확하게 표현하는 일이다. 음악이나 그림이 아니라 글로 무언 가를 표현한다는 점에서 다른 예술이나 활동과 큰 차이가 있다.

그러나 오늘부터 '글쓰기'는 '쓰기'만 가리키는 것이 아니다! 기 존의 사전적 정의와 당신이 글쓰기에 대해 알고 있는 개념은 이제, 삭제하시길. 이제부터 글쓰기는 쓰기만 말하는 것이 아니라 '통합 적 언어 활동', 앞서 언급한 'RWP(읽기, 쓰기, 말하기)'가 유기적으 로 순환하는 통합체이다. 예컨대 당신이 글을 쓴다고 해서, 쓰기에만 해당하는 것이 아니라, 읽기가 선행되어야 하고, 쓰면서 읽어야 하며, 결국 쓰기는 말하기와 같다. 오늘부터 우리는 글쓰기를 쓰기 (writing)로만 말하지 않을 테니, 착오 없으시길.

따라서 글쓰기란 무엇인지, 깔끔하고 과감하게 네 가지로 나눠 보았다.

첫째, 사고를 물질화하는 일

생각을 정리하는 것이 곧 글쓰기다. 글로 쓰이기 전에는 아무 것도 아닌 것이다. 곧 사라질 잡생각이다. 글로 써야 하다못해 낙서라도 된다. 그래서 메모가 필요한 것이다. 어떤 작가는 잠 잘 때 머리맡에 메모장을 두고 꿈속 장면도 깨어나 메모한다고 들었다.

둘째, 세계를 창조하는 일

글쓰기는 새로운 세계를 만든다. 그것이 개인의 특수한 체험이 든 모든 사람이 공통으로 겪는 감정이든 간에 하나의 (새로운) 세계다. 이 세계를 많이 갖거나 적게 가질수록 행복과 불행이 나눠질 듯하다. 현실은 따분하고 지리멸렬하므로.

셋째, 자신의 한계와 만나는 일

앞서 언급했지만, 글쓰기는 결국 두 가지 바닥을 보게 된다. 특히 우리는 글을 쓰면서 자기기만과 자기 안에 있는 괴물을 만나게 된다. 한계를 돌파하는 것은 그 괴물과 마주하는 일인데, 정신 바짝 차려야 한다. 괴물과 싸우다 보면 괴물을 닮아간다는 말이 있다.

넷째, 즐거움과 만나는 일

이것은 일종의 보상 또는 옵션이기도 하고, 이것이 전부이기도 하다. 그러나 중요한 것은 즐거움만 찾는다면 책보다는 다른 매체를 찾을 확률이 높다는 것이다. 더욱이 글쓰기의 즐거움은 말초신경을 자극하는 즐거움과 차원이 다르다. 고급지다는 말이다.

간단히 정리해 보았다. 이 네 가지는 앞으로 이 책에서 두고두고 사골처럼 우려먹을 예정이다. 특히 이번 챕터에서는 글쓰기에 대한 오해와 선입견을 반박하는 형식으로 이 네 가지를 보다 구체적으로 설명할 것이니, 눈여겨보시길.

글쓰기에 대한 오해와 진실 1

"글 쓸 내용을 모두 생각해놓고 쓴다?"

· · ·

대부분의 사람이 갖는 글쓰기에 대한 가장 큰 오해는 글 쓸 내용을 모두 생각해놓고 써야 하는 것 아니냐다. 대체로 사람들은 작가들이 어느 정도 이야기를 구상해놓고 혹은 거의 완성해두고 글을 써나가는 것으로 알고 있다. 그래서 사람들은 글 쓰는 재능을 타고난 '천재'만 글을 쓰는 것으로 생각하지만, 당연히 그렇지 않다! 글은 나도, 당신도, 우리도, 모두 쓸 수 있다. 그 글이 상업적으로 유행하거나 작품성의 문제는 다른 차원(운!)이다.

대부분의 작가들, 혹은 글 쓰는 사람들은 약간의 아이디어만 가지고 글을 시작한다. (머리 나쁜) 나 역시 그렇다! 어떻게 이야기가 끝날지, 어떻게 전개될지 아무도 모른다. 특히 시의 경우, 시가 어떻게 끝날지 아무도 모른다. 시인 자신도 모른다. 그래서 시가 어떻게 전개되고 끝날지 모르니, 가끔 시가 무섭기도 하고 무척 기대되기도 한다. 소설 역시 마찬가지. 모든 글이 마찬가지. 이 책을 쓰고 있는 나도, 이 챕터가 어떻게 끝날지, 이 책이 어떻게 끝날지 정말 모르겠다! 일단 쓰고 보자!

따라서, 글쓰기는 글의 내용을 미리 생각한 대로 문장을 받아쓰는 것이 아니라, 쓰면서 생각을 하는 것이다. 백 번 강조해도 부족하다. 생각하면서 쓰는 것이 아니라, 쓰면서 생각하는 것이다! 일반적인 통념을 뒤흔드는 말이지만, 이 말이 진짜다. 생각이 마구 떠올라서 신나게 글을 써 내려가는 것이 아니라, 글을 써가면서 생각이 나는 것이다.

당신이 글을 써보면 알겠지만, 하나의 문장을 쓰면 그 문장이

다음 문장으로 당신을 안내한다. 쓰면서 생각이 정리되는 것이며, 좋은 문장은 항상 방금 쓴 문장 다음 문장에 있다. 말장난 같지만 이것이 매우 중요하다! 좋은 문장은 항상 방금 쓴 문장 뒤를 어떻게 이어갈지 치열하게 고민하는 와중에 만들어지기 때문이다. 좋은 문장은 갑자기 그분이 오셔서 점지하는 것이 아니다. 방금 쓴 문장 뒤에 있다!

여기서 중요한 포인트가 하나 더 있다. 바로 생각은 언제나 새롭게 만들어진다는 점이다. 지금 생각과 10분 뒤의 생각은 다르며, 어제의 생각과 오늘의 생각이 다르다. 같은 주제, 같은 상황을 쓴다고 해도 어제와 오늘이 다르다. 왜냐하면 글을 쓸 때마다 의미가 새롭게 생성되기 때문이다. 글 쓰고 있는 지금의 공기와 온도, 시간과 내 컨디션 모든 것이 다르기 때문이다.

그래서 생각과 의미는 찰나에 만들어져서 순식간에 사라진다. 아무리 좋은 아이디어가 떠올라도 그것을 바로 메모하지 않으면 조만간 사라지니, 소위 유명한 작가들이 메모광인 데는 다 이유가 있다.

그러므로 생각을 '물질화'시켜서 붙잡아 두는 일, 그것을 우리는 이제부터 글쓰기라고 부를 것이다. 사라지기 전에, 기억 저편으로 날아가기 전에 글로 남겨두는 거다. 예컨대 오늘 기분 나쁜 일이 있었다면 그 일을 일기나 메모로 적어두어야 그 기분을 더욱 정확히 기억할 수 있으며, 그 일이 나에게 어떤 의미가 있는지 알 수 있다. 글로 남기지 않으면, 대충 '느낌적인 느낌'만 기억에 남을 뿐, 나에게 아무런 의미가 되지 못한다.

글쓰기에 대한 오해와 진실 2
"먹고 살기 바쁜데 글이 무슨 소용이 있나?"
. . .

문학이나 글쓰기를 이야기할 때, 반드시 따라붙은 오해가 있다. 아니, 본질적인 질문이다. 먹고사니즘이 현재 우리 삶의 가장 큰 화두이며 문제인데 굳이 (돈 안 되는) 글을 써야 하느냐 하고 말이다. 결국, 머니머니해도 머니인데 한가하게 글'이나' 쓰고 책을 읽어야 할 이유가 있는가 하고 묻는 것이다. 우리는 쉽게 '문사철(문학, 역사, 철학)'을 '인문학'이라고 해서 동경하고 공부하고 싶어 하지만, 진짜로 알고 싶지 않고 실천하고 싶지 않다! 돈이 되지 않음으로!

슬픈 일이긴 하지만, 우리 사회는 결국, 문학 혹은 글쓰기가 실용의 문제와 결부되어 있기를 원한다. 학창 시절에 책을 읽고 글을 쓰는 이유는 좋은 대학교에 가기 위해서, 대학생 때 책을 읽고 글을 쓰는 이유는 자소서를 잘 써서 대기업에 취업하기 위해서, 직장 생활 중 책을 읽고 글을 쓰는 이유는 승진하기 위해서다.

다시 말해, 우리들은 문학과 글쓰기가 먹고 사는 생존의 문제 '또한' 해결해주길 바란다. 자식이 글 쓰는 일을 진로로 결정한다면 어떤 부모가 바로 반기겠는가. 자본주의사회는 자본이 되지 않는 일을 원하지 않는다. 끊임없는 자본의 순환! 일렉씬의 전설 다프트 펑크(Daft Punk)의 노래 제목 'Harder, Better, Faster, Stronger'처럼!

그러나 문학과 글쓰기는 원래 '무용(無用)'하다. 무언가를 얻으려고 글을 쓰거나 읽는 것이 아니다. 그저 쓰고 읽을 뿐이다. 읽어야 할 이유, 써야 할 이유는 각자에게 있다. 물론 돈이 되지 않을 확률이 (매우) 높다. 책을 써서 부자가 된다? 거의 불가능하다. 나도 지금 이 책을 쓰고 시를 쓰지만, 책으로 돈을 벌 생각은 추호도 없다. 안 까먹으면 다행. 국문학자 김현은 이런 문학의 기능을, '쓸모없음의 쓸모' 또는 '무용함의 유용함'과 같은 아포리즘으로 설명하였다.

> 우리가 사는 세상은 우리가 더 많이, 더 빠른 속도로 일할 때, 그리고 더 많이 생산할 때, 우리가 더 나은 인간이 된다고 믿으라 강요합니다. 그래서 가만히 앉아 고전을 읽는 순간, 다시 말하면 할 일이 너무 많아 정신없이 지내는 중에 소중한 시간을 내어 위대한 사상을 깊이 생각하고 수천 년 동안 계속된 위대한 대화에 참여하는 순간, 우리는 이 시대의 물결에 저항하고 있는 겁니다. 우리는 반발하고 있는 겁니다. 인간으로서의 가치가 자신의 성취물에 의해 규정되도록 놔두길 거부하고 있는 겁니다. 대신, 우리는 종종 눈에 보이지 않는 조용한 정신의 발전이 가치가 있다고 주장하게 됩니다.*

---

* 수잔 와이즈 바우어, 이옥진 역, 『독서의 즐거움』, 민음사, 2020, 5쪽.

바우어(Susan Wise Bauer)에 따르면, 독서는 자본주의 사회의 물결에 저항하는 일이다. 우리의 가치가 눈에 보이는 물질, 돈으로 환원되지 않는다는 것을 보여주기 위해 책을 읽는 것이다. 우리는 우리의 가치를 가시적인 것으로 평가받고 싶지 않다. 예컨대, 우리가 입고 있는 옷, 우리가 들고 있는 가방의 브랜드로 우리의 가치를 평가받지 않아야 한다는 말이다.

문학과 글쓰기는 자본주의와 쓸모를 반격하고 저항한다. 모두가 보란 듯이 소위 대기업에 취업해서, 혹은 돈을 많이 벌어서 좋은 차를 타고 학군 좋은 도시에서, 몇십억 하는 초호화 아파트에 살며, 명품으로 온몸을 도배하는, 그런 자본주의가 낳은 괴물, '자낳괴'가 되지 않기 위해 우리는 책을 읽고 글을 쓰는 것이다! 우리는 이 땅에 돈 벌려고 태어난 것은 아니니까!

따라서 문학 혹은 글쓰기가 무엇인지 질문하는 것이 바로 문학이자 글이다. 글이 왜 필요하냐고? 그 질문에 대한 답 자체가 바로 글이다. 쉽게 말해, 글이 어떤 기능을 가져야 하고, 사회에서 어떤 역할을 해야 하는지 그것을 질문하는 과정 자체가 바로 글이라는 말이다. 정답은 없다. 글은 어떤 문제에 대한 해결책을 제시하는 것이 아니라, 어떤 문제가 있음을 질문하게 한다. 글 자체가 질문이다!

이 질문은 결국, 우리가 어떻게 살아야 하는가를 질문하는 것이자, 우리의 세계가 제대로 된 것인지, 제대로 돌아가고 있는지 따져보고 또 새롭게 만들어가는 일이다.

무인도에 살고 있지 않은 이상, 우리는 하나의 사회, 하나의 세계 안에서 살고 있다. 그래서 우리는 우리 자신을 비롯해 세상을 만들어간다. 따라서 글쓰기는 나를 비롯해 세계를 새롭게 만들어가게 한다. 잘못된 것이 있으면 수정할 수 있도록 하고, 옳지 않으면 옳은 방향을 고민하게 한다. 나 자신의 문제에서 시작해 점점 더 크게 세상을 향해 문제를 제기하고, 고민하며 새로운 세계를 상상한다. 그리고 실천한다!

물론, 새로운 세계를 만들어가는 일은 예술의 영역에도 해당한다. 나의 문제, 세계의 문제, 기타 여러 문제를 고민하고 사유하면서 예술작품이 탄생한다. 시인은 시로, 소설가는 소설로, 뮤지션은 음악으로, 화가는 그림으로 새로운 세계를 만들어간다. 예술은 우리의 세계와 체계를 전복하기도 하고 뒤흔들며 모순을 지적하기도 하면서 새로운 세계를 창조하고 있다.

그러므로 글쓰기는 크게 두 가지 영역의 새로운 세계를 창조해낸다. 하나는 우리의 세계, 또 하나는 예술의 세계. 물론 예술의 세계가 곧 우리의 세계이므로, 우리의 세계에 영향을 주므로 부분집합이라고 말할 수도 있겠다.

먹고 살기 바빠 죽겠는데 글을 왜 쓰냐고? 먹고 살기 바빠서 죽을까 봐 쓴다. 적어도 우리는, 우리 삶의 속도를 우리 자신이 선택할 수 있었으면 한다.

글쓰기에 대한 오해와 진실 3

"글은 솔직하게 써야 한다?"

· · ·

대부분 사람은 소설은 '허구'니까 그렇다고 치고, 에세이나 시혹은 여러 글이 거짓말을 하지 말아야 한다고 생각한다. 그리고 우리는 글에서 말하는 사람, 화자와 작가가 100% 동일한 사람이라고 생각한다. 과연 그럴까?

일단 우리가 사물을 인식할 때, 사물을 있는 그대로 볼 수 없다. 물론, 망막에 맺힌 상을 그대로 컴퓨터상에 옮기면 사물과 100% 같을 수도 있겠다. 그러나 인간의 눈은 단순히 보는 것에만 머물지 않는다. 눈은 그대로 시각 정보를 받아들인다고 해도 판단의 문제가 개입한다. 저 사물은 어떻게 사용하는 것인지, 어떤 가치를 가지고 있는 것인지, 내가 저 사물에 대한 특별한 기억이 있는지, 하다못해 저 사물이 얼마인지 등, 판단의 문제가 개입한다. 다시 말해, 100% 객관적인 인식은 불가능하다는 뜻이다!

따라서 본다는 것은 A일 수도 있고 B일 수도 있다. 아니면 C일 수도 있다. 우리는 늘 틀릴 가능성을 가지고 있다. 오류의 가능성이 늘 존재한다는 말이다. 그러니 글을 쓰는 작가도, 글을 읽는 독자도 잘못 쓰고 잘못 읽을 가능성이 무궁무진하다. 더 정확히 말해, 정확히 쓴다는 것, 정확히 읽는다는 것 자체가 불가능하다. 따라서 솔직하게 쓸 수도 없고, 솔직하게 읽을 수도 없다. 아니, 솔직하다는 말 자체가 성립할 수 없다!

더군다나, 우리는 자기 자신을 객관적으로 볼 수도 없다. 당신이 자신은 매우 중립적이고 객관적이라고 말한다고 해도, 당신은 그런 사람이 될 수 없다. 객관과 주관의 기준이 명확하지 않을뿐더러, 누가 그 기준을 보증하고 판단하는가. 다 자기 생각이다.

다시 말해, 우리는 우리 자신을 객관적으로 볼 수 없다. 자기의 상상과 의도에 따라 만들어질 뿐이다. 글 쓰는 사람도 그렇고, 글을 읽는 사람도 마찬가지. 각자가 원하는 만큼 쓰고, 읽는다.

또한 타인의 시선에서 자유로울 수 없으므로, 우리는 우리 자신을 숨길 수밖에 없다. 예를 들어, 우리가 어떤 감정에 대해 글을 쓴다고 하면, 우리 감정 전부를 드러내는 것도 불가능하거니와, 그러고 싶지도 않다. 적나라하게 다 보여주면 뭔가 없어 보이기도 하고, 창피하기도 하고. 기타 등등 여러 문제가 생기니까.

우리는 우리 자신 전체를 보고 싶지 않다. 보고 싶은 부분만 보고, 보여주고 싶은 부분만 글로 쓰게 된다. 자기기만. 그렇다. 기본적으로 글은 자기기만이다. SNS를 쉽게 예로 들 수 있다. 젠체하거나, 똑똑한 척하거나, 예쁜 척하거나, 시크한 척하거나… 자신이 원하는 캐릭터를 설정하여 그 캐릭터에 맞는 글과 사진을 올린다. 허위이자 자기기만이다.

예전에 〈조커〉라는 영화를 참 인상 깊게 봤다. 조커가 처음부터 조커는 아니었다. 물론 영화에서 아서 플렉이 조커가 되는 과정은 쉽게 납득이 가지 않지만, 어쨌든 자기 안의 괴물이 드디어 본색을 드러낸다. 처음부터 아서 플렉은 조커, 괴물이 아니었다. 노모를 봉양하는 착실한 사람이었다. 그러나 점점 주변 환경이 아서 플렉을 조커로 만들어간다. 아니 정확히 말해, 그동안 무의식 속에 숨겨진 조커가 드디어 얼굴을 드러낸 것이다.

글도 마찬가지. 글을 쓸수록 우리는 자신이라는 괴물을 만나게 될 것이다. 남들에게 보여주는 글이라면 더더욱 포장할 것이다. 착실한 사람, 긍정적인 사람, 성실한 사람 등등. 그러나 모두가 가면이다. 거짓말이다.

글을 쓸수록 나는 딱 한 가지의 사실을 발견한다. 나는 속물이자 쓸모없는 인간이라는 점. 그러나 보여주기 싫고, 나 또한 내 추한 민낯을 보고 싶지 않다. 그래서 예쁘게 글로 포장한다. 그러나 정말 좋은 글은, 그런 자기의 허위와 괴물을 모두 드러내는 글이다.

그러니까, 솔직하게 글을 쓰는 것이 문제가 아니라, 자기 자신의 바닥, 자신이라는 괴물을 얼마나 드러낼 수 있느냐에 달려 있다. 솔직하게 쓰는 일에도 가면이 적용되기 때문이다. 솔직을 가장한 거짓말이 제일 경계해야 할 부분이다!

우리가 써야 할 것은 우리의 있는 그대로의 사실이(fact) 아니라, 우리의 진실(truth)이다.

글쓰기에 대한 오해와 진실 4

"글은 우리를 위로해준다?"

· · ·

몇 년 전에 '청춘'이라는 주제와 관련한 책들이 미친 듯이 팔린 적이 있다. '불안하니까 청춘이다'라고 하면서 청춘 예찬을 한 책들 이다. 요즘 오프라인 중고서점에 가면 제일 많이 꽂혀 있는 책이기 도 하다.

두 가지 의미가 있겠다. 진짜 많이 팔렸거나, 보관할 정도로 퀄 리티 있는 책은 아니거나. 나도 그런 책들을 읽어 보았지만, 청춘 의 아픔이 책 한 권으로 위로가 될까? 솔직히 나는 이런 책들을 무 척 싫어한다. 아픈 증상과 원인이 다 다른데, 청춘이기 때문에 아 프다? 너무 쉬운 처방이 아닐까 한다.

나는 올해로 15년간 출판사에서 일했으니, 출판시장 트렌드를 그래도 웬만큼 잘 알고 있는 편이다. 여전히 '위로(힐링)'와 관련된 책들이 서점가를 지배하고 있다. 『죽고 싶지만 떡볶이는 먹고 싶 어』와 같은 책처럼, 트렌드는 여전히 힐링, 공감, 위로다. 책을 읽 어서 힐링이 되거나, 책을 써서 힐링이 되거나. 위로받을 일이 실 제로 많기는 하지만, 과연 글을 쓰고 읽으면 위로가 될까?

기본적으로 위로의 메커니즘은, 피해자 논리가 전제되어 있다. 우리는 피해받았으니 위로받아야 한다는 전제가 바로 그것이다. 위로받을 일이 없으면 위로가 해당하지 않으니까.

그런데, 현재 한국 사회 분위기가 이렇다. 젊은 세대는 기성세대로부터, 대학생은 부모 세대로부터 피해를 받았다는 이른바 '세대 책임론'이 바로 그것이다. 최근 '조국 사태'와 관련하여 '386책임론'이 급부상했다. 90년생을 비롯한 젊은 세대가 386세대의 적폐로 인해 고통받고 있다는 말이다.

그런데, 나는 생각이 좀 다르다. 위로가 필요하다는 것을 부인하지는 않는다. 현실은 정말 고통스럽다. 345% 인정한다. 그러나 '위로의 메커니즘'은 싫다! 위로의 메커니즘은 모든 문제가 남의 탓이라는 것을 내재하고 있기 때문이다. 현실의 고통은 기성세대의 잘못이기도 하지만, 우리의 잘못에도 기인한다. 모든 문제가 남의 탓이면, 개선할 여지도 방법도 없다. 그러면, 그냥 그렇게 포기하고 고통스럽게 살면서 값싼 위로나 받으며 살아야 할까. 나는 싫다. 나는 세상이 잘못되었으면 바꾸고 싶고, 문제가 있으면 최대한 해결하고 싶다. 포기는 배추 셀 때나 쓰는 말이지!

'아재 개그' 하나 더. 아프면 환자지 무슨 청춘이야.『아프니까 청춘은 아니다』라는 책도 나온 적이 있지만, 우리는 지금 고통스러운 것이지 아픈 것이 아니다. 아프면 환자지. 우리는 건강하다. 건강해지려고 노력하고 있다! 건강한 사람에게 위로 따위는 필요 없다. 나는 건강하게, 저돌적으로, 빡세게 살고 있고, 그렇게 살고 싶다. 하고 싶은 것도 많고, 욕심도 많다. 물론 가끔은 나도 위로가 필요하지만. 오히려 내가 누군가를 위로해줄 수 있는 사람이 되었으면 (정말) 좋겠다.

소위 말하는 '꼰대'들은 이렇게 말한다.

'글과 문학은 전무후무하게 새롭고, 진리를 추구해야 하며, 세상을 안정시키고, 지혜와 덕을 쌓게 하며, 깨달음을 선사하고, 깊은 감동을 줘야 한다'고 말이다. 그것도 궁서체로. 물론 틀린 말도 아니지만, 그렇다고 해서 맞는 말도 아니다. 새롭지 않을 수 있고, 진리가 아닌 소소한 것을 추구할 수도 있고, 세상을 혼돈에 빠뜨릴 수도 있고, 지혜나 덕 따위는 아랑곳하지 않고, 깨달음이나 감동도 신경 안 쓰는 글을 쓸 수 있고, 읽을 수 있다. 그것이 가치가 없다고 말할 수 있을까? 나는 그렇게 생각하지 않는다. 그저 즐겁기만 해도 된다고 본다.

글쓰기란 무엇인가의 네 번째 항목, 바로 즐거움. 다 필요 없이 즐거움 하나만 있어도 상관없다. 꼭, 사고를 물질화시키거나, 세계를 창조하거나, 자신의 한계와 만나지 않아도 된다. 그저 즐거우면 됐지 뭐.

'카타르시스(catharsis)'라는 말이 있다. 비극을 통해 마음이 정화되고 비극을 간접 체험하면서 슬픔에 내성을 갖게 하는 일을 말한다. 백신을 맞아 항체를 형성하듯 말이다. 종종 사람들은 카타르시스와 힐링을 혼동하는데, 카타르시스는 비극과 슬픔을 겪으면서 더 강해지는 일이지만, 힐링은 위로에 불과하다. 이 차이점에 유념하시길.

글을 읽고 쓰면서 웃고 울어도 상관없다. 오히려 그게 더 건강한 거다!

결국 글이란 즐거움과 고통 사이에 있다. 진자의 추처럼 두 사이를 오간다. 선택은 당신의 몫. 즐거울 수도 있지만 (엄청) 고통스러울 수도 있다. 당신 하기에 달렸다. 참고로 나는 고통 쪽을 선택했다. 변태는 아니지만, 고통스러울수록 오는 그런 짜릿함이 있다.

자, 선택은 당신의 몫이다.

CHAPTER 3

글쓰기의 존
재
론

글쓰기는 은유, 해석, 이름, 감정의 형식으로 존재한다.

글쓰기는,
어떻게 존재한가

과정에서 얻어가는 글쓰기 기술

· · ·

글은 어떻게 존재하는가. 글쓰기는 어떤 메커니즘으로 진행되고 우리의 삶과 어떻게 연관되는가. '세계—글—나'라는 도식에서 글이 어떤 역할을 하는지 살펴보고, 그것이 과연 가치가 있는지 알아야 글을 쓰든지 말든지 할 것이다. 물론 시중의 글쓰기 안내서나 글쓰기 강의 등에서도 어느 정도 언급하고 있지만, 대체로 글쓰기 방법(기술)에 주목하지, 글쓰기 과정에 주목하지 않는다. 성과물을 (급하게) 요구받기 때문에 그렇다.

그러나 이 책은 과정에서 기술을 덤으로 얻어가게끔 의도하고 기획하고 있다. 실은, 과정에 이미 기술이 다 있다! 어떻게 글이 아름답게, 멋지게 완성되는지 지켜보시길.

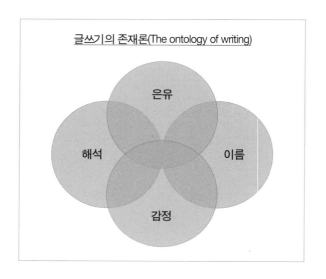

글쓰기의 존재론(The ontology of writing)

은유

해석

이름

감정

　　야심 차게 준비한 글쓰기의 존재론! 이 세상 어떤 책에도, 어떤 강의에도 없는 존재론이다. 일반적으로 대부분의 사람은 글쓰기 방법과 글쓰기가 우리 삶에 어떤 영향(도움)을 끼치는지에 주목하지만, 이 책은 전략이 전혀 다르다! 이 책은 글쓰기 자체만 다룰 것이다! 앞서 언급했듯이 '글쓰기 자체가 글쓰기의 목적'이므로 글쓰기가 무엇인지, 더욱 깊게 파 내려갈 것이다. (물론, 영업비밀과 같은 글쓰기 tip도 친절히 알려드릴 예정이다)

　　글쓰기는 은유, 해석, 이름, 감정의 형식으로 존재한다. 우리가 잘 알고 있는 단어다. 이 익숙한 단어가 글쓰기와 어떻게 연관되는지 하나하나씩 살펴보자.

세계를 인식하는 태도 : 은유

· · ·

기억나는가. '~같이', '~처럼'은 직유법, '~는', '~다'는 은유법. 교과서에서 직유법보다 은유법이 좀 더 어려운 비유법이라고 말했을 것이다. 그러나 이제부터 우리는, 이러한 기존의 비유법은 잊어야 한다. 지금부터 우리가 말하는 '은유'는 그런 비유법의 하위 갈래를 말하는 것이 아니기 때문이다.

A를 B로 보는 것이 은유며, 이때 A와 B는 유사성과 이질성으로 결합한다. 유사하면서도 달라야 한다. 그리고 이 은유는 단순히 시의 비유법에서만 말하는 것이 아니라, 철학적, 언어학적 개념이다. 사물을 이해하기 위해 다른 사물을 가져오는 것이므로, 결국 의미의 문제와 만난다.

그러므로 이제, 사물을 보는 것은 그냥 눈으로 무언가를 보는 일에만 머무르지 않는다. 앞서 언급했지만, 본다는 것은 판단의 문제가 개입한다. 거기에 은유가 플러스 된다고 보면 된다.

이제부터 보는 일 자체가 은유다! 무언가를 본다는 것은 있는 그대로 재현하는 것이 아니다. 복사기가 원본을 복사해서 복사본을 만드는 것이 아니다. 우리는 각자의 은유로 사물을 본다!

쉽게 예를 들면, 어린아이는 어떤 사물을 보고 설명할 때, 어른들이 전혀 생각하지 못하는 방식으로 말을 한다. 지난 주말 다섯 살 난 아들과 길을 걷고 있는데, 땅바닥에 뒹구는 나뭇잎을 보고 티라노사우루스의 발자국이라고 말하는 것처럼, 각자의 은유로 사물을 본다. 덕분에 나와 아들은 공룡 발자국을 피하면서 걸었다.

가령, 나무라는 말을 하고, 나무를 떠올려 보자. 그러면 우리는 먼저 나무라는 개념을 떠올리고, 바로 나무의 이미지를 떠올린다. 줄기나 가지가 있는 식물. 그리고 공원이나 길가의 나무.

그러나 개념과 이미지가 일치하지는 않는다. 왜냐하면 수많은 나무 이미지 중 하나만 남고 나머지는 제거하기 때문에, 개념과 이미지는 사람마다 다르다. 나는 소나무를 떠올렸는데 당신은 벚나무를 떠올리는 것처럼, 각자의 개념, 각자의 이미지가 있는 것이다. 따라서 우리가 어떤 단어를 말하거나 생각할 때, 그것 자체가 바로 은유다!

우리가 흔히 은유를 설명할 때 제일 많이 말하는 것이 바로, '내 마음은 호수요'라는 김동명의 시구절이다. 원관념(마음)을 보조관념(호수)으로 치환하는 비유법. 이렇게 간단하게 설명할 수 있지만, 여기서 우리가 주목해야 할 점은 이 둘 사이의 거리다.

마음과 호수의 거리. 마음을 호수로 은유할 때, 많은 사람이 이해(동의)할 수 있다. 쉽게 상상할 수 있다. 거리가 그다지 멀지 않다는 말이다. 그런데 만약, '내 마음은 볼펜이다', 이런 식으로 말하면, 거리가 가깝지는 않다. 마음이 어떻게 볼펜인지 쉽게 이해하거나 상상할 수 없기 때문이다.

다시 말해, 은유는 세계를 인식하는 태도다. 세계를 어떻게 바라보느냐에 따라 은유의 거리가 만들어진다. 거리가 가깝다는 것은 모두가 다 이해할 수 있다는 말이고, 거리가 멀다는 것은 모두가 다 이해하기 어렵고 고민할 필요가 있다는 뜻이다. 그러니, 거리가 너무 가까우면 상투적인 표현이 되는 것이고, 거리가 너무 멀면 난해한 표현이 된다. '너는 장미꽃 같아'라고 말하면 상투적이지만, '너는 연필 같아'라고 말하면 조금은 난해할 수 있다. 왜 사람이 연필인지 고민하게 되니까.

결국, 은유는 대상과의 거리 문제가 가장 중요하다. 무엇을 보든 간에 그 대상을 어떤 식으로 보는지 중요한데, 그때 개입하는 것이 바로 거리. 거리가 멀수록 둘 중 하나가 될 것이다. 시인이 되거나 4차원이 되거나. 거리가 너무 가까우면 일반 사람, 평범한 사람일 것이다. 또한 자신과의 거리 문제도 있다. 자신을 어떻게 바라보는지에 따라 그 사람의 정체성이 결정될 것이다.

여기서 하나 더. 유머는 자신을 대상화할 수 있는 자만 가능하다. 자신을 희화화할 수 있다는 것은, 자신과 거리를 둘 수 있고, 자신을 보다 멀리서 바라보는 것이 가능하다는 뜻이다. 우울증을 앓고 있는 사람은 이렇게 하기가 어렵다. 우울증 환자는 자기 자신을 객관적으로 보기 어렵고, 자신의 기분에 완전히 빠져 있기 때문이다. 따라서 유머는 그나마 정신적으로 건강한 사람이 할 수 있다.

정리해보자. 글쓰기가 왜 은유인지. 은유는 대상을 정밀하게 관찰해야 한다. 대충 봐서는 뭔지를 알 수 없으니까. 그렇기 때문에 은유는 대상에 대한 애정을 전제로 한다. 누군가를 짝사랑할 때, 그 사람의 표정, 옷차림, 머리 스타일 같은 것들에 신경 쓰듯이 말이다. 그렇기 때문에 디테일에 집중할 수밖에 없고, 그것은 결국 세계를 인식하는 태도가 된다. 만약 대상에 대한 애정도 별로 없고 정밀한 관찰도 하기 싫다면, 그것은 세계를 인식하는 태도가 무신경하다는 것을 보여준다. 그것이 나쁘다는 것은 아니다. 무신경한 사람도 있고 예민한 사람도 있을 수 있다. 다만 이렇게 태도가 나뉜다는 점만 알고 계시길.

글쓰기가 바로 이렇게 은유의 방식으로 작동한다. 무언가를 쓴다는 것은 원본과 100% 똑같이 스캔하는 것이 아니라, 은유하는 것이다. 앞서 설명한 은유가 모두 글쓰기의 문제다! 만약 당신이 하루의 사건과 기분을 적는다고 할 때, 그것을 어떤 방식으로 적게 될까? 있는 그대로의 사실을 적게 될까?

그것이 바로 다 은유다. 그러나 '디테일에 악마가 숨어 있다'는 말이 있듯이, 디테일을 볼 줄 아는 사람은 그만한 사정이 있을뿐더러, 다른 사람과 뭔가는 다를 것이다. 작가들이 디테일에 목숨을 거는 이유가 바로 여기에 있다. 세계를 인식하는 태도가 그렇기 때문이다.

그러므로 글쓰기는 영화 〈매트릭스〉에 나오는 것처럼, 빨간 약과 파란 약 중 하나를 선택하는 일이다. 지금 있는 그대로의 현상만 볼지, 그 현상의 이면을 볼지. 선택해야 한다. 대부분의 작가는 현상의 이면을 보고 싶어 한다.

따라서 당신은 이제 이 두 가지 개념을 구분할 줄 알아야 한다. 바로 '사실(fact)'과 '진실(truth)'. '팩트(fact)'라고 말하는 것은 말 그대로 있는 그대로의 사실이고, 진실은 층위가 다른 문제다. 신문이나 뉴스는 사실을 다루지만, 진실은 다른 차원에 있다.

은유를 쓰는 이유를 이제 알겠는가? 바로 진실을 알고 싶어서 그렇다! 사실을 말하는 것에는 그다지 거리가 먼 은유가 필요 없다. 그러나 진실은 바로 밝혀지는 것이 아니므로, 거리가 먼 은유를 쓸 수밖에 없다. 의미가 다양하고 또 깊이가 매우 깊으니까.

요컨대, 글쓰기는 세계를 인식하는 태도다. 애정에 따라 세계가 다르게 보인다. 그러니까 당신의 글에는 바로 당신이 세계를 인식하는 태도가 들어 있다. 글을 보면 그 사람을 안다는 이유가 바로 여기에 있다. 그리고 그것은 결국 애정의 문제. 피사체에 애정이 있어야 좋은 사진을 찍을 수 있다는 말처럼, 대상과 세상에 애정이 있는 만큼 글이 달라진다. 그 애정의 강도를 우리는 '파토스(pathos)'라고 부른다.

당신은 얼마나 절실한가? 당신의 글은 누구를 향해 애정이 있는가?

글쓰기의 존재론 2
텍스트가 아니라 자기 자신 : 해석

· · ·

우리는 가끔 영화 보기 전 혹은 영화 본 후 영화 별점을 확인한다. 이동진과 같은 영화평론가의 별점과 한 줄 평 등을 참고하기도 한다. 여기서 비평의 속성이 드러난다. 그것은 바로 내가 대상을 해석해낼 수 있다는 능력이 있다는 것을 증명하기 위해 비평을 한다는 것이다. 물론 이 능력을 대놓고 드러내지는 않는다. 그러나 비평에 전제되어 있다. 영화를 해석하지 못하면 비평할 수가 없다. 영화의 모든 내용을 장악해야 비평할 수 있다. 즉, 비평은 대상보다 내가 우위에 있어야 가능한 일이다.

뒷담화 역시 마찬가지. 누군가를 험담하거나 이야기하는 것 역시 비평의 속성을 찾아낼 수 있다. 그것은 바로 뒷담화하는 대상보다 내가 낫다는 것이다. 내가 그 친구보다 더 나으니, 그 친구랑 놀지 말고 나랑 놀자. 뭐 이런 식. 혹은 그 친구가 그런 사람이니, 조심해라, 그런데 나는 그런 사람 아니다 운운. 내가 그 친구보다 낫다는 것을 증명하는 것이 바로 뒷담화다.

지난 챕터에서 소개했던 수전 손택에 따르면, 해석하려 들면서 우리는 세계를 무력화시키고 고갈시킨다. 해석으로 진실을 찾으면 그나마 다행인데, 너무 무리한다는 것이다.

예를 들어, 어떤 영화를 보면 그 영화를 그저 깊게 감상하고 그 자체로 즐기면 그만인데, 복선이 뭐고 상징이 뭔지 자꾸 해석하려 든다. 그렇게 영화를 낱낱이 파헤치고 조각조각 낸다. 예컨대 몇 년 전에 〈곡성〉이라는 영화가 개봉했는데, 말들이 참 많았다. 누가 귀신이고 악마인지. 그러나 그러한 혼돈 자체가 이 영화의 미학인데, 사람들은 자꾸 이 혼란을 해결하려고 한다. 영화를 정복하려는 것이다. 영화를 제대로 감상하는 것이 무엇인지도 모른 채.

영화뿐만 아니라, 음악이든 그림이든 책이든 뭐든 다 그렇다. 우리는 더 잘 보고, 더 잘 듣고, 더 잘 느껴야 한다. 우리는 작품 이상의 것을 짜낼 필요가 없다.

자, 여기서 기술 들어가겠다!

이제부터 해석의 대상은 텍스트가 아니라 나 자신이다. 영화의 내용이 어떻고, 음악이 어떠며, 책이 어떤 내용이더라 하고, 해석하고 분석하며 낱낱이 밝히려 드는 것이 아니라, 그 모든 텍스트에서 자기 자신을 돌아보는 것!

쉽게 말해, 텍스트를 통해 우리 자신을 살피는 것이 핵심이다. 영화 보고 나서 나의 감정이 어떠했는지, 음악을 듣고 있으면 어떤 기분이 드는지, 책을 읽고 나서 나는 제대로 잘살고 있는지 등, 해석의 방향이 자기 자신을 향해야 한다.

물론, 이런 텍스트 없이 자기 자신을 해석할 수 있지만, 그럴 여유가 없는 것도 사실. 그러니 텍스트를 핑계로 자기 자신을 살피는 것이다. 백색소음으로 음악을 들을 수 있지만, 가끔은 음악이 나를 찔러올 때가 있다. 이때가 바로 나 자신을 해석하는 시간이다.

글도 마찬가지. 아무 생각 없이 글을 끄적이다가 글이 자신을 찔러오는 경우가 종종 있다. 글을 쓰면서 낯선 무언가(something)가 있다는 것을 느낄 때가 있다. 그것은 과연 무엇인가. 고민에 빠진다. 그러다 보면 우리는 우리 내면을 들여다보게 된다. 내면일 수도 있고 괴물일 수도 있다.

그렇게 글을 쓰면서, 혹은 글을 읽으면서 우리는 '썸띵(something)'을 발견하게 된다. 그것이 바로 진짜 해석! 글의 줄거리가 무엇이고, 글의 의도가 무엇인지 이따위 것들은 인터넷 검색창에 검색만 해도 바로 알 수 있다. 진짜 해석은 각자에게만 있다. 각자만 경험할 수 있다.

그러니까 우리가 앞으로 읽고 쓰고 말할 글에서, 의미는 그 텍스트 안에 있지 않다! 바로 나 자신에게 글의 의미가 있다. 글은 우리 자신을 해석하기 위한 도구에 불과하다. 우리가 글을 써야 하는 이유가 바로 이것이다. 우리 자신을 해석하기 위해서다!

수시로 자기 자신의 내면과 삶을 해석하고 성찰해야 건강하고 발전적인 방향으로 나아갈 수 있다. 그렇지 않다면, 우리는 그저 남들이 하는 대로 똑같이 따라가게 된다. 돈 많이 버는 일. 나쁘다고 말할 수는 없으나, 좋다고 말할 수도 없다. (쉽게 되지도 않는다)

그러나, 이렇게 자신을 해석하는 일, 성찰하는 일에는 반드시 시간의 문제가 개입하게 된다.

지금은 밝혀지지 않았지만, 추후 시간이 지나면서 밝혀지는 문제들이 있다. 팩트가 아닌 진실의 문제 말이다. 지금은 우리가 알수 없으나, 언젠간 밝혀질 것들. 그것은 사회문제에만 해당하는 것이 아니라, 우리의 삶에도 해당한다. 예를 들어, 지금 내가 무슨 일을 하고 있는데, 지금은 잘 모르겠지만, 언젠가 지금의 일을 해야 할 필연성이 밝혀질 수도 있다. 그러니까, 삶의 진실은 시간의 문제와 깊이 연관되어 있다. 지금 당장은 모를 뿐이다.

　　따라서 과거는 끝난 일이 아니다. 과거의 어떤 일이 있었지만, 계속 해석되면서 그 과거의 일이 바뀐다. 그래서 과거는 미완성된 것, 늘 도래하는 것이다. 과거의 어떤 일이 일어난 것을 어떻게 해석하느냐에 따라 과거가 계속 바뀐다.

　　해석된 과거가 나의 현재 정체성이다. 내가 어떤 불행한 일을 겪었는데, 그 당시에도 힘들었고, 지금도 힘들지만, 몇 년 후에는 그 일이 내 인생에 있어 꼭 필요한 일이었다고 생각할 수도 있다. 그때가 바로 과거가 바뀌는 날이고, 몇 년 후의 나와 지금의 내가 달라지는 순간이다. 따라서 내가 누구인지는, 과거를 어떻게 해석하느냐에 따라 알 수 있는 것이다.

　　예컨대, 당신이 누군가와 사랑하다가 헤어졌다. 그때 당신에게 있어 그 사람은 나쁜 사람이었다. 시간과 에너지를 모두 빼앗아갔고, 자신의 삶을 무너뜨렸다고 생각했다. 그런데 오랜 시간이 지나 최근 다시 생각해보니, 그때 나빴던 사람은 그 사람이 아니라 당신이었다. 이제서야 깨달은 것이다. 그 당시에는 그 사람의 잘못만 보였지만, 시간이 지나고 나니 당신의 잘못도 보이기 시작한 것이다.

그제서야 그 사람을 긍정하고 자신을 되돌아볼 수 있는 당신이 되었다. 성숙해진 것이다. 그때의 나와 성숙해진 나, 차원이 다르다. 그렇게 과거를 '재해석'해내는 것은 곧 그 사람의 정체성이 된다. 심지어 나쁜 과거조차도 어떻게 해석하느냐가 곧 그 사람의 정체성이 될 것이다.

이제부터 우리는 텍스트를 해석하지 않고 자기 자신을 해석할 것이다. 뒤이어 이 책은 다양한 주제로 당신에게 글쓰기의 판을 깔아드릴 것이다. 그리고 이제 당신은 당신 자신을 해석할 수 있어야 한다.

글쓰기의 존재론 3
의미를 지어주는 일 : 이름

. . .

국문과를 졸업하고 문학을 전공한 나도 엄청 싫어하지만, 잠깐 언어학 문제를 짚고 넘어가겠다. 우리가 사용하는 언어의 문제다.

또, 나무를 떠올려 보자. 각자 떠올린 나무의 모양은 제각기 다르겠지만, 언어는 정해져 있다. 영어로는 tree, 불어는 arbre, 일본어는 木(き), 한국어는 나무. 그러나 왜 이렇게 불러야 하는지 이유는 없다. 단지 그 사회에서 그렇게 하자고 규칙으로 정했기 때문이

다. 바로 '언어의 자의성'. 교과서에서 배운 것이 생각날 것이다. 조금 전에 설명했지만 개념과 이미지는 서로 일치하지 않고, 끊임없이 미끄러진다. 설명할수록 미끄러진다.

시계를 예로 더 설명해보자. 시계는 '시간을 재거나 시각을 나타내는 기계나 장치를 통틀어 이르는 말'이라는 사전적 정의가 있다. 그런데 이 사전적 정의 역시 완벽하지 않다. '시간'이 무슨 뜻인지, '잰다'는 것이 무슨 뜻인지, '시각'은 무슨 뜻인지, '나타내다', '기계', '장치' 등은 무슨 뜻인지 다 알고 있어야 한다. 그러나 이것들을 다 안다고 해도 사람마다 다르게 생각할 수 있다. 하지만 우리는 이것을 '시계'라고 알고 있다. 이유는 없다. 이것을 시계라 부르는 이유는 이것은 시계이기 때문이다.

시계는 시계다. 즉, 사물을 정확히 정의하기 위해서는 동어반복밖에 없다는 말이다. 시계의 이름이 시계인 이유는 크게 중요하지 않다. 그저 그렇게 부를 뿐이다.

따라서, 사물에 이름을 지어주는 일은 매우 중요하다. 바로 이름이 의미이기 때문이다. 기억나는가. 김춘수의 시「꽃」. "내가 그 이름을 불러주었을 때 그는 나에게로 와서 꽃이 되었다"고 말이다. 내가 그의 이름을 불러주지 않았다면 그는 내게 꽃(의미)이 되지 않았을 것이다. 이름을 지어주고 나서야 의미가 생성된 것이다.

그러므로, 이미 기존에 이름 지어진 사물에 다시 이름을 지어준다는 것은, 곧 새로운 의미를 부여한다는 뜻이다. 작가들이 하는 일이 바로 이것이다. 기존의 질서와 규칙 따위는 아랑곳하지 않고, 자기 나름의 새로운 이름을 지어주고 의미를 부여하며 새로운 세계를 만드는 것이다. 매력적이지 않은가.

2004년에 개봉한 장진 감독의 〈아는 여자〉라고 영화가 있다. 너무 좋아해서 20번 이상 넘게 돌려본 내 '최애 영화' 중 한 편이다. 영화 줄거리는 간단하다. 여주(이나영)가 야구선수 남주(정재영)를 짝사랑한다. 뒤늦게서야 정재영은 이나영의 마음을 알게 된다. 그전까지 이나영은 정재영에게 그냥 '아는 여자'였지만, 이나영의 사랑을 알게 된 후, 이나영은 아는 여자가 아니라, '알고 싶은 여자'가 되었다. 그래서 정재영이 가장 먼저 이나영에게 물어본 것이 바로 '이름'이다. 이름부터 물어보면서 이 여자의 모든 것이 궁금해지고 알고 싶어졌다. 의미가 생성된 것이다.

시를 예로 들어보자. 외국인들이 한국의 '소주병'을 이렇게 말한 다고 한다. '진실을 말하게 하는 녹색병'. 이 소주병은 우리가 다 잘 알고 있는 소주병이지만, 시인의 은유는 전혀 다르다.

술병은 잔에다
자신을 계속 따라주면서
속을 비워간다

빈 병은 아무렇게나 버려져
길거리나
쓰레기장에서 굴러다닌다
바람이 세게 불던 밤 나는
문밖에서
아버지가 흐느끼는 소리를 들었다

나가보니
마루 끝에 쪼그려 앉은
빈 소주병이었다

— 공광규 「소주병」 전문(『소주병』, 실천문학사, 2004)

소주병이 '아버지'가 되었다. 소주병의 이름을 아버지로 붙인 것이다. 이제 의미가 달라졌다. 가장의 슬픔을 간직한 소주병, 늘 말 못하고 혼자 끙끙 앓고 있는 소주병. 이제 소주병의 다른 이름은 아버지가 되었다.

> 먹지는 못하고 바라만 보다가
> 바라만 보며 향기만 맡다
> 충치처럼 꺼멓게 썩어버리는
> 그런
> 첫사랑이 내게도 있었지
>
> — 서안나 「모과」 전문(『푸른 수첩을 찢다』, 다층, 1999)

또 다른 시를 예로 들어보자. 모과차로 끓여 먹는 모과. 잘 익은 모과는 좋은 향기가 나서, 예전에 우리 부모님은 모과를 방향제로 썼다. 그런데 문제는 모과가 금방 썩는다는 것이다. 그런 모과를 '첫사랑'으로 이름 붙였다. 바라만 보고 향기만 맡다가 결국 썩어버리는 모과의 속성이 첫사랑의 속성과 닮았다. 이제 모과는 첫사랑, 첫사랑은 모과다!

이렇게 이름 지어주는 일이 어떤 일을 하는지 다음과 같이 크게 세 가지로 나눌 수 있다.

첫째, 이름 짓기는 소외된 자를 기억하는 일

우리 주변에는 취약계층, 혹은 소외된 자들이 너무 많다. 특히 이번 코로나19 사태로 인해 취약계층이 얼마나 전염병에 속수무책으로 당할 수밖에 없었는지 보다 극명하게 드러났다. 우리는 손쉽게 우리 주변의 소외된 자들을 볼 수 있다. 파지 줍는 어르신, 노숙자, 구걸하는 사람, 가난한 사람, 더 나아가 외국 난민 등, 우리가 애써 외면하는 사람들이 있다. 볼수록 마음이 불편하니, 고개 돌릴 수밖에 없다. 그런 사람들은 살아 있지만, 살아 있다고 말하기 어렵다. 유령이다. 그들도 사회 구성원이지만, 이름이 없다. '취약계층'이라고 두루뭉술하게 말한다. 그러나 글쓰기와 이름 짓기는 그런 소외된 자들을 기억하는 일을 한다. 잘못된 사회 시스템을 고발하기도 하지만, 궁극적으로 이름 없는 그들의 이름을 찾아주는 일이 곧 글쓰기다.

둘째, 이름 짓기는 말할 수 없는 이들에게 언어를 찾아주는 일

최근 'n번방' 사건 이후로 디지털 성범죄 문제가 화두가 되었지만, 대체로 여성이 피해자인 경우가 많다. 남성 중심사회가 오랫동안 존속되어 왔기 때문이다. 이제 시대가 조금씩 변하고 있다! 그러나 여전히 여성들은 자기들의 목소리를 내기 어렵다. 유리천장이 있으니까. 그렇지만 여성들도 이제 당당하게 목소리를 내기 시작했고, 담론도 만들어가고 있다. 남성 역시 변하고 있다. 여기서 글쓰기 역시 언어를 찾아주는 역할을 감당한다. 그들의 목소리가 널리 퍼질 수 있도록, 그들도 말을 할 수 있도록

글이 도구와 매개체 역할을 한다. 여성의 문제를 예로 들었지만, 말할 수 없는 이들은 여성 말고도 많다. 어쩔 수 없이 '갑질'을 당해야 하는 세상의 모든 '을'들, 피해를 당해도 말할 수 없는 모든 피해자들. 그들에게 빼앗긴 언어를 찾아주는 일이 곧, 글쓰기다. 그들의 이름을 부르면서, 그들이 누구인지를 말하면서 그들이 여기 있다는 것을 증명하는 것이다.

셋째, 이름 짓기는 희생자 혹은 망자를 추모하는 일
우리 소중한 사람의 죽음이 헛되지 않도록, 망자(亡者)의 목소리를 여전히 기억하고 망자가 우리 기억 속에서 사라지지 않도록 끊임없이 기억하는 일. 망자의 이름을 기억하는 것은, 망자를 잊지 않겠다는 뜻이다. 망자와 함께 살겠다는 뜻이다. 왜냐하면 이름에 망자의 영혼이 깃들어 있기 때문이다. 김소월의 시 「초혼」에서 나오듯이, 이름은 곧 그 사람의 영혼이다. 그 사람의 영혼을 곁에 두는 일. 정말 쉽지 않은 일이지만, 반드시 또 해야 할 일이다. 그래서 망자의 억울한 죽음이 다시 일어나지 않도록 우리는 세계를 끊임없이 문제 삼아야 한다.

따라서 이름을 지어주는 일은 의미를 부여하는 일이면서 동시에 윤리가 개입하는 일이다. 단순히 어떤 사물을, 어떤 사건을 새롭게 의미 부여하는 것에만 그치지 않고, 이름을 짓는 일에는 윤리가 따라붙는다. 아무렇게나 이름 지을 수 없다는 말이다.

그러므로 이름 짓는 일에는 책임이 따른다. 우리가 어떤 사람에 관해 썼다면, 그렇게 쓴 것에 대해, 그렇게 판단한 것에 대해 본인이 책임져야 한다. 예컨대, 정치인이나 유명인이 SNS에 특정인을 비판하는 글을 올렸다가 여론의 뭇매를 맞고 수정하거나 삭제하는 경우를 우리는 종종 봤다. 올바른 윤리가 전제되는 것이 바로 이름 짓기이고, 글쓰기다.

이와 같이, 모든 글쓰기는 은유이고 이름 짓기라 할 수 있다. 그리고 이름 짓는 일은 의미를 지어주는 일이다. 김춘수의 「꽃」처럼 말이다. 그러나 우리는 글쓰기에 윤리가 개입한다는 사실 또한 잊으면 안 된다. 이쯤 되면 글쓰기가 두려워질 수도 있겠다. 그러나 너무 염려하지 마시라. 우리는 기본적으로 윤리적인 인간이라, 그렇게 선을 넘는 게 쉽지 않다.

이름 짓는 일은 의미를 지어주는 일이다. 얼마나 근사한가.

글쓰기의 존재론 4
쓰면서 만드는 것 : 감정
· · ·

감정. 어떤 현상이나 일에 대해 일어나는 마음이나 느끼는 기분을 말한다. 인간은 감정의 동물이라, 평생 이런저런 감정에 휘둘리며 산다. 감정 없이 살 수는 없다. 그런데 문제는 감정을 명확하게 표현할 수 없다는 데 있다. 예를 들어, 슬프다고 말해도 그 슬픔의 강도와 느낌은 사람마다 다르며 나의 이 상황을 온전히 설명할 수도 없다. 100% 표현이 불가능하다는 말이다.

더 큰 문제는, 이 감정에 대해 나도 잘 모르겠다는 것이다. 아무리 생각해보고 따져봐도 이 감정의 원인이 무엇인지, 어떤 감정인지, 어떻게 해야 하는지 짐작은 할 수 있겠지만, 정확하진 않다. 특히, 불안의 경우는 불안의 대상이 없다. 곰곰이 생각해보면 알겠지만, 두려움은 대상이 있지만, 불안에는 대상이 없다.

예컨대, '우울하다', '슬프다'라는 감정을 생각해보자. 우울하고 슬픈 일이 있다고 치자. 대충 무슨 일 때문에 일어난 지는 알겠는데, 원인이 과연 그것인지도 의문이고, 해결방법 역시 명확하지 않다.

때로는 아무런 특별한 일이 없는데도 우울하거나 슬플 수 있다. 그런 일이 너무 잦으면 우리는 그것을 우울증이라고 부른다. 여기서 중요한 것은 어떤 감정이든 명확하게 표현할 수 없다는 것이다.

그나마 우리가 아는 어휘로 슬픔과 우울함을 글로 표현한다고 가정해보자. "슬프다, 우울하다, 애처롭다, 애통하다, 서럽다, 구슬프다, 울적하다, 음울하다, 침울하다, 침통하다, 쓸쓸하다, 외롭다, 스산하다, 적적하다, 음산하다, 써늘하다, 고독하다, 꿀꿀하다, 서글프다, 언짢다, 눈물겹다, 처량하다…" 등등 다양한 형용사를 나열할 수 있겠지만, 내가 지금 느끼고 있는 슬픔은 이런 형용사로 표현할 수가 없고, 한없이 부족하다. 이 세상 모든 슬픔을 안고 있는 나에게 이런 형용사 따위로 그것을 설명할 수 있을까.

이번에는 기쁨과 즐거움을 생각해보자. 너무 신난다. 로또 1등 당첨! 당장 모든 것을 때려치우고 한동안 놀고먹어도 된다! 이 기쁨을 글로 표현해보자. "기쁘다, 즐겁다, 반갑다, 유쾌하다, 흔쾌하다, 좋다, 신난다, 흐뭇하다, 흥겹다, 신난다, 흡족하다, 달갑다, 만족하다, 충분하다, 충족하다, 넉넉하다, 근사하다, 뛰어나다, 훌륭하다, 멋지다, 우아하다…" 등등 다양한 말로도 나의 기쁨을 반의반의 반도 표현할 수 없다.

따라서, 감정은 명확하게 표현할 수 없다. 은유로만, 이름 짓기로만 가능하다. 그리고 감정은 있는 그대로 '텔링(tellling)'하는 것이 아니라, 그 상황을 '쇼잉(showing)', 보여줘야 한다. 그게 바로 글쓰기다. '슬프다'가 아니라 슬픈 상황을 보여주는 것이 글이다!

물론, 감정 자체만 텔링할 수도 있다. 그러나 그것은 그 감정을 온전히 말하는 데 부족하다. 차라리 그 상황을 보여주는 것이 낫다. 글을 읽는 사람이 판단할 수 있게 말이다. 시인들 사이에 이런 격언이 있다. '시인이 펑펑 울면 독자는 무신경하고, 시인이 울음을 참으면, 독자가 펑펑 운다'. 울음을 참고 있는 상황을 보여주라는 것. 직접 쓴 슬픔은 슬픔이 아니다.

그러나 감정의 쇼잉은 그저 문학 혹은 시에만 국한된 것이 아니다. 진짜 말하고 싶은 것은 바로 이것이다! 바로 조울증! 조증과 우울증이 번갈아 가며 나타나는 감정의 장애. 그나마 이렇게 번갈아

가며 나타나는 게 차라리 나을지도 모른다. 조증만 있거나 우울증만 있으면 그게 더 힘들다. 그런데 이 조울증은 감기처럼, 누구나 조금씩 앓고 있다. 병이라고 말하기도 어렵다. 다 가지고 있으니까. 다만, 증상이 심해질 때가 가끔 있다. 감기처럼 말이다. 질병이다.

이른바, '감정의 롤러코스터'. 어제는 날아갈 듯 기분이 좋았는데, 오늘은 막막 죽고 싶다. 나도 왜 그런지 모른다. 누가 좀 알려주시면 감사하겠지만, 스스로 극복하는 수밖에. 뭐 내일이면 괜찮아지겠지 하고 넘기는 수밖에 없다. 특히 예민한 사람들은 자주 감정의 롤러코스터를 탄다. 예술을 하는 사람들에게는 필수다.

그런데, 우리가 여기서 생각해볼 것이 있다. 앞서 언급했지만 생각하면서 쓰는 것이 아니라 쓰면서 생각하는 것이다. 감정 역시 마찬가지. 감정 또한 쓰면서 만들어지는 것이다! 어떤 감정이 있어서 글을 쓰는 것이 아니라, 글을 쓰면서 그 감정이 무엇인지, 어떤 느낌인지 알게 되고 이름을 부여하는 것이다. 지금 내가 느끼는 이 감정은 이런 것이구나, 하고 말이다.

그러므로 어떤 감정에 빠져 힘들 때, 그 감정에서 벗어나려면 그 감정에 대해 글로 써보는 것이 도움이 될 수 있다. 감정의 정체를 조금이나마 알 수 있기 때문이다. 그러나 글로 표현하는 것은 여전히 명확하지 않고, 여전히 형용하기 힘들다. 그래도 그냥 가만히 있는 것보다는 나을 것이다. 그 감정을 정리 정도는 할 수 있으니까 말이다.

그래서 나는 당신께 제안한다.

요즘 시대가 절망과 불안의 시대이므로, 나나 당신이나 매우 힘들다. 먹고사니즘도 문제지만, 하루하루 어떻게 살아야 할지 정말 어렵다. 우울증이나 조울증을 앓는 분들도 예전보다 훨씬 많아졌다. 나 역시 그중에 하나다. 그러나 내가 아는 글쓰기는, 그런 정신 질환에서 벗어나는 것에 도움을 주거나 치료해준다고 생각하지 않는다. 오히려 더 증세를 악화시킬 수도 있다.

하지만, 내가 당신에게 제안하는 것은, 그런 우울함에서 성급하게 빠져나오려고 애쓰기보다는 감정에 충분히 머물며 그 감정이 무엇인지, 어떤 것인지 충분히 겪었으면 한다. 그걸 가능하게 하는 것이 글쓰기다.

나도 우울증을 어느 정도 겪고 있다. 그러나 가끔 그럴 때가 오면, 성급하게 빠져나오려고 애쓰진 않는다. 즐긴다고 해야 하나. 충분히 바닥을 찍을 때까지 내려간다. 바닥을 찍으면 올라갈 수 있으니까. 그때 글쓰기가 바닥까지 내려가는 데 도움이 된다.

그러니까, 글쓰기가 감정을 만드는 것이다. 감정에 이름을 붙이기. 나 스스로 감정을 바라보게 한다. 글쓰기만 가능한 일이다. 물론, 그림을 그리는 사람은 그림으로, 음악을 하는 사람은 음악으로 감정에 이름을 붙인다. 글을 쓰는 사람에게는 당연히 글이겠지.

자, 이제 당신에게 오는 감정들을 받아적고, 눈 돌리지 말고 똑바로 감정을 쳐다보길. 서퍼가 파도를 타듯, 그 감정을 타보라. 조증이면 조증대로, 우울증이면 우울증대로. 우리의 삶은 늘 따분하고 지루한 일상이지 않은가. 나름대로 재미가 있다!

다시 한번 총정리. 숨 가쁘게 달렸다. 글쓰기의 존재론은 은유, 해석, 이름, 감정 이렇게 네 가지로 살펴볼 수 있다. 글쓰기는 세계를 인식하는 태도인 은유이자, 이름 짓는 일이며, 자신을 해석하면서 감정에 충분히 머무는 일이다. 서로 맞물려 있다. 은유는 이름과 맞물려 있고, 해석은 감정과 맞물려 있으며, 또 이 네 가지가 상호작용한다.

이제, 쓸 일만 남았다.

CHAPTER 4

맞춤법에 대한
오
해

맞춤법이 어려운 게 아니라 표준어가 어려운 것이다.

우리는 왜,
맞춤법을 어려워 하는가

어디까지가 맞춤법인가

· · ·

이제 본격적인 글쓰기 실전에 돌입하겠다. 그러나 백지 앞에서 우리가 가장 먼저 무릎을 꿇게 되는 것이 있으니, 바로 맞춤법! 한 문장 쓰고 나서 이 문장이 맞는지 한참이나 쳐다보게 된다. 둘 중 하나다. 맞춤법 무시하고 그냥 써나가거나, 하나하나 검색창에 검색하면서 고쳐나가거나. 지금 당신 SNS나 채팅창에 올렸던 글을 한번 보라. 얼마나 틀렸을까.

그러나, 오늘 이 챕터 하나로 당신은 더 이상 맞춤법 따위에 고생하지 않으리라. 시중에 나와 있는 맞춤법 관련된 책이 많지만, 다 볼 시간도 없고, 다 볼 필요도 없다. 핵심만 짚고 가겠다. 종로의 김두환만 잡으면, 나머지 조무래기는 알아서 처리된다는 말이 있다!

맞춤법. 사전적 의미는 '어떤 문자로서 한 언어를 표기하는 규칙이면서 단어별로 굳어진 표기 관습'이다. 쉽게 말해 한 사회 안에서 지켜야 할 공통 언어 규칙이다. 원활한 의사소통을 위해서다.

예전에는 '교양 있는 사람들이 두루 쓰는 현대 서울말'이라는 표준어 원칙이 있었는데, 이제는 사라졌다. 교양 있음과 없음의 기준도 모호하고, 왜 꼭 서울말이 표준어의 기준으로 되어야 하는지 여러 문제가 생겨서 지금은 이 조항이 사라졌다. 사투리 혹은 방언 역시 중요한 가치를 가지고 있기 때문이다. 이에 따라 한글 맞춤법 총칙 세 가지를 살펴보면 다음과 같다.

제1항 한글 맞춤법은 소리 나는 대로 적되, 어법에 맞도록 함을 원칙으로 한다.
제2항 문장의 각 단어는 띄어 씀을 원칙으로 한다.
제3항 외래어는 외래어 표기법에 따라 적는다.

이 세 항목을 잘 지키면 문제가 없는데, 문제는 이 세 항목이 너무 어렵고, 예외사항도 너무 많다. 소리 나는 대로 적고 싶은데, 어법도 알아야 하고, 어디서 띄어 써야 할지 참 쉽지 않다.

아시다시피, 맞춤법에 어긋난 글은 신뢰를 얻기 어렵고 진정성도 없어 보인다. SNS 글이든 연애편지든 자소서든 간에 맞춤법의 문제는 곧 그 사람의 수준과 연관된다. 그러니 알기 싫어도 잘 알아야 하는 게 맞춤법. 최대한 어문규정을 준수해서 글을 써야 한다. 그러나 한글을 모국어로 하는 우리지만, 맞춤법은 너무 어렵다. 왜 그럴까?

우리가 흔히 올리는 SNS 글이나, 채팅방 글. 생각보다 우리는 글 쓸 일이 많다. 당신이 아침에 눈 떠서 밤에 눈감을 때까지 당신이 하루 종일 쓰는 글은 얼마나 될까. 생각보다 많을 것이다. 그러나 문제는 나 같은 국문과 전공자도 문법을 어려워한다는 점이다. (국문과를 나왔다고 해서 맞춤법을 잘 아는 것은 아니다!)

그런데 우리가 한 가지 놓치고 있는 부분이 있다! 그동안 우리는 맞춤법에 대한 오해와 선입견이 있다는 것이다. '맞춤법은 어렵다'는 오해. 그러나 여기서 제대로 확인해야 할 부분이 있다. 바로 '어디까지가 맞춤법인가'의 문제다. 글 쓸 때 지켜야 할 모든 규칙과 모든 문제를 맞춤법의 문제로 본다는 점이 곧 우리가 흔히 생각하는 오해에서 비롯된 비극이다!

맞춤법이 문제가 아니라 표준어가 문제

. . .

맞춤법은 규칙이자 관습이다. 예를 들어, 저기 하나의 꽃이 있다고 하면, 우리는 '꽃이 예쁘다'라고 말할 수 있다. 발음도 할 수 있다. 그러나 우리는 발음대로 '꼬치 예쁘다'라고 쓰지 않는다. '꽃이 예쁘다'라고 정확하게 써야 한다. 바로 여기까지가 맞춤법의 문제다. 사물을 보고 그 사물에 대해 표현할 수 있으며, 그 표현을 발음과 표기법이 다르거나 같다는 것을 알고, 말할 수 있고 쓸 수 있다.

다시 말해, 초딩 정도의 수준이면 알 수 있는 것. 그것이 바로 맞춤법이다. (적어도 이 책의 독자는 초딩 이상이므로) 그러니 당신에게 맞춤법은 어려운 것도 아니다. 왜냐하면 우리는 한국어를 모국어로 하고 있으며, 또한 '문법적 직관'이라고 해서, 설명을 제대로 하지는 못하더라도 이 단어나 문장이 틀렸다는 것을 바로 알 수 있다. 본능과 같은 것이다.

우리나라 문맹률이 전 세계적으로 낮은 이유도 바로 여기서 기인한다. 한국어 습득이 쉬운 이유도 있지만, 대체로 한국은 교육 수준이 높기 때문에, 문법적 직관력이 다른 언어권에 비해 높은 편이다. 예컨대 중국이나 미국 같은 곳에서는 말할 수는 있어도 그것을 정확하게 글로 표기할 수 있는 비율이 생각보다 낮다! 따라서 이제 우리의 문제는 맞춤법의 문제가 아니라, 그 외의 다른 문제라는 것을 알고, 안심하시길.

첫째, 맞춤법의 문제가 아니라 표준어의 문제

우리는 흔히, 맞춤법과 표준어를 같은 문제로 본다. 그러나 전혀 그렇지 않다! 우리가 어떤 말을 하거나 글을 쓸 때, 이것과 저

것 중 어떤 것을 선택하고 쓸지 고민하게 된다. 예컨대 우리가 흔히 쓰는 말인 '구레나룻'과 '구렛나루'를 쓸 경우, 기존에 우리는 '구레나룻'이 맞고, '구렛나루'는 틀린 것으로 알고 있다. '구렛나루'라고 말하지만, 쓸 때는 '구레나룻'이라고 써야 한다는 것이다. 하나는 맞는 말이고, 하나는 틀린 말, 즉 하나는 규칙에 부합하는 말이고 하나는 규칙에 어긋난 말이라는 것이다.

그런데, 누가 이것을 규칙으로 정할까? 바로 '국립국어원'이다! 국립국어원이 표준어로 인정해야 그 말이 맞는 말이 된다. 그러니까, 우리가 쓰는 말과 표준어는 다른 문제다.

표준어로 인정된 말이 있고, 인정되지 않는 말이 있다. 하지만 우리가 표준어로 인정되지 않은 말을 쓴다고 해서, 법에 저촉되거나 의사소통을 못 하는 것은 아니다. 맞춤법대로 썼다고 하지만, 표준어가 아닌 경우가 있고, 맞춤법에 어긋난 말이 표준어가 되기도 한다. 즉, 맞춤법과 표준어 문제는 일치하지 않는다!

그래서 매년 국립국어원에서 표준어로 인정된 말들을 수시로 발표한다. 비표준어 혹은 은어 등이 표준어로 인정받기도 한다. 표준어의 자격을 얻게 되는 것이다. '고삐리', '뼈치다', '허접하다', '개기다', '짜장면' 등 실생활에서 널리 사용되면 표준어의 자격을 받는다. 물론 비속어나 은어는 활용을 최대한 자제할 것을 권장하지만, 어쨌든 일반 사람들이 일상에서 널리 쓰는 말이니, 인정해줄 수밖에 없다.

다시 말해, 전 국민이 공통으로 쓸 수 있는 자격을 부여받아야 표준어가 된다. 따라서 우리가 실생활에서 쓰는 말과 표준어 사이의 괴리가 늘 발생할 수밖에 없다.

둘째, 급격히 증가하는 신조어 문제

'야민정음'이라는 말이 있다. 야민정음은 커뮤니티 사이트 디시인사이드 '야갤(야구 갤러리)'과 '훈민정음'의 합성어인데, 여기서 기존의 글자를 모양이 비슷한 글자로 바꿔서 말하는 것이 유행되어 여전히 큰 인기를 끌고 있다. 예컨대, 댕댕이, 커여워, 띵곡, 곤농 등의 말이 그렇고, 최근에는 아예 상품 이름을 야민정음으로 리미티드 에디션의 형식으로 출시하기도 했다.

물론 야민정음이 훈민정음을 파괴한다는 둥, 한글의 질서를 파괴한다는 둥, 여러 우려 섞인 목소리가 있는 것도 사실이다. 나는 이것도 한글의 다양한 변용이라고 긍정적으로 생각하지만, 지나친 변형은 삼가야 할 것이다.

여기서, 맞춤법 이외의 문제로서 우리가 난항을 겪는 문제가 발생한다. 바로 신조어의 문제! 급변하는 시대의 속도와 여러 특수한 상황 때문에 야민정음처럼 빠르게 인터넷 용어와 신조어가 만들어졌다 사라진다. SNS의 파급력도 한몫한다. 우리는 이것들이 표준어가 되기를 기다리거나, 잘 알고 써야 소위 '인싸'가 될 수 있다.

이제 우리는 빠르게 등장하는 신조어를 따라가야 하는 수고까지 해야 한다. 인싸가 되기 위해서이기도 하지만, 의사소통을 더욱 원활히 하기 위해서다. 인터넷 용어와 신조어가 표준어로 등록될 가능성이 높기 때문이다. 다들 쓰는데, 나만 안 쓸 수는 없다. 특히 요즘 방송되고 있는 예능프로그램이야말로 신조어 향연의 장이다. 유튜브 영상은 말할 것도 없다. 글에 신조어를 얼마나 쓸 수 있을까. 늘 나도 고민하는 부분이다.

셋째, 일반 언어 활동이 아닌 창의성 문제

맞춤법이 아닌 또 다른 문제는 바로 일반 언어 활동이 아닌 '창의성 문제'다. 창의성 문제는 쉽게 말해 언어 응용 능력 정도로 말할 수 있다. 좀 더 설명해보자.

우리는 일상에서 다양한 대상과 다양한 매체로 언어 활동을 한다. 말을 하기도 하고 글을 쓰기도 하고 책을 읽기도 한다. 가족 간, 친구 간, 직장 동료 간 다양한 관계와 다양한 상황에서 서로 언어를 주고받는다.

따라서 맥락에 대한 이해와 변화에 예민해야 한다. 직장 상사에게 친구와 대화하는 식으로 말할 수 없고, 특정한 자리에서는 전문 용어를 많이 써야 할 때도 있다. 예컨대, 메디컬드라마 같은 것을 보면 의학용어들이 많이 등장하지만, 그 공간 안에서는 용어들을 모두 다 알아야 한다.

그러니까 우리는 상황과 장소에 맞는 언어를 써야 한다. 즉, 우리는 어느 말을 써야 할지 선택해야 하고 고민해야 하는데, 그것은 창조의 영역이다! 그래서 창의성 문제라는 말을 썼다!

우리는 일상언어만 쓰는 것이 아니라, 창조적으로 말을 만들어 쓸 때가 더 많다. 당연히 긴장된다. 예를 들어 '글쓰기가 ~하다'라는 말을 하기 위해 나는 '글쓰기는 난해하다', '글쓰기는 까다롭다'라는 두 가지 서술어 중 하나를 선택해서 쓰려고 한다. 이것은 어휘력과 문장력의 문제, 즉 개인 능력의 문제이기도 하다. 깊게 생각해야 하고 끝까지 고민해야 하는, 무척 힘이 드는 일이다. 문장을 (새롭게) 창조해야 하는 창의성 문제. 대체로 우리의 언어 활동이 다 그렇다! 창의성이 없는 문장을 우리는 '뻔한 말' 또는 '클리쉐 (cliché)'라고 부른다.

이것이 바로 우리가 언어 활동 하면서 제일 힘들어하는 부분이다! 어휘력과 문장력의 빈곤! 그러나 우리는 이 문제 역시 맞춤법의 문제로 생각한다. 그동안 이 문제에 대해 깊이, 정확히 생각해보지 않았기 때문이다. 이제 우리는 알고 있다. 맞춤법은 '그냥' 우리가 직관적으로 아는 것이고, 표준어의 문제, 신조어의 문제, 창의성의 문제는 맞춤법의 문제가 아니라, 그 바깥 혹은 그다음 단계의 문제다.

우리가 흔히 가지고 있는 맞춤법에 대한 오해는, 맞춤법에 대한 두려움에서부터 시작한다. 맞춤법은 말 그대로 소리 나는 대로,

어법에 맞는 대로 쓰면 그만인데 말이다. 물론 이것도 쉽지는 않다. 그러나 우리가 기존에 가지고 있는 선입견부터 제거해야 맞춤법 문제에 쉽게 다가갈 수 있다. 무턱대고 맞춤법은 이러이러하니 이론을 제시하면서 암기를 요구하기보다는, 맞춤법을 대하는 태도와 마인드부터 잘 만들고 가야 한다고 보는 것이 이 책의 입장이다.

이제 당신의 문법적 직관력을 키워드릴 것이다. 그냥 '쓱' 보면, '쓱' 하고 알게 될 것이다. 외울 일이 아니다.

CHAPTER 5

맞춤법의
모든
것

맞춤법은 외우는 것이 아니라 감각하는 것이다.

맞춤법,
이것만 알면 된다

필요한 맞춤법만 줍줍

. . .

자 이제 대망의 맞춤법을 본격적으로 파-내려가겠다. 그런데 맞춤법을 빠짐없이 다 설명한다는 것은 불가능하거니와, 엄청 방대하다. 구체적인 맞춤법(한국어 어문 규범)은 국립국어원 홈페이지(http://kornorms.korean.go.kr)에서 확인하시길.

더욱이 규칙에 대한 예시와 예외도 많아서 일일이 설명하려면 두꺼운 책 한 권의 분량이 요구된다. 시중에 맞춤법 관련 책들이 많이 있으나, 그 책 한 권 다 읽는 것도 쉽지 않다.

그래서 이 책은 우리가 자주 틀리는 것, 헷갈리는 것만 엄선해서 종류별로 모아봤다. 이해의 편의를 위해 한글 맞춤법 총칙 세 가지를 역순으로 살펴보겠다.

제3항 외래어 표기법

. . .

제3항, 외래어는 외래어 표기법에 따라 적는다. 말 그대로 표기법만 지키면 된다. 문제는 실제 발음과 동떨어진 표기법이라 우리가 많이 헷갈린다는 것이다. 발음대로 쓰면 틀릴 가능성이 높다!

본격적인 표기법을 알아보기에 앞서, '외래어'와 '외국어' 구분부터 하자. 아시다시피, 외래어는 '외국에서 들어온 말로 국어처럼 쓰이는 단어'를 말하고, 외국어는 '국어로 정착되지 못한 단어'를 말한다.

예를 들어 커피, 빵, 컴퓨터, 오디오 등의 경우 외래어다. 다른 말로 대체가 불가능하기 때문에 그렇다. 커피를 커피가 아닌 말로 할 수 있을까? 없다. 컴퓨터도 마찬가지. 그러나 외국어는 외래어와 다르게 대체가 가능하다. 나이스, 오케이, 타임, 선데이 등등. 나이스는 '잘했어'라고 말할 수 있고, 오케이는 '응', '좋아' 등 다른 말로 대체할 수 있고, 타임은 '시간', 선데이는 '일요일' 등으로 대체할 수 있다.

따라서 문제는 무분별한 외국어 남용! 외래어도 마찬가지. 될수 있으면 한국어로 쓰는 것이 좋다. 예컨대, "부장님, A사 제안은 리스크가 커 리젝했습니다. B사의 가이드라인이 좋으니 그것으로 컨펌해주세요." 이렇게 회사에서 말할 수 있지만, 굳이 리스크, 리젝, 가이드라인, 컨펌 등의 외국어를 써야 할까. 리스크는 '위험 요소', 리젝은 '반려'로 말해도 되지 않을까? 가이드라인 역시 '제시안' 정도로 말하고 컨펌 역시 '확정' 정도로 말해도 된다. 전문용어와 외국어를 혼동하지 말아야 한다.

자 그럼, 외래어 표기 기본 원칙부터 보자.

제1항 외래어는 국어의 현용 24자모만으로 적는다.

제2항 외래어의 1음운은 원칙적으로 1기호로 적는다.

제3항 받침에는 'ㄱ, ㄴ, ㄹ, ㅁ, ㅂ, ㅅ, ㅇ'만 쓴다.

제4항 파열음 표기에는 된소리를 쓰지 않는 것을 원칙으로 한다.

제5항 이미 굳어진 외래어는 관용으로 존중하되, 그 범위와 용례는 따로 정한다.

제1항 외래어는 국어의 현용 24자모만으로 적는다

한국어 24개의 자음과 모음으로만 외래어를 적을 수 있다. 한글에 없는 글자를 쓰면 안 된다. 24개의 자음과 모음만 써야 하는데, 예능 프로그램을 비롯한 TV 프로, 동영상 등을 보면 가끔 재미있는 자막이 보인다. 예컨대, 영어 번데기 발음(th)을 재미를 위해 'th떡th떡'하고 적기도 한다. 쏘떡쏘떡(소시지+떡볶이떡). 당연히 외래어 표기법에 위배되는 표기다. 물론, 재미로 넣은 자막이겠지만, 그래도 아닌 건 아닌 거다. 알고는 계시라.

제2항 외래어의 1음운은 원칙적으로 1기호로 적는다

외래어 글자 하나와 한국어 발음 하나가 일대일(1:1) 대응해야 한다. 'B'는 'ㅂ'으로, 'D'는 'ㄷ'으로, 영어 '베이비'나 '대디'를 적는 것처럼 말이다. 이것은 원칙이다! 마음대로 'B'를 'ㅂ'이나 'ㅍ'으로 왔다 갔다 하면 혼란이 가중될 것이다. 따라서 일정한 규칙이 정해져 있는데, 영어는 발음기호와 한글이 일대일 대응 하는 것으로 규칙을 정해놓았다. 그러나 문제는 영어, 독일어, 프랑스어의 경우 철자가 아니라 음성기호(발음기호)로 표기하는데, 다른 언어는 발음 그대로 표기한다! 이를테면, 중국어나 일본어 같은 경우 말이다. '주윤발'이 아니라 '저우룬파', '성룡'이 아니라 '청룽'이다.

제3항 받침에는 'ㄱ,ㄴ,ㄹ,ㅁ,ㅂ,ㅅ,ㅇ'만 쓴다

외래어를 표기할 때 받침은 'ㄱ,ㄴ,ㄹ,ㅁ,ㅂ,ㅅ,ㅇ' 등의 7개만 쓸 수 있다. 예외 없다. 이외 다른 자음은 발음하기 어렵기 때문에 받침으로 쓰지 않는다. 예컨대 '캣(cat)'을 '캩'으로 쓰지 않고, '북(book)'을 '붘'으로 쓰지 않는다. '굿(good)'이지 '굳'이 아니다. 요즘에는 재미있게 하려고 규칙 아닌 다른 자음을 받침으로 쓰기도 하지만, 원칙적으로 표기법에 어긋난 표현이다.

제4항 파열음 표기에는 된소리를 쓰지 않는 것을 원칙으로 한다

외래어 파열음은 된소리로 쓸 수 없다. 파열음(p, t, k)은 'ㅍ',

'ㅌ', 'ㅋ'으로 표기해야 한다. '빠리'가 아니고 '파리(Paris)'고, '뻬루'가 아니고 '페루(Peru)'다. 마찬가지로 '째즈'가 아니고 '재즈(jazz)'며, '카페라떼'이 아니고 '카페라테'다. 뭔가 있어 보이려고 된소리로 적는 경우가 종종 있는데, 당연히 있어 보이지 않는다!

제5항 이미 굳어진 외래어는 관용으로 존중하되, 그 범위와
　　　용례는 따로 정한다

이미 널리 사용된 외래어는 존중하겠다는 뜻이다. 앞서 말했듯이 표준어로 인정되면 표준어다! 그것이 외래어든 외국어든 어느 나라 언어든 간에 표준어로 인정되면 묻지도 따지지도 말고 표준어가 된다. 문제는 널리 사용되는 것에 대한 기준이다. 당연히 국립국어원의 판단에 따라 규정된다. 앞선 모든 원칙을 과감히 깨버리는 '끝판왕' 원칙이기도 하다. '로보트'가 아니라 '로봇(robot)', '샾'이 아니라 '숍(shop)'이다. 2011년에 드디어 '자장면'이 아니라 '짜장면'이 표준어로 인정되었다! '잠뽕'이 아니라 '짬뽕'을 이제 시킬 수 있게 되었다.

외래어 표기법 BONUS TIP

외래어 표기법 보너스 팁 추가. 방금 언급한 다섯 가지 원칙은 그대로 지키고(다섯째 원칙이 좀 애매모호하긴 하지만), 여기에 몇 가지 팁만 더하겠다. 물론 이 팁 역시 한글맞춤법 규정에 있는

것이다. 가장 중요한 부분만 가져왔으니, 마음껏 쓰시길!

① 고유명사는 현지 발음을 따른다

 : 베네치아(베니스✕), 덩샤오핑(등소평✕)

② 장음 표기는 하지 않는다

 : 옐로카드(옐로우카드✕), 치즈(치이즈✕), 도쿄(도우쿄우✕)

③ 된소리는 사용하지 않는다

 : 카페(까페✕), 카르보나라(까르보나라✕), 바게트(바게뜨✕)

 (※일부 언어는 가능_쓰나미, 쯔란, 푸껫)

④ 이중모음은 쓰지 않는다

 : 초코우유(쵸코우유✕), 나초(나쵸✕), 레이저(레이져✕)

⑤ '쉬', '쉐'를 쓰지 않는다

 : 리더십(리더쉽✕), 셰이크(쉐이크✕), 슈림프(쉬림프✕)

⑥ 복합어는 각각의 말이 단독으로 쓰일 때로 적는다

 : : 북엔드(부켄드✕), 노트북(놋북✕)

그동안 우리가 아무 생각 없이 썼던 말들이 다 틀렸다는 것을 알 수 있다! 한글로 표기할 자신이 없으면, 차라리 원문 그대로 표기하시길. 표기법 틀리는 것보다 훨씬 낫다! 이제 우리는 '쉬림프피자'가 아니라 '슈림프피자'고, '까르보나라'가 아니라 '카르보나라'를 시켜야 한다. '쵸코우유'는 '초코우유'보다 더 단 것 같다.

제2항 띄어쓰기

· · ·

한글 맞춤법 총칙 제2항, 문장의 각 단어는 띄어 씀을 원칙으로 한다. 이 조항만 제대로 알면 띄어쓰기는 끝! 총칙을 다시 보자. '단어는 띄어 쓴다'. 즉 '단어'가 무엇인지 제대로 알면 띄어쓰기 틀릴 일이 없다! 문제는 단어가 무엇이냐다!

어쩔 수 없다. 옛날에 우리가 국어 문법 시간에 공부했던 한국어 9품사부터 시작하자.

명사 : 꽃, 하늘, 손가락, 거북이, 눈물, 사랑… ┐
대명사 : 나, 너, 우리, 그들, 그것, 저것, 이곳… ├ 체언體言
수사 : 하나, 둘, 셋, 백, 천, 만, 첫째, 둘째… ┘

동사 : 움직이다, 춤추다, 먹다, 흘리다, 찾다… ┐
형용사 : 슬프다, 재미있다, 파랗다, 심심하다… ┘ 용언用言

관형사 : 새, 헌, 옛, 첫, 어떤, 다른, 한, 두, 몇… →체언을 수식
부사 : 몹시, 빨리, 부디, 정말, 매우, 엄청… →용언을 수식
감탄사 : 아이고, 어머나, 여보세요, 옳지, 아하…

조사 : 은/는, 이/가, 을/를, 와/과, 에게, 까지, 부터…

명사와 대명사, 수사는 문장의 몸통이 되는 '체언(體言)'이고, 동사와 형용사가 있다. 요즘에는 동사를 움직씨, 형용사를 그림씨라는 말로 표현하기도 하는데, 이 두 가지 품사는 자유자재로 변형되고 활용이 되니 '용언(用言)'이라고 부른다. 기억나는가. 관형사는 체언을 수식하고 부사는 용언을 수식한다. '몹시 하늘'이 아니라, '몹시 빠르다'라고 부사는 명사나 대명사에 붙지 않고 용언에 붙는다.

감탄사가 있고, 마지막에 '은는이가을를와과' 등등 실질적인 뜻 없이 그 말과 다른 말과의 문법적 관계를 표시하거나 그 말의 뜻을 도와주는 품사인 '조사(助詞)'가 있다. 격조사, 접속조사, 보조사 등으로 나뉘는 조사 말이다.

자, 여기서 기술 들어가겠다!

'조사를 뺀 나머지 8개 품사는 모두 띄어 쓰라'

띄어쓰기 가장 기본 원리다! 이 원리 하나만 정확히 기억하면 된다. 이에 따라 나는 당신에게 띄어쓰기 원칙 4가지를 알려드리겠다. 이 4가지만 알고 있으면 웬만한 띄어쓰기 문제는 쉽게 pass!

띄어쓰기 원칙 1. 조사는 붙여 쓴다

조사가 아닌 8품사는 모두 띄어 쓴다고 했으니, 조사는 무조건 붙여야 한다. 그러려면 조사를 알아볼 수 있는 눈이 있어야 한다. 그래야 붙여 쓰든 띄어 쓰든 하니까. 조사부터 조사해보자.

① 평범한 조사

우리가 흔히 아는 '은는이가을를와과' 등이다. 누가 봐도 조사.

배보다배꼽이더크다 → 배보다∨배꼽이∨더∨크다
　　　　　　　　　　　명사+조사　명사+조사　부사　형용사

낫놓고기역자도모른다 → 낫∨놓고∨기역∨자도∨모른다
　　　　　　　　　　　명사　동사　명사　명사+조사　동사

전국민이매우울었습니다 → 전∨국민이∨매우∨울었습니다
　　　　　　　　　　　　관형사 명사+조사　부사　　동사

② 조사 같지 않은 조사

밥은커녕물도없더라 → 밥은커녕∨물도∨없더라
　　　　　　　　　　명사+조사+조사 명사+조사　형용사
　　　　　　　　　　※조사는 몇 개가 되든 다 붙인다!

사람이오는지조차몰랐어 → 사람이∨오는지조차∨몰랐어
　　　　　　　　　　　　명사+조사　　동사+조사　　동사

그사람말마따나네가나빴네 → 그∨사람∨말마따나∨네가∨나빴네
　　　　　　　　　　　　　대명사　명사　명사+조사 대명사+조사 형용사

③ 조사 같은 어미

내가먼저사과할걸 → 내가∨먼저∨사과할걸
　　　　　　　　　대명사+조사 명사　　명사+어미
　　　　　　　　　※〈~ㄹ걸〉은 종결어미, 〈~것을〉의 줄임말은 띄어 쓴다.
　　　　　　　　　　ex) 각자 마실 걸 챙겨 오자.

돕지는못할망정싸우다니→ 돕지는∨못할망정∨싸우다니

동사+조사　　　동사+어미　　　　동사

어이없을뿐더러화가난다→ 어이없을뿐더러∨화가∨난다

형용사+어미　　　명사+조사　동사

④ 조사 같은 접사

그까짓마음대로해→ 그까짓∨마음대로∨해

대명사+접사　　명사+조사　　동사

종류별로묶어놓았습니다→ 종류별로∨묶어∨놓았습니다

명사+접사　　동사　　　동사

오천명가량입장했습니다→ 오천∨명가량∨입장했습니다

수사　의존명사+접사　　동사

띄어쓰기 원칙 2. 의존명사는 띄어 쓴다

다음으로 우리가 가장 헷갈려 하는 의존명사가 있다. '의미가 형식적이어서 다른 말 아래 기대어 쓰이는 명사'라는 뜻을 의존명사는 무조건 띄어야 한다. 문제는 의존명사가 무엇이냐가 문제.

떠나간 이를 찾지 마세요

의도한 바가 아니다

마실 것이 없다

같이 차도 마실 겸 들렀어요

나도 거의 포기할 참이야

아픈 데를 정확히 찔렀다

어떻게 저런 말을 할 수가 있지

1년 치 흘릴 눈물을 다 흘리게 만드네

너는 언제 잘한 적이 있었냐

욕을 해대는 통에 말이야

가는 김에 내 것도 사다 줘

띄어쓰기 따위에 내가 지칠 줄 알고

그러기가 참 쉽지 않을 터인데

네 아는 척은 정말 지겹다

하는 둥 마는 둥 했다

조금 당황했을 뿐이야

서른 즈음에 알게 되었지

세 달 치 데이터를 모두 소진했다

요컨대, 띄어쓰기 문제를 한 문장으로 요약하면 이렇게 말할 수 있겠다.

띄어쓰기는 조사냐 어미냐 접사냐 의존명사냐의 문제.

이 네 가지를 구분할 수 있으면 된다. 물론 쉽지는 않겠지만, 문장 성분에 신경쓰면서 글을 쓰다보면 자연스럽게 체득될 것이다.

챕터 5_맞춤법의 모든 것

그냥 쓰면 되는 것, 그냥 보면 아는 것. 이 능력이 바로 '문법적 직관력'이다. 자, 그럼 이제 띄어쓰기 '매운맛'으로 넘어가 보자. 조사냐 어미냐 접사냐 의존명사냐. 맞춰보시라.

· 그래도 그렇지, 덩치는 산만 한 놈이 왜 그래? → 조사 (~만 하다)
· 지갑을 잃어버렸으니 화날 만하지! → 의존명사 (이유)

· 난 괜찮으니 안주나 더 시켜. 남은 거라곤 김치뿐이네. → 조사
· 난 더 할 수 있어. 네가 걱정될 뿐이지. → 의존명사 (~할 따름이다)

· 난 나대로 집에 갈 테니 넌 너대로 집에나 가라. → 조사
· 아쉬운 대로 빨리 먹고 헤어지자. → 의존명사 (어떤 모양이나 상태)

  (※ 앞 말이 체언이면 뒤에 오는 '뿐', '대로'는 조사이고, 앞 말이 용언이면 뒤에 오는 '뿐', '대로'은 의존명사다)

· 커피를 마실지 녹차를 마실지는 내가 정한다. → 어미
· 술을 마시지 않은 지 무려 일주일이나 되었다. → 의존명사 (기간)

· 한 달간의 다이어트 뒤에 먹는 치킨은 꿀맛이구나! → 접사
· 서로 간에 예의를 지켜야 좋은 모임이 된다. → 의존명사 (사이)

· 사장님, 여기 얼마에요? → 접사(직위나 신분)

· 와, 김남규 님이 쏘신다! 박수! → 의존명사(높이 부르는 말)

· 선생님, 회장님, 원장님, 이모님, 사모님 → 접사(높임)

· 김남규 씨, 김남규 님, 남규 씨, 남규 님, 김 씨 → 의존명사

(※ '씨'가 성씨의 가문이나 문중을 가리키는 말이면 앞 말과 붙인다. ex) 최씨, 김씨, 이씨, 박씨)

띄어쓰기 원칙 3. 단위는 띄어 쓴다

단위를 나타내는 말은 모두 의존명사. 당연히 띄어 써야 한다.

오십 킬로그램	이천 미터	한 달
십 년	두 마리	네 살
여섯 채	아홉 잔	백오십만 원

근데 예외가 있다! 앞 말이 아라비아 숫자이거나 알파벳 기호로 쓸 경우 붙인다. 외관상 깔끔해 보여서 그런 듯하다.

600그램	2000ml	2시간	10년	12살

또한 차례를 나타내는 의존명사는 붙여 쓸 수 있다. (띄어 써도

챕터 5_맞춤법의 모든 것

된다는 말이다. 그렇지만 붙이면 더 좋다는 말이다.)

오십칠번   삼십이회   백십삼차   오학년   삼층   제4부

띄어쓰기 원칙 4. 보조용언은 띄어 쓴다

마지막 띄어쓰기 원칙. 보조용언은 띄어 쓴다. 보조로서 앞에 있는 용언의 뜻을 더해주는 것을 보조용언, 보조용언의 도움을 받는 것을 본용언. 기억나는가.

보고서를 작성해∨보냈다
어른이 되어∨간다
고려해∨보겠다
태워∨없앴다
집에 가기로∨했잖아
만들고자∨했다
바쁜 척을∨했다 (조사가 끼어 있으면 띄어 쓴다)
읽어는∨보았다(조사가 끼어 있으면 띄어 쓴다)

보조용언은 띄어 씀을 원칙으로 하지만, 경우에 따라 붙이는 경우가 있다. 헷갈리는 부분인데, 위 인용과 같이 조사가 끼어 있으면 띄어 쓴다. 만약 조사가 없다면 '바쁜 척했다', '읽어보았다'로 붙일 수 있다.

그런데 또 붙여 쓸 수 있는 경우가 있다.

본용언과 보조용언 사이가 '아/어' 꼴로 이어져 있으면 붙인다. '생각해보았다', '만들어냈다'가 가능하다는 말이다. 또한 의존명사 '하다'나 '싶다'가 붙는 경우, '올듯하다', '착한척하다'가 가능하다. 그리고 보조용언 두 개가 이어질 때 앞엣것만 붙여야 한다. '기억해둘 만하다', '도와줄 법하다' 등등.[*]

자 지금까지 이야기한 띄어쓰기 원칙을 다시 정리해보자.

① 조사는 붙여 쓴다

→ 조사를 뺀 나머지 8개 품사들은 모두 띄어 쓰라

② 의존명사는 띄어 쓴다

→ 의존명사냐 아니냐를 잘 구별하라

③ 단위는 띄어 쓴다

→ 단위도 의존명사니 띄어 쓰라

④ 보조용언은 띄어 쓴다

→ 띄어 씀을 원칙으로 하되, 경우에 따라 붙여 쓰기도 한다

띄어쓰기 예외조항은 정말 수없이 많지만, 이제 그만 살펴보는 것이 좋겠다. 더 이상은 정신 건강에 해롭기 때문이다.

---

[*] 박태하, 『책 쓰자면 맞춤법』, 엑스북스, 2019, 23~138쪽 참고.

챕터 5_맞춤법의 모든 것

제1항 맞춤법

· · ·

　다 왔다! 띄어쓰기도 중요하지만 맞춤법 역시 중요하다. 당연히 이것 또한 짧은 시간 안에 다 설명한다는 것은 불가능하며 끝도 없다! 하여, 우리가 자주 사용하지만, 자주 틀리는 것만 엄선해서 모았다. 그냥 설명하면 지루할 것 같아, 대화창의 형식을 마련해보았다. 자, 당신도 한번 맞춰보시길!

연애한대(다고 해)

혈~ 민수랑 영희가 연예한데

아 진짜? 웬지 그럴 것 같았음ㅋㅋㅋ

웬지(왜인지)

않 어울려!!

안 어울려('아니'의 줄임말)

사긴지 몇일 됐대?

사귄지(사귀다가 기본형)

만나자마자 금새 반한 듯

금세(금시에)

잠갔어?

야 문 잘 잠궜어?

ㅇㅇ 왜 또 시비야

됐어

됏어 언제 올거임?

빨리 와서 나 좀 도와죠

도와줘(주어)

나 지금 좀 바빠

대지('핑계대다'가 기본형)

핑계 되지 말고 빨리 와라

저기요 401호인데요
지나친 소음은 삼가해 주세요

삼가 주세요

정말 죄송합니다ㅠㅠ

어줍짢게 뭐라해서 송구합니다

어쭙잖게

괜찮습니다 제가 더 죄송요
얽히고섥혀 사는 거죠 뭐

얽히고설켜

무릅쓰고

실례를 무릎쓰고 몇 마디 했네요
안녕히 주무세요

─────────────────────────────

개었어

자기야 오늘 날이 개였어
날이 좋아서 그런가 설레이네

설레네

응응 지금 이번 프로젝트
몰아붙이고 있음

몰아부치고

붙여
언제 끝나? 눈 좀 부쳐

내로라하는
내노라하는 선배들이 다 내것 보고
감탄하고 있음 ㅋㅋㅋ

엥간하다
엥간하다 자기도
이제 골아떨어지겠네

곯아떨어지겠네
꾀죄죄함
나 지금 엄청 꾀재재함

널브러질 테다
나도 오늘 그냥 널부러질 테다
밥은?

때웠지
대충 떼웠지 뭐. 바쁜데

짜집기
그냥 대충 짜집기 해

흐리멍덩해
지금 머리가 흐리멍텅해
몰골도 말이 아냐ㅠㅠ 부시시함

부스스함
자기 생각하니 착찹하네ㅠㅠ

착잡하네

야 너 주량이 눈에 띠게 줄었네

띄게

알은체(관심, 인사)

이제 앞으로 나 아는 체하지 마라

너 어제 나에 대해 엄청 떠벌였더라?

떠벌렸더라(입은 벌리고, 일은 벌인다)

걔가 물어봤길래 그냥
대답했지 화 좀 삭혀라

삭여라

헐~ 네가 진짜 그런 인간인 줄
믿겨지지 않네

믿기지(이중피동)

너한테 갖다 받힌 시간이 아깝다

바친

그만 좀 뭐라 해라 좀!!
하루 종일 마음 조렸다ㅠㅠ

졸였다

너 좋은 사람인 줄 알았는데
이제 보니 안 그러더라?

그렇더라?

낯선

낯설은 곳에 오니 엄청 떨려
입안이 다 헐은 것 같아

헌 것

바라

네가 잘 되길 바래^^
우리는 뗄레야 뗄 수 없으니까

뗄려야

추스를게

응응 마음 잘 추슬릴게

길에 채이는 게 다 커플이네

차이는 게

응응 이따 저녁때 자기 엄마가 잠깐
들리신다고 했으니 맛난 것 좀 먹어

들르신다고

안('아니'의 준말, 부사임)

밥을 않 먹었더니 배고파

나 공부할 팔자는 못되나봐

못 되나봐

덜하네

작년보다는 엄살이 덜 하네
최선은 다 하고 말하시지

다하고

야 이 &$%@!#@%^&*야

대화로써
화부터 내지 말고 대화로서 풀자고

인간으로서
인간으로써 어떻게 그럴 수 있냐
네가 인간이냐

아무리 네가 개념이
없기로소니... 이러면 안 되지
없기로서니

그런대
내가 뭘 어쨌길래 그런데
화내던지 말던지 마음대로 해
화내든지 말든지

아우 속 쓰려ㅠㅠ 오늘 일이나
제대로 할런지 모르겠다
할는지

어떡하냐
ㅠㅠ 어떻하냐
출근은 했지만은 한 게 아니네
했지마는

애먼
왜 너는 엄한 우리한테 성질이냐
이제서야 말하네
이제야

이따가(조금 지난 뒤에)
있다가 말하자 우리...
어리버리하기는
어리바리

완전히
완전 나빴네 너

우리도 바빠서 어쩔 수 없이
느즈막이 합류했다고!
느지막이

나름 생각이 있었다니까!!
내 나름

여태껏
여지껏 뭐하고 이제서 난리냐
제깍제깍해서 끝내야지
째깍째깍

와 끔찍히도 생각해 주시네요
끔찍이도

순댓국

인류 최고의 발명품은 순대국이지

셋방

세방 사는 놈한테는 최고지
집 근처 어디 맛있는 데 있어?

위층

집 앞 편위점 윗층에 하나 있긴 해

사이시옷 : 띄어쓰기 없이 붙여 쓰는 합성어에만 넣을 수 있다

· 뒤에 오는 단어의 첫소리가 된소리로 나면 사이시옷

  : 바닷가, 고춧가루, 만둣국, 먹잇감, 머릿속

· 두 단어 사이에서 'ㄴ' ('ㄴㄴ') 발음이 덧나는 경우에 사이시옷

  : 단옷날, 존댓말, 제삿날, 아랫니

· 한자어끼리 붙은 합성어, 외래어가 포함된 합성어에는 넣지 않는다

  : 사이시옷 예외 : 찻간, 셋방, 툇간, 곳간, 횟수, 숫자

· 뒷말 첫소리가 거센소리나 된소리로 표기된 경우에는 넣지 않는다

  : 뒤꿈치, 뒤뜰, 뒤태, 뒤통수, 위쪽, 위층, 나무꾼

부록_ 문장 부호

· · ·

문장 부호는 글에서 문장의 구조를 드러내거나 글쓴이의 의도를 전달하기 위해 사용하는 부호인데, 이것 역시 글 쓸때 꼭 유념해서 써야 한다. 특히 학술적인 논문과 같은 글을 쓸 때는 꼭 지켜야 한다. 문장 부호 하나로 실력을 간파당할 수 있다. 별것 아닌 것 같지만, 별것 아닌 것이 아니다! 디테일에 악마가 숨어 있다는 말이 괜히 있는 것이 아니다.

· 마침표 : 따옴표 안과 밖의 문제
  ―그는 "6시에 술 먹자."라고 말했다. (삭제가능)
· 따옴표 : 큰따옴표(" ")와 작은따옴표(' ')
  ―생각이나 강조는 작은따옴표, 대화나 인용은 큰따옴표
· 쌍점 : 콜론(:)과 세미콜론(;)
  ―한국어 문법에는 세미콜론이 없다!
· 말줄임표(……)
  ―3개만 찍어도 된다(2014년 개정)
· 홑낫표(「 」), 겹낫표(『 』), 홑화살괄호(〈 〉), 겹화살괄호(《 》)
  ―글과 작품 제목은 홑낫표나 화살괄호, 책이나 신문 이름은
    겹낫표나 화살괄호. 둘다 사용가능하며 통일만 하면 됨

챕터 5_맞춤법의 모든 것

이상과 같이 맞춤법 핵심만 간추려 살펴보았다. 용례와 예외조항은 끝도 없다. 그러나 당신의 문법적 직관력이 앞으로도 계속 향상된다면, 굳이 맞춤법을 따로 공부할 필요는 없을 것이다.

다만, 당신이 지금보다 책을 더 많이 읽고 글을 더 많이 쓰게 된다면, 직관력은 더 빨리 더 많이 오를 것이다. 다시 말해, 결국 맞춤법은 눈에 익숙해지면 그만이다.

시중에 맞춤법 관련 책은 무척 많다. 이 책도 그런 수많은 책을 모조리 사서 참고했다. 그러나 쫄지 않았다. 다 알 필요 없으므로. 다 외울 필요 없으므로!

이 책이 당신에게 외우고 필기하는 책이 아니라, 감각하고 즐기는 책이 되었으면 한다.

맞춤법은 외우는 것이 아니라 느끼는 것, 감각하는 것이기 때문이다.

CHAPTER 6

못난 글은
못
났
다

글쓴이가 먼저 못난 글을 알아봐야 좋은 글로 고칠 수 있다.

못난 글,
왜 못났을까

못난 글은 그냥 못났다

· · ·

아마 지나가다 한 번쯤은 들어봤을 것이다. "행복한 가정은 다 비슷하지만, 불행한 가정은 저마다 이유가 다르다". 톨스토이의 소설 『안나 카레니나』의 첫 문장이다.

이 문장은 매우 인상적인 표현이고, 또 잘 생각해보면 현실에 딱 들어맞는 듯하다. 행복한 가정의 면면을 들여다보면 거의 비슷하다. 화목하고 서로 다투지 않고 배려하고 대화도 많이 하는 그런 화기애애한 '가화만사성'한 가정.

그런데 불행한 가정은 이유가 정말 다양하다. 고부 갈등, 가치관 차이, 집안일 분배 문제, 돈 문제, 우울증 문제, 알코올 중독 문제, 도박 중독 문제, 불륜 문제, 자녀와 부모가 소통하지 않거나 등등 수만 가지의 이유와 사연이 있다. 각 개인이 다른 것처럼 그 가정만이 가진 이유와 사정일 것이다.

당신의 가정을 한번 생각해보라. 행복한 가정인지, 불행한 가정인지. 대부분 행복한 가정에서 살고 있겠지만, 딱히 행복해야 할 이유는 없다. 더 정확히 말하면, 불행할 이유도 딱히 없다. 불행할 이유가 없으면 행복한 가정이다.

여기서 『안나 카레니나』의 첫 문장의 글쓰기 버전이 딱!

"못난 글은 다 비슷하지만, 훌륭한 글은 저마다 이유가 다르다"

'가정'을 '글'로 바꿨을 뿐이다. 근데 딱 들어맞는다. 훌륭한 글, 잘 쓴 글은 여러 이유로 훌륭해 보이고 잘 썼다고 생각된다. 문체가 훌륭하거나 팩트를 아주 예리하게 집어냈거나 논리가 좋거나 새로운 발견이 있거나 등등. 또한 글은 독자에게 다양하게 해석될 수 있으니, 훌륭한 글은 저마다 이유가 다를 수밖에 없다.

그러나 못난 글은 그냥 못났다!

왜 못났는지 말할 필요가 없다. 누구나 딱 보면 안다. 앞서 언급했던 '문법적 직관력'만으로도 못난 글을 바로 알아볼 수 있다. 못난 글은 100명이 보면 대체로 100명에 가까운 인원이 못났다고 말할 것이다. 못난 글의 공통 속성이 있다는 말이다.

못난 글은, 그냥, 못났다. 못난 글은 묻지도 따지지도 않고 그냥 못났다.

---

*유시민, 『유시민의 글쓰기 특강』, 생각의길, 2015, 168쪽.

못난 글의 속성

...

그렇다면 못난 글이란 무엇일까.

못난 글들에는 공통 속성이 있다. 간단하다. 바로 '읽기 싫은 글'이다. 못난 글은 다 읽지 않는다. 읽다가 바로 넘긴다. 시간이 아까울 정도다. 내 금쪽같은 시간을 못난 글 따위에 뺏기기 싫다! 그냥 스킵. 만약 못난 글을 어떤 특정한 이유로 무조건 다 읽어야 한다면, 그것만큼 지옥이 또 없을 것이다. 다시 한번 못난 글을 아주 명확하고 간단하게 정의하겠다.

'못난 글은 그냥 읽기 싫은 글'이다!

왜 그 글이 읽기 싫은지 생각해보자. 컨디션 난조, 난독증 등 개인의 특수한 상황을 제외하고, 일반적으로 어떤 글이 읽기 싫은지 생각해보자. 아마도 다음의 둘 중 하나 혹은 둘 다일 것이다.

'뜻을 알 수 없다' or '재미가 1도 없다'

간단한 문제다. 뜻을 알 수 없으면 읽기 싫고, 노잼이면 읽기 싫다. 둘 중 하나면 그나마 다행. 두 가지 모두 속하는 글이라면 과감히 내려놓을 것!

여기서, 뜻을 알 수 없는 글은 '어려운 문장'이 많거나 '꼬인 문장'이 많다는 뜻이고, 재미가 없는 글은 '뻔한 문장'이나 '꼬인 문장'이 많다는 뜻이겠다.

중요한 것은 꼬인 문장은 뜻을 알 수 없게도 만들지만, 재미없게도 만든다는 것이다. 문장을 억지로 꼬면 안 된다는 말이다. 대체로 문학적 글, 특히 시가 그렇다. 꼬여 있으니, 뜻을 알 수도 없고 재미도 없다. 굳이 그럴 필요가 없는데 말이다.

하는 일과 성격에 따라 다르겠지만, 읽기 싫은 글만 쓰는 사람이 있는가 하면, 읽기 좋은 글만 쓰는 사람이 있다. 후자를 우리는 '글빨'이 좀 있는 사람이라고 부르는데, 읽기 싫은 글만 쓰는 사람은 타인에 대한 배려가 전혀 없는 사람이라 말할 수 있다. 타인을 배려한다면 읽기 좋게 써야지! 따라서 글쓰기는 타인을 배려하는 윤리 문제와도 관계되어 있다.

그렇다면 어려운 문장, 뻔한 문장, 꼬인 문장은 무엇일까?

어려운 문장
. . .

어려운 문장은 말 그대로 어려운 단어와 수식이 많이 들어 있는 문장이다. 일반적으로 어려운 문장은 전문적인 공간에서 작성되겠지만, 문제는 그 문장을 누가 보느냐이다. 조금 전에도 언급했지만, 문장은 타인(독자)을 배려하는 윤리의 문제도 개입되어 있다! 예컨대, 메디컬 드라마에서 볼 수 있듯이, 우리가 전혀 알아들을 수 없는 의학 용어들이 난무한다고 해도, 의사들끼리 다 알아들으면 문제가 없다. 문제는 의학용어를 환자에게 말할 때다. 훌륭한 의사일수록 의학 용어 그대로 환자에게 말하지 않을 것이다.

그동안 육상에서의 사회 재난과 자연 재난을 관장하는 부서가 각각 본부조직과 외청으로 이원화되어 있고, 해상에서의 재난은 해수부와 해경으로 분산되어 있어 재난 안전을 통합적으로 기획하고 관리하지 못했습니다. 이제는 육상과 해상의 재난, 사회 재난과 자연 재난을 모두 통합하여 국가안전처로 일원화하여 효율적으로 대처하고 철저히 책임 행정으로 할 것입니다. 그러기 위해서는 국가안전처가 하루라도 빨리 출범해야 국민의 생명과 안전 보호를 위한 획기적 변화가 시작될 수 있을 것입니다.

— 청와대 국무총리 담화문(2014/7/8)

　2014년 국무총리 담화문이다. 소리 내어 읽어보자. 당신은 무슨 말인지 이해했는가. 딱히 전문용어라고 말하긴 어렵고 그저 행정조직에 대한 언급만 있을 뿐인데, 무슨 말인지 알기 어렵다. 심지어 이 글은 텍스트의 형태가 아니라 말의 형태, 즉 담화문이니 기자와 일반 시민을 앞에 두고 담화문을 읽는 것인데, 이 문장들을 귀로 듣고 그 누가 한 번에 이해할 수 있을까. 누구를 위한 문장인가. 모든 국민이 쉽게 이해할 줄 알고 쓴 문장일까. 아니, 이 문장을 쓴 사람은, 이 문장들이 무슨 뜻인지 알고 썼을까.

　여기서 팁 하나. 글 쓴 본인이 자신의 글을 읽고 명확히 이해하지 못했다면, 반드시 문장을 다시 써야 한다. 자기 자신도 이해시키지 못했다면, 하물며 타인을 어떻게 이해시키겠는가.

그동안 육지의 사회 재난과 자연 재난을 책임지는 부서가 안전행정부와 소방방재청으로 나뉘어 있고 바다의 재난 대처는 해수부와 해경으로 갈라져 있어서 정부가 재난 안전을 제대로 기획 관리하지 못했습니다. 이제는 책임과 권한을 모두 국가안전처 한곳에 모아 육지와 바다의 재난, 사회 재난과 자연 재난 모두에 더 잘 대처하고 철저하게 책임지는 행정을 하겠습니다. 국가안전처를 하루라도 빨리 출범시켜 획기적 변화를 시작함으로써 정부는 국민의 생명과 안전을 더 확실하게 보호하겠습니다.*

유시민의 글쓰기 특강에서 발췌한 부분이다. '에서의'는 일본말 투니까 지우고, 육상과 해상은 쉽게 육지와 바다로, '이원화', '분산'이라는 말은 '나뉘다', '갈라지다' 등으로 쉽게 정리했다. '통합적'이라는 말 또한 '제대로'라는 바꿨고, '일원화', '효율적', '책임 행정'이라는 말은 쉽게 더 잘 대처하고 철저히 책임지겠다는 식으로 써도 충분하다. 요즘 담화문은 그래도 탄핵정국 이후 많이 좋아졌지만, 불과 6년 전만 해도 저렇게 엉망이었다.

또한 어려운 단어는 발음도 어렵다. 관장, 이원화, 분산, 통합적, 일원화, 효율적, 책임 행정, 획기적 변화 등등. 아나운서 톤으로 또박또박 발음해야 한다!

즉, 발음하기 어려운 문장은 곧바로 어려운 문장이 된다. 물론

---

* 유시민, 『유시민의 글쓰기 특강』, 생각의길, 2015, 171~174쪽 참고.

전문 용어가 필요한 곳은 어쩔 수 없지만, 굳이 어려운 문장을 쓸 필요가 없다면, 쓰지 않는 것이 좋겠다.

다시 말해 나쁜 글은 쉬운 것을 어렵게 말하고, 어려운 것을 더 어렵게 말한다. 좋은 글이 되려면 어려운 것을 쉽게 말해야 한다. 이것은 곧 내공의 문제다. 어려운 것을 어렵게 말한다는 것은, 어려운 내용을 충분히 이해하지 못했다는 말이다. 자기도 이해를 제대로 못 했으니, 남에게도 어렵게 말할 수밖에. 반면, 어려운 것을 충분히 이해한 사람은 쉽게 말할 수 있다. 어려운 내용을 제대로 이해하면서 자기 나름대로 '육화(肉化)'시켰기 때문이다.

뻔한 문장

. . .

둘째, 뻔한 문장. 말그대로 상투적이고 예상 가능한 문장들이며, 전혀 매력적이지 않은 글이다.

문학은 언제나 '길 찾기'의 여정이었다. 서사시가 고향을 잃고 방황하는 영웅들의 길 찾기를 그려냈다면, 소설은 목적지를 잃고 헤매는 문제적 개인들의 떠남을 이야기해왔다. 그러므로 문학의 형식은 필연적으로 여행의 과정을 닮아있다. 여행은 언제나 지금 이곳으로부터의 떠남이고, 또한 지금 이곳으로 돌아오기 위한 떠남이다. 하지만 돌아옴은 변화를 수반한다. 새로운 사건과 세계와 조우하면서 내적인 변화를 겪게 된 여행자가 제자리에 돌아온다면, 그것은 이전의 시간과 단절된 새로운 존재가 회귀하는 것이다. 따라서 변화한 존재가 머무는 이 현실 역시 다른 공간으로 바뀌는 것이 마땅하다. 그렇기에 여행은 개인을 삶으로부터 일탈 시켜 현실을 변화시키는 과정이라 할 수 있다.

꽤 오래된 스터디 동학의 글을 허락받고 인용하였다. 이 글에서 '문학'을 '길 찾기'나 '여행'으로 보는 것은 누구나 쉽게 생각할 수 있고 뻔하다. 그것을 8문장이나 썼으니, 읽기가 싫다! 더욱이 이 글의 첫 문단이 바로 그 뻔한 문장들로 채워져 있으니, 그 글의 질(퀄리티)은 보나 마나 뻔하다.

남들 다 아는 말, 상투적인 말을 클리셰(cliché)라 부른다. 글에 클리셰가 많을수록 깊게 고민하지 않았다는 말이자, 글쓴이가 게으르다는 것을 방증하게 된다. 바로바로 떠오르는 대로 대충 쓰고 얕게 생각하면서 퇴고하지 않은 것이다. 이런 글 역시 skip.

꼬인 문장

· · ·

셋째, 꼬인 문장. 문장이 꼬였다는 것은 일반적인 주어, 서술어 문장 형식이 한없이 늘어나면서 복문 안에 복문이 겹쳐지는 경우에 해당한다. 프랑스어나 영어는 복문, 혹은 '안은 문장'(겹문장)이 허용되지만, 한국어는 전혀 그렇지 않다. 또한 주술관계가 엉킨 경우에도 해당한다. 글 쓸 때 대부분 저지르기 쉬운 실수다.

　　IT기술이 비약적으로 발전해나감에 따라 인공지능이 자의식을 갖게 되고 인간의 지성을 뛰어넘는 일은 시간문제일 뿐이며 인간의 도구로서가 아닌 자율적인 존재로서의 발전 가능성도 배제할 수 없다. 따라서 미래의 사회에서 인간과 인공지능의 관계는 인간이 살아남기 위하여 자의식을 가지지 못한 인공지능을 사용하는 현대의 관계와 비슷한 모습의 지배 복종의 관계가 될 것이며, 인간은 인공지능의 발달이 일정한 단계 이상으로 성장하여 자의식을 가지지 못하게끔 인공지능들을 억제하고 통제할 것이다.

대학교 강의에서 받은 과제 글을 각색하였다. 소리 내어 읽어보자. 숨 가쁘지 않은가. 문장이 끝날 생각이 없다. 고쳐보자.

　　IT기술이 비약적으로 발전하면서 인공지능은 자의식을 갖게 될 것이다. 인공지능이 인간의 지성을 뛰어넘는 일은 시간문제가 될 것이며, 인간의 도구가 아닌 자율적인 존재로 발전 가능성도 있다. 따라서 미래 사회에서 인간과 인공지능의 관계는 인간의 편의를 위해 인공지능을 사용하는 현대와 비슷한 모습으로 지배 복종의 관계가 될 것이다. 인간은 인공지능이 일정한 단계 이상 성장하여 자의식을 가질 수 없도록 인공지능을 억제하고 통제할 것이다.

137

긴 문장들을 최대한 짧게 잘랐다. 의미상 동일해 보이지만, 고친 글이 아무래도 읽기 편하다. 꼬인 것을 풀었으니까. 주어만 다시 찾아주었을 뿐이다.

여기저기 글쓰기 관련된 교재나 강의에서 늘 말한다. 문장은 최대한 짧게 쓰라고. 다 이유가 있다! 짧게 써야 문장이 꼬이지 않는다!

그럼에도 불구하고 사람들이 문장을 길게 쓰는 이유는 무엇인가. 간단하다. 할 말은 많은데 정리가 되지 않은 것이다. 짧게 쓰려면 생각이 정돈되어야 하고, 논지가 명확해야 한다. 길게 문장을 쓰고 짧게 다시 다듬어야 한다. 문제는, 다듬는 과정이 초고를 쓰는 과정보다 훨씬 오래 걸린다는 점이다.

그러니, 아이러니하게도 짧은 문장을 쓰려면 시간이 더 많이 걸린다. 그래서 사람들은 꼬인 문장을 쓰게 되는 것이다. 오랫동안 글과 씨름할 생각이 없기 때문이다.

제발 문장은 짧게 쓰자. 문장이 길어지면 꼬이기 쉽다. 짧게 끊다 보면 주어를 찾게 된다. 주어가 보이면 읽기가 쉬워진다. 쓰기도 쉬워진다. 우리 모두 쉬운 글을 쓰자.

정리해보자.

1. 쓸데없이 어려운 말 쓰지 말고, 쉽게 풀어 써라. 쉽게 쓴다고 해서 수준이 낮은 것이 아니다.

2. 남들 다 아는 말 쓰지 말고 깊게 고민하라. 남들 다 아는 것을 시간 내서 읽지 않는다.
3. 문장이 길어지면 무조건 짧게 끊어라. 길게 쓰다 보면 주어와 뜻이 사라진다.

이렇게 우리는 못난 글을 알아보고 수정할 수 있다. 당신이 꼭 글 쓸 때 기억해 두었으면 한다. 이는 글에 대한 태도이기도 하고, 더 나아가 삶에 대한 태도이기도 하다. 결국 글은 남을 배려하는 일이기도 하니까. 물론, 못난 글을 수정하려면 쉽지 않고, 또 시간이 무척 많이 걸릴 것이다. 몇 배의 수고가 요구된다.

여기서 '찐' 기술 하나 들어가겠다!

'소리내어 읽으면서 퇴고하라!'

늘 내가 강조하는 말이다. 대학교 강의, 일반인 강의, 청소년 강의, 스터디, 시 합평회, 술자리, 수다 등등 언제 어디서나 늘 하는 말이다! 가장 좋은 퇴고법은 소리내어 읽으면서 고쳐가는 것이다. 어려운 문장, 뻔한 문장, 꼬인 문장이 다 보인다. 읽으면서 목에 '턱 턱' 걸리기 때문이다. 발음하기 어렵거나 숨이 가쁘다면 바로 수정할 것! 진짜 퇴고할 게 눈에 보인다. 정말 '강추'한다.

못난 글을 알아봐야 하는 이유

· · ·

자, 못난 글을 알아보고 퇴고했다고 치자.

여태 못난 글이 무엇인지 설명했지만, 못난 글을 알아봐야 하는 중요한 이유를 말하지 않았다! (당연히 의도한 것)

바로 내 글의 첫 번째 독자는 글쓴이인데, 글쓴이가 독자보다 먼저 글을 읽게 되므로, 고칠 부분을 찾을 수 있다!

문제는 내가 못난 글을 먼저 알아볼 줄 알아야 한다는 점이다. 남의 글이 좋은지 나쁜지를 판단하기 전에, 나의 글도 객관적으로 볼 줄 알아야 한다. 무조건 내 글이 좋은 글이라고 생각하며 보는 눈이 없다면, 노답!

글쓴이가 자기 글의 첫 번째 독자가 되어 자기 글이 못난 글임을 알아보고, 그것을 고칠 수 있어야 좋은 글을 쓸 수 있다. 겸손의 문제가 아니다. 예리하고 객관적인 눈이 필요함은 두말할 나위가 없다.

자 여기서 기술 하나 더 들어가겠다. 퇴고할 때 좋은 팁이다. 내가 늘 하는 방법이다. 영업비밀이기도 하다.

'쓰다 막히면 글 처음으로 돌아가 소리 내어 읽으면서
막히는 부분까지 내려오라!'

굳이 퇴고 시간을 따로낼 필요가 없다. 쓰면서 퇴고도 같이하는 것이다. 이 팁에는 정말 궁극의 장점이 있다! 막힐 때마다 처음부터 다시 읽고 고쳐나가니까 문장이 가지런해질 뿐 아니라, 계속 읽으면서 내려오니 막힌 곳이 '뺑' 뚫리기 시작한다! 읽으면서 계속 고민하니까.

글이 막히면, 큰일났다 하고 '멘붕'에 빠질 것이 아니라, 다시 글의 처음부터 읽으면서 논리의 흐름을 따라가라. 그러다 보면 길이 열린다. 퇴고는 덤. 그래도 막히면 계속 처음부터 다시 읽는다. 무한반복이다. 그러나 언젠가는 뚫린다. 그리고 그렇게 무한반복으로 첫 문장으로 되돌아가다 보면, 문장이 정말 흠잡을 곳 없이, 군더더기 하나 없이 완벽해진다.

이 방법은 시간이 오래 걸릴 것으로 보이지만, 오히려 따로 퇴고할 필요 없고, 막혀서 끙끙거리는 시간을 더 줄일 수 있다.

때로는 돌아가는 길이 빠른 길이 될 때가 있다. 특히 글쓰기에서는 그렇다.

CHAPTER 7

못난 글 퇴
고
하
기

글쓰기는 퇴고부터 시작이다.

못난 글,
어떻게 퇴고할까

못난 글을 찾았다!

· · ·

자, 이제 우리 못난 글을 알아봤다. 찾았다 요놈! 너 정말 못났구나! 그런데 우리는 곧바로 또 생각한다. 왜 못났지? 우리는 못난글이 왜 못났는지 이제, 알고 있다. 어렵거나 재미없어서 못난 글이겠지. 이제 고쳐보자.

그런데, 어떻게 고치지? 못난 부분을 찾아냈는데, 고치지 못하면 그냥 못난 글로 남는다. 진짜 글쓰기의 시작은 바로 여기, 못난글을 고치는 일부터다! 어떻게 고쳐야 할지 10가지의 방법을 제시하겠다. 체크리스트로 삼고, 글 쓸 때마다 검토해볼 것을 강추한다. 참고로 나는 여기에서 5가지 정도를 글 쓸 때 꼭, 체크한다.

1. 맞춤법에 어긋난 곳이 있는가

. . .

기본 of 기본. 가장 기본으로 확인해야 할 사항이다. 맞춤법을 틀리면 아무리 잘 써도 글이 빛을 잃는다. 신뢰를 잃기 때문이다. 독자가 글쓴이의 성실함을 의심하고 실력을 의심한다. 이런 사소한 것도 엉망인데, 더 큰 일을 어떻게 하겠는가 하고 말이다.

진짜 팁을 알려드리겠다. 항상 맞춤법에 유의하고, 정 맞춤법에 자신이 없으면 '맞춤법 검사기'를 이용하라! (글쓰기 교재나 강의에서 절대로 말하지 않는 비밀. 에라 모르겠다!)

각종 포털 사이트에서 자체적으로 만든 맞춤법 검사기가 있고, 많은 사람이 추천하고 많이 쓰는 〈나라인포테크〉의 맞춤법 검사기도 좋다. 텍스트 파일을 복사해서 돌리면 아주 '피칠갑'을 해준다! 물론 100% 정확하진 않지만, 대체로 정확한 편이다.

검사기를 돌린다고 해서 문제 될 것은 없다. 다만, 검사기를 돌리면서 자기가 틀린 부분들을 잘 숙지하고 다시 또 틀리지 않도록 해야 한다. 검사기만 믿고 엉망으로 글을 썼다가는 오류 잡느라 밤 샐지도 모른다.

나 역시 가끔 검사기를 돌릴 때가 있다. 글을 중요한 곳에 보낼 때, 아무래도 신경 쓰이기 때문이다. 그만큼 자신의 글에 있어서는 지나칠 만큼 완전무결에 강박을 갖는 것이 좋다.

2. 주어가 빠진 곳이 있는가

. . .

꼬인 문장과 관련해 앞서 언급했지만, 대체로 꼬인 문장은 주어가 없거나, 주어가 (너무) 많아서 발생한다.

그러나, 주어가 너무 많거나 없는 문장은 무조건 틀린 문장이다! 더 정확히 말해, 한국어에 있어서 한 문장에 주어는 무조건 하나다! 주어가 2개 이상이면 무조건 문장을 나눠야 한다. 예를 들어 보자.

아직 반쯤 잠든 멍한 상태로 좌절감과 자기혐오를 되삼키는 도중에 울리는 알람 소리에 또 한 번 화들짝 놀랐다.

→ 나는 아직 반쯤 잠든 멍한 상태로 좌절감과 자기혐오를 되삼키고 있었다. 도중에 울리는 알람 소리에 나는 또 한 번 화들짝 놀랐다.

한눈에 문장이 들어오는가. 반쯤 잠든 멍한 상태는 누구인가? 실패감과 자기혐오를 되삼키는 자는 누구인가? 알람소리에 화들짝 놀라는 사람은 누구인가? 물론 대체로 문맥상 '나'라는 것을 알 수 있지만, 글은 정확히 써야 한다. '나는'이 글에 반복되는 것이 주어가 없는 것보다 낫다. 우리가 자주 놓치는 부분이지만, 신경써야 한다.

3. 주어와 술어, 목적어와 술어 호응이 맞는가

. . .

문장호응(문장 성분간의 관계)이 맞지 않으면 말하고자 하는 바를 명확히 전달할 수가 없다. 마찬가지로 꼬인 문장이 될 수밖에 없다. 예를 들어보겠다.

> 얼굴에 색감을 넣어주면 훨씬 생기 있어 보인다. 연애도 안 하고 좋아하는 사람도 없어서 잘 보일 사람은 없지만 자기만족으로 하나보다.

> → 얼굴에 색감을 넣어주면 훨씬 생기 있어 보인다. 그녀는 연애도 안 하고 좋아하는 사람도 없어서 잘 보일 사람은 없지만 자기만족으로 화장을 하나보다.

두번째 문장이 이상하다. 잘 보일 사람이 없다는 서술에 주어가 없고, 자기만족으로 무엇을 하는지 목적어가 없다. 따라서 '그녀'라는 주어와 '화장'이라는 목적어가 있어야 호응이 맞다. 주어와 목적어가 없어도 문맥을 이해할 수 있지만, 정확한 문장은 아니다.

우리는 글을 쓰거나 말을 하면서 문장호응을 놓치는 경우가 종종 있다. 예컨대, '그 일의 가장 큰 장점은 시간을 아낄 수 있다'. 뭔가 이상하지 않은가. '큰 장점은'이라고 말했으니, '~점', '~것' 등으로 술어 호응이 맞아야 한다. '그 일의 가장 큰 장점은 시간을 아낄 수 있다는 점이다'. 이렇게 말이다.

4. 문장이 쓸데없이 늘어나지 않았는가
···

대체로 할 말이 없으면, 쓸데없이 문장이 늘어나게 된다. 그렇게 분량 채우다가는 중언부언되기 쉽다. 앞서 언급했지만, 아까워도 지워야 한다. 지우는 것도 용기다! 글쓰기 하수는 자기가 쓴 글을 아까워하지만, 고수는 전혀 아까워하지 않는다. 예를 들어보자.

오늘 만났던 여러 사람들, 그들의 생김새는 물론이고, 말투, 옷차림, 혹은 특정한 장소와 음악을 생각하면, 그것과 관련된 추억들이 생생하게 떠오른다. 평소엔 의식하지 못했던 것들, 정말 사소한 기억들이 하나의 사물로 인해서 떠오르게 된다. 그리고 그 기억이 좋았던 기억이건, 안 좋았던 기억이건, 지금 생각하면 웃을 수 있는, 그런 추억으로 느껴진다. 이미 지나버린 오늘 하루도 몇 일 뒤엔 추억이 되어서 한 번쯤 떠오를 것이다. 그리고 그 추억으로 인해 또다시 웃게 될 것이다.

→ 내가 오늘 만났던 여러 사람들, 그들의 생김새는 물론이고 평소에 의식하지 못했던 사소한 기억으로 인해 며칠 뒤엔 추억이 되어 한번쯤 그들이 떠오를 것이다. 그리고 그 추억이 어떤 추억이든 나는 다시 웃게 될 것이다.

무슨 말인지는 알겠으나, 중언부언하고 있다. 같은 맥락이 반복되고 있으니, 과감히 정리하는 것이 좋다. 아무리 문학적 글, 예컨대 소설이나 시, 에세이라 하더라도 문장은 정확해야 한다. 예전에 시 합평회에서 이런 말을 들은 적이 있다. 아무리 시적인 표현이라 하더라도 눈에 그려지지 않으면 안된다고. 소리 내어 읽어보면 알것이다. 지금 내가 무슨 말을 하고 있는 건지 말이다.

5. 반복되는 단어가 있는가
  · · ·

에세이는 그나마 괜찮지만, 보고서나 자소서, 평론, 문학적 글이라 할 수 있는 시나 소설 등에서는 반드시 조심해야 할 부분이다. 같은 단어가 반복되면 글쓴이의 성의를 의심하게 된다. 퇴고 없이 대충 썼다고 생각하기 때문이다.

아마 이 문제는 앞서 제시했던 글쓰기 팁, 문장이 막히면 글의 처음으로 되돌아가 소리내어 읽으면서 내려오면 쉽게 해결할 수 있는 문제다.

그러나 그런 방법을 쓰지 않는다면, 명령어 'ctrl+f'로 찾아야 한다. 찾아서 그 부분을 바꾸면 된다. 한글이나 워드, 엑셀, 심지어 인터넷 창에서도 'ctrl+f'가 기능하다. 중요하지 않은 단어, 특정 단어가 무심결에 반복된다는 것을 알아차렸다면 꼭 바꿔야 한다.

또한 실수로 스페이스바 2번 눌러서 2칸 띄어진 것을 찾는 것도 가능. 'ctrl+f'를 누르고 찾을 내용에 스페이스바 2번 누르고 검색을 시도하면 찾을 수 있다. 2칸을 1칸으로 '바꾸기'해도 된다.

6. 불필요한 조사나 어미가 없는가
. . .

'을를이가' 등의 조사나 다양한 어미들은 글 쓸때 반드시 필요하지만, 적당해야 한다. 문장은 간결하게 쓰는 것이 좋은데, 문장에 조사나 어미가 붙을수록 속도감이 떨어진다. 이것은 소리 내어 읽어보면 쉽게 찾을 수 있다! 예를 들어보자.

나는 거리의 수많은 차들을 보며 내가 얼마나 집에만 있었는지를 알게 되었다. 그렇게 한참을 주변을 돌아보고 있었는데 문득 나는 생각을 했다.

→ 나는 거리의 수많은 차를 보며 내가 얼마나 집에만 있었는지 알게 되었다. 그렇게 한참 주변을 돌아보고 있었는데 문득 나는 생각했다.

크게 문제 없어 보인다. 억울할 수도 있겠다. 그러나 '(수)많은', '모든'과 같은 형용사 뒤에는 굳이 복수임을 나타내는 보조사 '들'을 쓸 필요가 없다! '수많은 차들을'이 아니라 '수많은 차를', '모든 일들을'이 아니라 '모든 일을', '모든 사람들이'가 아니라 '모든 사람이'

등으로 정리해야 한다.

마찬가지로 '을를이가'도 삭제할 수 있으면 삭제하는 것이 좋다. '생각을 했다'가 아니라 '생각했다'. '정리를 한다'가 아니라 '정리한다', '도착을 한다'가 아니라 '도착한다' 등등. 조사와 어미가 글의 속도감을 떨어뜨린다면, 과감히 지워라. 물론 보다 딱딱한 격식을 요구하는 보고서나 논문과 같은 경우에는 주의가 필요하다.

소리 내어 읽어가는 퇴고법을 강력 추천! 조사와 어미는 발음에 방해가 되기 때문이다. 늘어지는 것을 몸으로 느낄 수 있다.

7. 서술어는 다양하고 간략한가
　• • •

같은 서술어가 반복되면 노잼. 글이 평이해진다. 글도 롤러코스터를 타는 듯한 재미가 있어야 한다. 독자를 웃고 울려야 한다.

제발, '~다', '~것이다', '~같다'의 서술어만 쓰지 말자. 특히 '~같다'를 주의하자! 대체로 많은 사람이 쉽게, 자주, 무심결에, 잘 쓰는 말인 것 '같다'. 한국어는 서술어가 굉장히 발달되어 있다. 다양하게 골라 쓰자.

나 같은 경우, '서술어사전'을 따로 만들어 두었다! 가끔씩 열어보면서 서술어 반복을 최대한 피한다. 이것도 역시 성의의 문제. 다양한 서술어를 쓴다는 것은 그만큼 글에 신경을 많이 쓴다는 말이니까. 서술어만 조금씩 다듬어도 글이 확실히 살아난다.

~로 볼 수 있다 ~로 봐야 한다 ~일지도 모른다 ~로 가정해 본다 ~일이다 ~암시한다 ~생각해 보았다 ~내포하고 있다 ~지향한다 ~반증한다 ~에 동의한다 ~향상된다 ~주목한다 ~때문이다 ~시작한다 ~생각한다 ~듯 하다 ……

아주 조금 인용한 서술어만 해도 다양하지 않은가. 산문도 운문과 같이 리듬이 있다. 서술어만으로도 아름답고 멋진 리듬을 만들어낼 수 있다.

8. 불필요한 피동형이나 번역투는 없는가

우리는 부지불식간 피동형과 번역투를 많이 쓰고 있다. 그것도 너무 많이. 정말 많이. 그렇게 배웠으니까. 일본어식 번역투와 영어식 표현이 특히 그렇다. 몇 가지 예를 들어보겠다.

나는 사랑에 대해서 잘 모른다.
→ 나는 사랑을 잘 모른다.

작은 귀에는 새하얀 이어폰이 꽂혀져 있다.
→ 작은 귀에는 새하얀 이어폰이 꽂혀 있다.

열심히 퇴고한 그의 성실함이 그를 성공하게 만들었다.

→ 열심히 퇴고한 그의 성실함이 그를 성공하게 했다.

'~에 대해서'나 '~에 관하여' 등은 일본식 번역투다. 목적어의 자리에 있으면 '~을/를'을 써도 충분하다.

우리가 흔히 실수하는 피동형 문장. '꽂혀져'는 피동형이다. 귀에 이어폰이 꽂혀 있는 거지, 이어폰이 자기 스스로 피동으로 누군가로 인해 꽂힌 게 아니다. 영어식 표현이다.

또한 우리는 쉽게 '만들었다'는 말을 쓰지만, 이것 역시 영어 'make'와 관련된 것이다. 이제, 잘 알았으니, '~게 만들었다'는 '~게 하다'로 바꾸자. 바꾸는 것만으로도 문장이 살아난다(살아나게 만든다×).

9. 글의 첫 문장과 마지막 문장은 매력적인가

· · ·

아주 중요한 문제다! 이것은 글 전체의 퀄리티를 결정한다. 첫 문장에서 이미 글의 사이즈가 나온다! 마지막 문장도 마찬가지!

나는 가끔 시 백일장 심사나 예심을 볼 때가 있다. 모든 글이 그렇지만, 시는 특히 첫 문장과 마지막 문장이 중요하기 때문에 처음과 마지막 문장만 봐도 이 글이 탈락할지 심사에 올릴지 바로 사이즈가 나온다!

따라서 첫 문장과 마지막 문장은 마지막에 다시 쓰는 것이며, 끝까지 봐야 하는 것이 처음과 마지막 문장이다. 글을 마감하기 전까지, 제출하기 전까지 계속 퇴고해야 한다. 이렇게 말할 수 있겠다. '첫 문장은 마지막에 쓰는 것이다'. 두둥!

마지막 문장도 마찬가지. '인저리 타임(injury time)', 끝날 때까지 끝난 것이 아니다. 마지막 문장은 첫 문장을 고치기 전에 다시 봐야 한다. 그러니까 글쓰기 순서는 '초고→퇴고(무한반복)→마지막 문장→첫 문장' 순이 되어야 한다. 여기에 팁 하나 더. 첫 문장과 마지막 문장은 어떻게든 이어지는 것이 좋다.

10. 레이아웃 전체에 문제가 없는가

. . .

디테일에 악마가 숨어 있다. 꺼진 불 다시 보듯, 당신의 글을 프린트해서 다시 보라.

반드시 들어가야 할 기재사항, 예컨대 글의 제목, 소제목, 인적사항 등등은 말할 필요가 없고, 들여쓰기, 단락 나누기, 소제목 구성 등의 레이아웃은 글을 한층 업그레이드시켜준다. 대부분의 사람은 단락 나누기나 들여쓰기에 신경 쓰지 않는다. 모르기 때문이다. 아무 생각 없이 '통짜'로 글을 쓰면, 독자가 읽어내기 정말 힘들어진다. 대체로 사람들은 소리 내어 읽지 않고 묵독으로 읽기 때문에 시선의 이동을 염두에 두지 않으면 안 된다.

9. 글의 첫 문장과 마지막 문장은 매력적인가?

아주 중요한 문제다! 이것은 글 전체의 퀄리티를 결정한다. 첫 문장에서 이미 글의 사이즈가 나온다! 마지막 문장도 마찬가지! 나는 가끔 시 백일장 심사나 예심을 볼 때가 있다. 모든 글이 그렇지만, 시는 특히 첫 문장과 마지막 문장이 중요하기 때문에 처음과 마지막 문장만 봐도 이 글이 탈락될 지 심사에 올릴 지 바로 사이즈가 나온다! 따라서 첫 문장과 마지막 문장은 마지막에 다시 쓰는 것이며, 끝까지 봐야 하는 것이 처음과 마지막 문장이다. 글을 마감하기 전까지, 제출하기 전까지 계속 퇴고해야 한다. 이렇게 말할 수 있겠다. '첫 문장은 마지막에 쓰는 것이다'. 두둥! 마지막 문장도 마찬가지. '인저리 타임(injury time)', 끝날 때까지 끝난 것이 아니다. 마지막 문장은 첫 문장을 고치기 전에 다시 봐야 한다. 그러니까 글쓰기 순서는 '초고 →퇴고(무한반복)→마지막 문장→첫문장' 순이 되어야 한다. 여기에 팁 하나 더. 첫 문장과 마지막 문장은 어떻게든 이어지는 것이 좋다.

9. 글의 첫 문장과 마지막 문장은 매력적인가?

아주 중요한 문제다! 이것은 글 전체의 퀄리티를 결정한다. 첫 문장에서 이미 글의 사이즈가 나온다! 마지막 문장도 마찬가지!

나는 가끔 시 백일장 심사나 예심을 볼 때가 있다. 모든 글이 그렇지만, 시는 특히 첫 문장과 마지막 문장이 중요하기 때문에 처음과 마지막 문장만 봐도 이 글이 탈락될 지 심사에 올릴 지 바로 사이즈가 나온다!

따라서 첫 문장과 마지막 문장은 마지막에 다시 쓰는 것이며, 끝까지 봐야 하는 것이 처음과 마지막 문장이다. 글을 마감하기 전까지, 제출하기 전까지 계속 퇴고해야 한다. 이렇게 말할 수 있겠다. '첫 문장은 마지막에 쓰는 것이다'. 두둥!

마지막 문장도 마찬가지. '인저리 타임(injury time)', 끝날 때까지 끝난 것이 아니다. 마지막 문장은 첫 문장을 고치기 전에 다시 봐야 한다. 그러니까 글쓰기 순서는 '초고 →퇴고(무한반복)→마지막 문장→첫문장' 순이 되어야 한다. 여기에 팁 하나 더. 첫 문장과 마지막 문장은 어떻게든 이어지는 것이 좋다.

왼쪽의 통짜로 쓴 글보다는, 들여쓰기한 오른쪽의 글이 가독성이 높다

또한 글을 쓸 때, 글씨체 종류, 글씨 크기, 자간, 장평, 행간 등도 신경 쓰면 좋다. 대부분의 사람이 문서 작성할 때 많이 쓰는 〈한글 오피스〉의 한글 문서를 처음 열면 함초롬바탕체 10포인트, 장평 100%, 자간 0%, 160% 행간이 기본값으로 설정되어 있다. 그러나 이 기본값으로 문서를 작성하면 정말 볼품 없다. 미학이 1도 없다!

요즘 블로그나 카페만 해도 이런저런 설정을 모두 수정할 수 있는데, 그것을 아는 것과 모르는 것은 하늘과 땅 차이니 눈여겨보시길. (한글 편집 관련 사항은 내 브런치 글을 참고하시길!)

레이아웃만 봐도 그 사람이 누구인지 알 수 있다.

못난 글 퇴고하기 체크리스트 10

1. 맞춤법에 어긋난 곳이 있는가
2. 주어가 빠진 곳이 있는가
3. 주어와 술어, 목적어와 술어 호응이 맞는가
4. 문장이 쓸데없이 늘어나지 않았는가
5. 반복되는 단어가 있는가
6. 불필요한 조사나 어미가 없는가
7. 서술어는 다양하고 간략한가
8. 불필요한 피동형이나 번역투는 없는가
9. 글의 첫 문장과 마지막 문장은 매력적인가
10. 레이아웃 전체에 문제가 없는가

이외에도 글 쓸 때 체크해야 할 사항은 많지만, 위 10가지 사항만 잘 신경 써도 좋은 글을 쓰는 데 큰 도움이 될 것이다. 여기서 1, 3, 6, 8번은 맞춤법 검사기가 친절히 잘 알려줄 것이고, 나머지는 당신의 몫이다.

물론, 이것들을 습관으로 만들기는 쉽지 않을 것이고 또한 오래 걸릴 것이나, 투자한 만큼 좋은 글로 보답받을 것이다.

여기서 다시 한번 강조한다. 다양한 퇴고 방법이 있지만, 이 책에서 계속 추천하고 밀고 있는 방법!

소리 내어 읽으면서 퇴고하기!

모든 퇴고 방법의 '끝판왕'이라고 해도 과언이 아니다. 당신이 직접 해보시라. 이 방법은 직접 몸으로 하는 퇴고다. 몸에 배어드는, 몸이 기억하는 퇴고다.

왜 추천하는지, 왜 그렇게 강조하는지 금방 알게 될 것이다.

CHAPTER 8

학술적 글
쓰
기

주제는 정해놓는 것이 아니라, 찾아지는 것이다.

학술적 글쓰기,
어떻게 써야 할까

학술적 글쓰기는 모든 글쓰기

. . .

대학교 4년 내내 시달려야 하는 보고서(report)부터 시작해, 직장에서 제출해야 하는 다양한 프로젝트 기획서 혹은 보고서 그리고 일반적인 연구서 및 에세이까지, 학술적 글쓰기는 우리 주변에서 쉽게 찾아볼 수 있고, 흔히 겪는 일이다. 또한 최근에는 학문 간 경계가 사라지고 '통섭(consilience)'이 강조되면서 학술적 글쓰기는 특정 연구자의 연구 성과물을 넘어서 보다 광범위한 글쓰기가 되었다.

정확히 말하자면, 성찰적 글쓰기, 문학적 글쓰기, 실용적 글쓰기, 학술적 글쓰기 등을 칼로 무 자르듯 나누기는 쉽지 않다. 모든 글쓰기가 학술적 글쓰기라고 말해도 무방할 정도로, 학술적 글쓰기는 모든 글쓰기의 토대가 된다. 왜냐하면, 학술적 글쓰기는 곧 논증하는 일이면서 타인을 설득하는 일인데, 이는 모든 글쓰기의 과정이자 목적 아닌가.

따라서 말은 '학술적 글쓰기'라 부르겠지만, 곧 '모든 글쓰기'에 해당한다. 글의 세부적인 용도만 다를 뿐이다.

이제 연구자나 대학생이 아니라도 학술적 글쓰기는 누구나 쓸 수 있는 글, 모든 글이 되었으니, 이참에 학술적 글쓰기의 'A to Z'까지 알고 가는 것이 좋겠다.

논증은 결국 설득
· · ·

정보 전달을 목적으로 글을 쓰든, 감정 전달(토로)을 목적으로 쓰든 간에, 글쓰기의 최종 목적은 대체로 비슷하다. 타인(독자)의 마음을 움직이게 하거나(感-動) 설득하는 일. 감동의 문제는 뒤로 하고, 설득부터 살펴보자.

설득한다는 것은 자기주장의 정당성을 확보하는 일이면서 상대방의 동의를 끌어내는 일이다. 여기서 중요한 것은 설득이 일방적인 강요가 아니라 쌍방향의 의사소통이 되어야 한다는 점이다. 그것을 우리는 '논증'이라 부른다.

따라서 논증은 비판적 사고 능력과 합리적 사고 능력을 토대로 전개된다. 어떤 사안에 대한 글쓴이의 문제의식과 그에 따른 합리적 사고의 결과물이 곧 논증이자 글이기 때문이다. 앞서 언급했듯이 '사고의 물질화'가 글쓰기인 것처럼, '논증의 물질화'가 곧 글쓰기이므로, 더욱 논리적인 구조를 갖추고 있어야 한다. 문제 제기와 주장 그리고 주장을 뒷받침하는 논거가 확실해야 하며 주장과 논거의 연결이 아주 튼튼해야 한다. 여기서 문제는 주장이다.

주장은 일단, 합리적이어야 한다. 칸트의 정언명령 제1준칙 "너 의지의 격률이 언제나 동시에 보편적 입법의 원리가 되도록 행위하라"는 말처럼, 보편성의 범주 안에서 주장이 전개되어야 한다. 보편성의 범주를 넘어가는 주장은 관철되기 어려울뿐더러, 논거를 제시하기 어렵다. '타당(妥當)'이라는 어휘와 같이 논증은 언제나 옳음의 문제를 다루기 때문에, 각별히 주의해야 한다.

그러므로 논증으로 타인을 설득하려면, 더욱 차별화된 고도의 전략이 필요하다. 이것 역시 하루아침에 이뤄지는 일은 아니다. 그러나 여기서 주의할 점은 논증은 감정의 절제가 전제되어야 한다는 점이다. 감정이 앞서면서 흥분하게 되면 논리가 허약해질 가능성이 크기 때문이다. 워워, 침착해, 침착해.

그렇다고 해서 학술적 글쓰기를 이성, 다른 글쓰기를 감성으로 써야 한다는 말은 아니다. 이성이 감성보다 강조될 뿐이지, 언제나 글쓰기는 아리스토텔레스의 〈수사학〉에서 언급되는 '로고스(logos)', '파토스(pathos)', '에토스(ethos)' 이 세 가지가 조화를 이뤄야 한다. 자, 그럼 학술적 글쓰기를 써보자.

새로운 학술적 글쓰기 순서

. . .

모든 글이 그렇지만, 순서 혹은 목차를 미리 정해서 글 쓰는 일은 참 쉽지 않다. 연구자 혹은 대학원 커뮤니티에서 하는 말이 있다. '논문은 목차가 반이다'라는 말.

다른 글에 비해 확실히 학술적 글쓰기는 구조가 논리적이어야 하므로, 더욱 정밀한 구조 설계가 필요한 것은 사실이다. 글을 쓰면서 목차와 논리가 바뀌더라도 학술적 글쓰기는 어느 정도 목차를 미리 구성해 놓는 것이 좋다. 마치 그림 그리기 전의 '스케치'처럼 말이다.

당연히 목차를 어느 정도 구성하려면 그에 따른 공부와 밑 작업은 필수! 박사논문 밑 작업만 하다 한평생을 보내는 슬픈 전설이 대학원마다 있을 것이다. 그만큼 목차 구성하는 일은 쉽지 않다!

따라서 이 책은 목차와 개요표를 처음부터 작성해야 한다고 당신을 압박하지 않을 것이다. 대체로 많은 글쓰기 교재, 특히 대학교 글쓰기 교재에서 개요표와 목차 구성을 교재 앞부분에 배치하지만, 개요와 목차 구성하다 세월 다 보내는 경우를 많이 봐온 나로서는, 거기서부터 자유로워 지고자 한다.

당신도 눈치챘겠지만, 이 책은 기존의 글쓰기 책들과 '이상하게' 다르다. 이 책은 기존의 방법과 이론을 크게 신경 쓰지 않는다. 보다 실전으로, 보다 글쓰기에 깊이 파 내려가는 것에 목적을 두고 있기 때문이다. 그러므로 이제부터 학술적 글쓰기의 새로운 순서를 제시하겠다. 눈 크게 뜨고 지켜보시길.

주제는 만들어가는 것
...

우리는 모든 글쓰기가 그러하듯 글의 주제를 먼저 정해야 한다고 생각한다. 물론 명확하게 주제를 정해놓고 쓰면 '참' 좋겠지만, 주제를 정할 정도로 글쓰기 준비를 다 마치는 일은 '참' 쉽지 않다. 따라서 이 책은 주제를 먼저 정하라고 섣불리 말하지 않겠다! 주제는 정해놓는 것이 아니라, 찾아지는 것이다!

주제와 주제문은 언제든 다시 쓸 수 있는 것이다. 마치 글의 처음과 마지막 문장을 퇴고의 마지막 과정에 쓰듯, 주제(주제문)도 마찬가지. 주제를 가안(假案)으로 잡아놓고 쓰면서 조금씩 좁혀나가는 것을 추천한다!

글을 쓰면서 논리가 달라질 수도 있고, 주제가 완전히 달라질 수도 있기 때문에 그렇다. 사형제도 찬반 토론과 같이 '답정너'의 주제를 정하는 일이 아니기 때문이다. 글은 마치 살아있는 생물과 같아서 예측 불가능하고 어떻게 끝날지 알 수 없는 미지의 것이기 때문이다. 학술적 글쓰기도 예외 없다.

물론 학술적 글쓰기를 쓰게 될 때는 어느 정도 대강의 주제(소재)가 글쓴이에게 주어지긴 한다. '맨땅에 헤딩'해야 하는 경우도 종종 있긴 하지만. 그러므로 일단 '허수아비(가안)' 하나 세워놓고 글쓰기를 시작하자. 죽이 되든 밥이 되든 초고를 만들어가는 것에 목적을 두고 말이다.

자료 검색 및 수집
. . .

학술적 글쓰기를 글쓴이 혼자서 모두 감당하는 것은 불가능하다. 자기의 문장으로만 그 텅 빈 백지를 가득 채워야 한다고 생각해보자. 얼마나 두려운가.

학술적 글쓰기는 주장을 뒷받침할 논거가 반드시 따라붙기 때문에, 논거가 무척 신빙성 있어야 한다. 이때의 신빙성은 자료 제시에서 온다! 얼마나 풍부하고 정확한 자료를 제시하느냐에 따라 학술적 글쓰기의 성패가 결정된다. 따라서 신빙성 있는, 더욱 확실한 자료 확보에 사활을 걸어야 한다.

대체로 우리는 인터넷 검색(블로그, 카페, 기사 등) 또는 구글링을 통해 자료를 확보하는데, 인터넷 정보가 항상 정확한 것은 아니다. 원문 출처도 명확하지 않고, 심지어 복사(복-붙)가 무한 반복되면서 원문과 다른 오류가 그대로 반영된 경우도 부지기수다. 더욱이 명확하지 않은 개인 의견(doxa)에 불과한 정보도 많다. 그래서 이 책은 인터넷 정보보다는, 단행본과 논문을 자료로 추천한다!

단행본(책) 역시 모두 정확한 것은 아니지만, 글쓴이가 책 한 권을 발간할 때는 나름의 책임과 수고를 감수하기 때문에 인터넷 자료보다는 정확하다. 자신의 실명으로 발간되는 책이면서 자신의 업적이기 때문에 신뢰가 갈 수밖에 없다.

단행본과 함께 가장 추천하는 것은 학술논문! 연구자의 연구 결과물이기 때문에, 논리가 확실하다! 정보도 매우 정확한 편이다! RISS(한국학술연구정보서비스 http://www.riss.kr)나 학술 콘텐츠 플랫폼(DBpia 등) 등에 접속해서 키워드(주제어)를 검색하여 자료를 다운받는 것을 강추한다.

논문을 다운받거나 열람할 때는 가장 최근 발간된 것부터 받는 것이 좋고, 활용도(인용지수)가 높을수록 좋은 논문일 확률이 높다. 일단 논문을 다 읽기보다는, 키워드로 검색한 논문을 대충 살펴보고(초록만 봐도 알 수 있다) 필요하다고 생각되는 논문을 모두 다운받는다.

자료 수집이 모두 끝나면, 다운받은 논문을 대강 훑어보면서 키워드별, 주제별로 분류하고, 자신의 글에 필요하다고 생각되는 내용은 나중에 쉽게 찾을 수 있도록 체크(밑줄 혹은 포스트잇 플래그)와 메모를 해둔다.

여기서 중요한 것은 절대로, 자료를 모두 정독할 필요가 없다는 것이다! 대강 훑어보는 것만으로 충분하며, 자신의 글을 쓸 때 비로소 자료를 꼼꼼하게 읽으면 된다. 자료의 논리와 자신의 논리가 그때 만나며 자료를 통해 자신의 논리를 만들어나갈 수 있다.

이렇게 논리가 만들어지면서 부족한 부분은 다시 또 자료 검색하여 채워가는 것이다.

따라서, 자료 수집이 모두 끝난 후에 글을 쓰는 것이 아니라, 글을 쓰면서 부족한 자료를 수집하는 것이다. 글쓴이의 논리가 한 번에 완성되면 좋겠지만, 자료를 분석하면서 논리가 만들어지는 경우가 대부분이므로, 자료'만' 찾는데 너무 많은 시간을 허비하지 말자. 일단 초고 만들어내는 것에 집중하자!

초고 작성하기
· · ·

학술적 글쓰기는 대체로 다음의 셋 중 하나다. 아이디어 제시(방법론), 새로운 발견(자료 발굴), 기존 연구 정리(종합). 그러나 당신이 처음부터 글에 덤비기는 쉽지 않다. 따라서 수집한 자료를 적극적으로 활용하여 자료의 아이디어와 방법론, 심지어 문체까지 참고하는 것이 좋다. 당신이 똑같이 따라 쓴다고 해도 어차피 쓰면서 달라진다! 물론 인용한 부분은 반드시 출처 표기를 해야 한다. 표절은 범죄다!

출처 표기(참고문헌)는 정해진 원칙이 있다. 원칙을 꼭 지켜야 한다. 서지사항을 입력하는 일인데, 저자, 문헌명, 발행처, 발행일, 참고 쪽수 등을 빠짐없이 명확히 적어야 한다. 예컨대, '김남규, 『글쓰기 파내려가기』, 고요아침, 2020, 168쪽.' 처럼 말이다. 번역

서나 논문도 마찬가지. '김진수, 「미와 예술」, 『미학 연구』 10집, 미학연구회, 2018, 32쪽.'

'각주는 정치다'라는 말을 대학원 선배에게서 들은 적이 있다. 그만큼 인용이 중요하다는 뜻이다. 인용했다는 것 자체가 인용 자료에 동의한다는 뜻이자, 인용 자료를 읽고 이해했다는 뜻이니, 더욱 좋은 자료를 인용하는 것이 좋다. 또한 2차 해설서보다는 1차원 텍스트가 좋다. 인용이 곧 글쓴이의 실력이다!

여기서 팁 하나. 초고를 쓸 때, 무작정 쓰기보다는 다른 백지에 세세한 개요를 메모하며 쓰는 것이 좋다. 목차를 이미 완성해 놓고 쓰면 좋겠지만, 그렇지 못할 경우가 대부분이므로, 잘못된 길로 논리가 새 나가지 않도록 스스로 방향을 잡아가는 것이다. 더욱 자세히 자신의 글이 어떤 내용으로 요약될 수 있는지, 무엇을 문제 삼고 있는지 직접 눈으로 확인할 수 있도록 메모하라. 지도를 그리는 것처럼 말이다. 이 메모는 후일, 목차가 될 것이니!

본론은 3단 구성이 좋다고 한다. 정-반-합의 구조 말이다. 가장 안전하고 손쉬운 방법이다. 그러나 지금 쓰기 바빠 죽겠는데, 3단 구성을 어떻게 하겠는가. 그래서 메모가 필요한 것이다. 메모하면서 정반합을 만들어가는 것이다.

자, 이제 초고를 반 이상 썼다고 치자. 이제 어느 정도 글의 방향이 정해졌을 것이고, 보다 주제가 선명해졌을 것이다. 이제, 기술 들어갈 시간! 범죄자를 잡기 위해 수사망을 좁혀 포위하듯, 글도 마찬가지. 조금씩 주제를 좁혀가야 한다. 주제가 광범위할수록 '아무 말 대잔치'가 될 확률이 높다. 더욱 뾰족하게. 뭉툭해진 연필을 뾰족하게 깎듯, 주제를 좁혀가야 한다.

주제가 어느 정도 좁혀가면, 부족한 논리가 보일 것이다. 쓸데없는 문장과 단락은 과감히 삭제하고, 부족한 부분은 자료를 다시 찾아 채워나가면 초고 작성 끝! 참 쉽죠?

퇴고하기

· · ·

학술적 글쓰기 역시 이 책에서 앞서 말한 일반 글쓰기와 같다. 첫 문장과 마지막 문장을 퇴고 마지막에 쓰듯, 학술적 글쓰기 역시 서론과 결론을 마지막에 써야 한다. 따라서 처음에 글을 쓸 때, 서론은 일단 대충 써도 된다. 어차피 다시 쓸 것이니, 서론 쓰는데 너무 많은 시간을 낭비하지 말자. 논문 서론만 쓰다가 학교 지박령이 되어버린 사람이 대학원마다 꼭 한 명씩 있다!

퇴고는 앞서 말한 글쓰기의 과정과 똑같다. 소리 내어 읽어가며 퇴고하는 것을 강추하는 바이며, 서론과 결론이 부합하는지 필히 확인해야 한다. 또한 학술적 글쓰기는 다른 글쓰기에 비해 건조한 문체가 요구되므로, 간결한 문장으로 정돈하는 것이 좋다. 감정보다는 논리 전달이 우선이므로, 문장은 논리적이어야 하고 모호한 표현을 자제해야 한다. 자, 이제 제출!

CHAPTER 9

이미지가
온
다

이미지가 당신을 찔러 들어온다.

이미지가 온다,
이미지는 무엇인가

세상의 바닥으로 향하는 이미지

· · ·

이제 글쓰기에서 눈을 잠깐 떼자. 글이 아닌 무엇이 보이는가. 바로 이미지. 이 세상 모든 것이 이미지로 이루어져 있다는 것을 알게 될 것이다!

우리가 눈으로 보는 것은 일차적으로 이미지다. 물론 그것의 종류는 매우 다양하다. 텍스트, 글일 수도 있고, 움직이는 이미지, 멈춰있는 이미지. 소리, 냄새 등 세상의 모든 것이 이미지다. 왜냐하면 우리는 이미지로 떠올려야 무언가의 있음을 알 수 있기 때문이다. 추상적 개념으로 오는 것은 거의 없다. 예컨대, '사랑'이라는 개념 역시, 사랑하는(했던!) 대상과 그에 대한 감정을 동시에 떠올리지, 사랑이라는 개념 자체를 생각할 수 없다.

이미지(image). '어떤 사람이나 사물로부터 받는 느낌' 또는 '감각에 의하여 획득한 현상이 마음속에서 재생된 것(心象)'이라는 사전적 정의에서 알 수 있듯이, 이미지는 어떤 사람이나 사물로부터 받는 느낌이다. 이미지는 그대로 우리를 지나치는 것이 아니라, 우리에게 어떤 느낌을 준다. 물론 대체로 우리는 그 느낌을 쉽게 잊거나 지나친다. 모든 이미지를 기억해야 한다면 얼마나 고달프겠는가.

이미지는 우리에게 무언가를 지시하고 무언가를 보여주려 한다. 혹은 우리가 이미지에서 무언가를 발견하려 한다. 그래서 그것이 마음속에 재생된 것, 심상(心象)을 만들게 되는 것이다.

어떤 이미지는 그냥 지나치고, 어떤 이미지는 우리의 마음속에 한 번 더 재생된다. 그렇게 재생되면서 무언가 '느낌적인 느낌'을 얻을 때가 있다. 그것을 우리는 '갬성(감성)'이라고 부른다. 남들에게는 아무렇지 않은데, 오직 내게만 특별하게 다가오는 이미지.

아침에 눈 떠서 밤에 잠들 때까지, 스마트폰 창의 이미지부터 시작해 버스나 지하철 광고, 주변 풍경 등등, 우리에게 보이는 모든 것이 이미지며, 세상 모든 것은 이미지로 우리에게 온다.

내가 대학교 강의를 맡을 때마다 항상 학생들에게 질문하는 것이 하나 있다. '학생이 최근에 본 것 중에 가장 기억에 남는 이미지는 무엇인가'. 다양한 대답이 있지만, 대체로 많은 학생이 딱히 기억나는 이미지가 없다고 한다. 우리는 온종일 그렇게 많은 이미지에 노출되어 있지만, 특별히 기억 남는 이미지가 없다!

바로 여기서부터 이 책은 문제를 제기하고자 한다. 이미지는 곧 우리 인식의 문제이자 우리가 머물고 있는 세상의 문제이기 때문이다. 당연히 글쓰기와 밀접한 연관을 가질 수밖에 없다. 글이 자신의 바닥으로 향하게 한다면, 이미지는 세상의 바닥으로 향한다. 물론 두 바닥은 곧, 만날 것이다.

이미지에는 뭔가가 있다
. . .

우리는 스마트폰뿐만 아니라, 하루를 살아가면서 다양한 이미지를 본다. 온종일 눈감지 않는 이상, 이미지에 포위당한 채 살 수밖에 없다. 또한 사회적 이슈가 터지면, 이슈와 관련된 수많은 정보를 접하게 된다. 'TMI(too much information)'까지 말이다.

'타임라인(time line)'이라는 말이 있다. SNS할 때 분 단위로 정보와 이미지가 올라오는데, 그것 보는 것만으로도 벅차다. 이미지가 우리를 시시각각 찾아오고, 우리가 이미지를 찾는다.

그렇게 우리는 보고 또 보고… 이미지들을 본다. 때론 보기 싫은 이미지도 있다. '안 본 눈 삽니다'라는 우스갯소리가 있을 만큼. 문제는 너무 많은 이미지를 접하다 보니, 우리 자신도 모르게 대부분의 이미지에 대해 수동적 반응을 보이게 되었다는 것이다.

뭐 딱히 생각할 이유도 없고, 그런 것 아니라도 해야 할 일이 한

가득하니까. 무슨 이미지를 접하든 간에 무관심. 그렇게 이미지는 우리 눈앞에 수없이 많이 나타났다가, 의미 없이 사라지고 만다.

　더욱이 이 시대는 자극이 계속 세지고 있다. 감각의 역치값 상승. 자극은 점점 세지고 있고, 그에 따라 감각의 역치값도 함께 올라가고 있다. 이제 웬만한 자극에는 좀처럼 반응도 안 한다. 예컨대, 광고나 동영상에 나오는 선정성. 웬만큼 선정적이지 않고서는 눈에 들어오지도 않는다. 영화 특수효과 CG도 마찬가지. 만화가 실사화된 〈어벤져스 시리즈〉도 나온 마당에, 이제 어설픈 CG는 욕을 먹는다.

　그래서, 우리는 심심하고 지루하고 따분하다. 딱히 즐거운 일도 없고 딱히 신나는 일도 없고 딱히 재미난 일도 없다. 더 강한 자극을 달라! 물론 무척 활기차고 재미나게 사는 분들도 있겠지만, 나를 비롯해 대체로 다들 비슷하게 살고 있을 것이다. 특히 올해는 코로나19로 인한 사회적 거리두기가 계속 진행되면서 무척 답답하고 지루한 일상이 꽤 오랫동안 지속하고 있다.

　심심함의 심심함이 심심하고 심심하게 심심해서 심심함을 불러오는 이 상황. 지리멸렬하다. 뭔가 정신 바짝 차리게 하는 계기가 있었으면 좋겠다. 그러니 어떤 이미지에도 감응이 없을 수밖에. 삶이 그러한데, 이미지 따위가 얼마나 우리에게 영향을 주겠는가. 그냥 그렇게 하루하루를 버티는 거다. 나도 우리도 이미지도.

　그래서 나는 당신에게 질문한다.

과연 당신에게 이미지는 무슨 의미가 있을까. 아니, 당신이 온종일 보는 이미지들은 의미로 남기는 할까. 그냥 지나가는 것들, 무심해도 문제없는 것들인가.

정녕 그러할까?

이미지에는 '뭔가'가 있다! 그 뭔가가 뭔지를 모를 뿐이다. 이제 당신에게 그 뭔가가 무엇인지 알려드리겠다. 물론 그 뭔가가 당신에게 의미로 남지 않을 수도 있다. 그러나 이미지가 뭔지를 아는 사람과, 무심한 사람과는 차원이 다르다. 이제 오늘부터 당신에게 오는 이미지들은 예전과 같지 않을 것이다. 이미지를 보는 태도가 곧 삶의 태도니까.

글쓰기 관련 이야기를 하다가 갑자기 이미지 문제를 꺼낸 이유가 바로 여기에 있다. 이 책은 글 쓰는 기술을 알려주고 소개하는 것에만 집중할 생각이 없다!

궁극적으로 이 책은, 당신이 글을 (잘) 쓰게 하기 위한 책이 되고자 한다. 따라서 이 책은 글쓰기의 존재론부터 시작해 맞춤법, 퇴고, 학술적 글쓰기를 지나 이미지와 시공간, 시와 소설이라는 예술의 문제까지 가닿을 것이다. 그리고 그것은 곧 당신의 삶과 만나게 될 것이다. 이 책은 글쓰기 책이 아니라 삶에 대한 책이 되고 싶기 때문이다.

이미지가 온다. 이미지에는 뭔가가 있다!

과거 사진과 요즘 사진

. . .

시험기간이다. '벼락치기' 해야 한다. 밤새야 할 때가 드디어 왔다. 그러면 우리는 책상과 서랍을 정리하기 시작한다. 정돈되어야 열공할 수 있을 것 같다. 그러다 서랍 깊숙한 곳에서 오래전 사진을 발견한다. 바로 추억열차 탑승. 두세 시간 '순삭(순간 삭제)'이다. 이번 시험도 망했다.

이 글을 쓰다가 나도 서랍을 정리했다. 서랍을 정리하다가 고딩때 썼던 다이어리를 발견했다! 예전에 '핑클빵'이라고 핑클 캐릭터 스티커를 끼워팔았던 빵이 있었다. 그 핑클 스티커와 효리 누나 화보가 여기저기 붙어 있는 다이어리를 보며, 나 역시 추억열차 '고고씽'.

나의 마지막 아이돌 핑클(Fine Killing Liberty)! 카세트테이프 늘어지도록, 핑클을 좋아했던 그 시절이 그립다. 지금도 여전히 핑클의 〈영원한 사랑〉, 〈루비〉, 〈내 남자친구에게〉, 〈블루레인〉 같은 노래들은 가사를 다 외우고 있다. 이 글을 쓰고 있는 지금, 〈블루레인〉을 듣고 있다.

이처럼 옛날 사진은 과거에 존재한 것에 대한 '증서'다. 과거에의 내 모습, 과거에 있던 내 감정이 사진에 저장되어 있다. 그래서 슬픔이 사진의 기본 정조다. 그때로 돌아갈 수 없으니까. 그래서 더욱더 슬프다.

그러나 요즘 사진은 다르다. 일단 사진을 찍는 매체가 달라졌다. 예전에는 필름 카메라였지만, 지금은 디지털 카메라 아니, 스마트폰 카메라다. 예전에는 사진이 인화지로 남았지만, 지금은 그림 파일(.jpeg)로 남아 있다. 파일은 언제든 찾아볼 수 있으나, 또 쉽게 지울 수 있고, 또 쉽게 사라진다. 왜냐하면 금방 다시 찍을 수 있으니까. 너무 많이 찍어서 과거의 파일은 찾기 어렵다.

예전에 사진은 서랍 속에 고이 보관하거나 앨범에 꽂아두었지만, 지금 사진은 '플픽(프로필 사진)'이나 SNS 게시물에 올린다. 바로 이 차이. 이 차이가 곧 시대의 차이다.

특히 연예인들은 불특정 다수와 소통하고 공감한다는 핑계로 자기 사진을 찍어 소위 '팬 조련'을 하기도 한다. 물론 이것은 연예인에게만 해당하는 내용이기도 하지만, 잘 생각해보면, 꼭 연예인의 사진에만 해당하는 말이 아니다.

우리도 은연중에 우리 자신을 홍보하고, 내가 이런 사람이야, 하면서 자신을 '이미지 메이킹'하고 있다. 나는 이렇게 사회 현실에 대해 고민하는 사람이야, 나는 이렇게 당신들과 다른 취향을 가진 사람이야, 나는 개념 있는 사람이야 등등, 우리는 우리 자신을 어떤 특정한 캐릭터로 만들어 남들에게 보여주고 있다. 바로 이미지로!

따라서 요즘 사진은 자기 자신을 광고(appeal)의 대상으로 만드는 데 쓰인다.

전시 이미지

. . .

사진을 통해 자신을 광고의 대상으로 하는 이 시대를 정확히 진단한 개념이 있다. 바로 '전시사회'(발터 벤야민+한병철). 사물의 가치가 전시 가치에 의해 정해진다.

예컨대, 당신이 최근에 본 자동차 광고를 떠올려보자. 어떤 이미지가 떠오르는가. 대형 세단은 성공한 남성 사업가의 이미지를, 중형 SUV는 일에 몰두하면서도 동시에 자유를 꿈꾸는 이미지나 가족과 함께 하는 가정적 이미지를, 준중형 또는 소형 SUV는 젊은 세대의 감성을 이미지로 보여주고 있다. 그런 차를 소유하고 있으면 그런 사람이 될 것처럼 환상을 심어주는 것이다.

다시 말해, 우리는 제품을 소비하는 것이 아니라 이미지를 소비하고 있다! 소위 명품이라는 브랜드의 로고를 구입하는 것이다. 그 이미지가 상징하는 그것. 이를테면 귀족의 이미지나, 상류층의 이미지가 그것이다. 상품의 질이 문제가 아니다. 로고가 문제다. 그 로고가 곧 브랜드. 그리고 그 브랜드가 가격을 의미하며, 가격은 소비자가 그 가격을 지불할 능력이 된다는 것을 의미한다. 물론, 명품을 들고 있다고 해서 그 사람이 명품이 되는 것은 아니다.

그러니까, 생산자들은 상품을 판매하는 것이 아니라, 이미지를 판다. 마찬가지로, 우리는 상품을 구입하는 것이 아니라 이미지를 사는 것이다. 서로가 서로를 꼬리 물고 있다.

문제는 여기서 끝나지 않는다. 이제 이러한 이미지 정치학은 인간의 육체까지 영향을 준다. 이제 육체는 사회적 지위(상품화)를 표시하는 이미지이자 기호가 되었다. 건강한 몸매는 곧 그런 몸매를 관리할 수 있는 여유와 경제력을 상징하게 되었다. 특히, 여성의 육체는 가부장적인 시선에서 자유롭지 못하다. 최근 '탈코르셋'이 바로 그러한 이미지 정치학으로부터의 해방운동이라 할 수 있다.

여기에 하나 더. 전시사회는 육체의 상품화 문제와 더불어 '관심병'까지 옮겨갔다. 흔히 말하는 '관종(관심종자)'. 날 보러 와달라고 관심(좋아요)을 구걸한다. 물론, 대부분의 사람 역시 관심을 필요로 하는 것은 사실이다. 당연한 심리다. 그러나 그것이 도를 지나치면 문제가 된다. 관종이 나쁜 것은 아니나, 관종으로 인해 다른 사람에게 피해를 주거나 자기 자신을 학대하면 나쁜 관종이 될 것이다.

자, 당신이, 우리가 SNS에 올리는 이미지들 혹은 SNS에서 보는 이미지들이 무엇을 의미하는지 생각해보자. 일상을 공유하고 함께 즐기고 소통한다? 왜? 왜 일상을 공유해야 하고 소통해야 하지? 그 이면을 볼 줄 알아야 한다.

당신이 공유하는 당신은, 당신인가? 정말 순수하게 당신 있는 그대로의 당신을 100% 보여주고 재현하고 있는가. 아니면 특정 캐릭터를 만들어서 본인과 다른 이미지로 사람들을 속이고 있는가.

전자는 자기기만, 후자는 속임수다. 만약 당신이 사람들을 속이고 있다면, 당신이 당신을 공유하는 목적은 무엇인가. 이 질문에 대한 대답을 당신이 알고 있었으면 한다. 아니면 찾아야 한다. 알고 하는 것과, 모르고 하는 것은 차원이 정말 다르다.

이미지 문제를 다룬 이유가 바로 여기에 있다. 글의 반대편에 이미지가 있기 때문이다. 또는 이미지에 점점 다가가는 글이 있기 때문이다. 이미지는 대체로 자신과 남을 속이지만, 글은 자신과 남을 속이지 않는다(않아야 한다). 결국 글쓰기는 자신을 향해 파 내려가는 일이지만, 이미지는 타인에게 자신을 드러내는 일이다. 비극은 바로 여기서부터 발생한다.

시각에 종속된 시대, 스펙터클

. . .

최근 전 세계적으로 'K좀비물'이라는 새로운 장르가 유행하고 있다. 영화 〈부산행〉부터 시작해 넷플릭스 〈킹덤〉 덕분에 흐느적거리지 않고 무척 빠르게 달리는 'K좀비'가 당분간 인기 있을 것 같다. 좀비쯤이야. 우주를 배경으로 하는 SF 한국영화도 곧 개봉한다고 들었다. 그만큼 CG 기술력도 좋아졌고, 대중의 시선도 많이 높아졌다. 역치값의 상승. (물론 자본(투자력)의 문제이기도 하다)

내 생각에, CG의 정점은 아마도 영화 〈트랜스포머〉와 미드 〈왕좌의 게임〉이 아닐까. 이제 로봇은 트랜스포머 정도로 변신할 줄 알아야 하고, 전쟁씬은 왕좌의 게임 수준은 되어야 한다. 완결된 〈어벤져스 시리즈〉도 나온 마당에, 시각적 자극의 한계는 끝을 향해 가고 있는 듯하다.

즉, 우리는 '스펙터클'(spectacle)의 시대에 살고 있다. 관객의 시각을 자극하는 볼거리가 점점 늘어가고 있다. 시각에 종속된 시대다. 이제 우리는 시각적 자극을 극한까지 밀어붙여야 만족할 수 있다. 문제는 이 스펙터클이 영화나 드라마 등의 영상물에만 국한되지 않는다는 것이다.

기억나는가. 미국의 '911테러'. 영화에서 볼 법한 장면이 실제로 일어났다. 이때를 중심으로 세계 질서가 재편되었다. 중요한 사건이다. 또한 요즘 미국과 유럽을 비롯한 외국에서는 하루가 멀다 하고 테러가 일어난다. 며칠 전에는 미국 총기 난사 사고가 있었다. 중동은 말할 것도 없다. '중동의 화약고'라는 말이 있을 정도. 이런 사고로 인해 적게는 몇십 명, 많게는 몇백 명이 죽고 다치지만, 우리와는 상관없어 보인다. 그저 가십(gossip)에 불과하다.

2017년 포항에서 지진이 크게 일어났다. 기억나는가. 대학수학능력시험이 당초 예정되어 있던 11월 16일에서 11월 23일로 연기되었다. 한국 초유의 사태였다. 그런데 문제는, 수능일이 일주일 뒤로 연기되면서 이를 비판하는 논쟁이 이어졌다. 포항사람들이 이기적이라는 것이다. 자기들은 예정된 수능일에 시험을 봐야 하는데, 포항사람들 때문에 수능이 일주일 연기돼서 피해받는다는 것이다. 여전히 지진과 피해에 대한 논란은 진행 중이다.

특히 2020년 올해는 코로나19로 인해 한 편의 재난 영화를 보는 것 같은 느낌이 든다. 코로나19 확산 초기에는 세계 곳곳에서 생필품 사재기로 몸싸움이 기사로 났고, 마스크 쟁탈전 동영상이 떠돌기도 했다. 코로나19 대확산으로 대구는 거리에 개미 한 마리 보이지 않는 황폐함을 겪기도 했다. 이런 장면들을 기사나 동영상으로 접하면, 현실이 영화 같다. 비현실적이다.

시각적 자극이 점점 세지고 있다. 영화 같은 일이 현실에서 일어나고 있고, 여기가 현실인지 영화인지 헷갈릴 때가 많다. 특히 코로나19로 인해 재편되고 있는 '뉴노멀(new normal)' 시대에서 우리는 점점 현실감을 잃고 있다.

타인의 고통과 공감 능력

· · ·

IT 기술의 발달로 우리는 우리나라를 비롯해 세계 각국의 고통받는 사람들의 이미지를 실시간으로 손쉽게 접할 수 있다. 너무 멀어서 그런지, 현실감이 떨어져서 그런지, 우리는 타인의 고통에 점점 둔해지고 있다. 타인의 고통이 볼거리, 구경거리로 전락한 것이다. 몇백 명이 죽고 천문학적 금액 손실이 있어야 그제서야 사고가 크게 났다는 것을 인식할 수 있지만, 그다지 실감이 나지 않는다.

그리고 이런 시각 자극에 익숙해지다 보니 1차원적인 시각에만 의존하여 사유하지 않게 되었다. 예컨대, 요즘 우리는 책을 읽는 것보다는 영화를 보거나 이미지를 보는 것이 익숙하다. 프린트물, 즉 텍스트를 나눠주고 보는 시대는 지났다. 영상의 링크 주소를 공유하는 시대다. 우리는 지금 스펙터클의 시대에 살고 있다.

2015년 시리아 난민 세 살배기 '쿠르디'가 테러 집단 IS를 피해 가족과 함께 망명길에 올랐다가, 배가 전복되면서 터키의 한 해변에서 숨진 채 발견되었다. 이 사진 한 장이 전 세계에 퍼지면서 유럽을 비롯한 세계 여러 곳에서 난민 수용을 확대하게 되었다. 그러나 이러한 세계 곳곳의 고통들에 우리는 점차 둔해지고 있다.

'타인의 고통'에 무감각해지는 포토저널리즘이 문제라고 말했던 수전 손택의 말처럼, 세계 곳곳의 포토저널리즘의 자극이 강해질수록 우리는 타인의 고통을 예삿일로 여기게 될 것이다. 그러나 타인의 고통에 대한 이미지에 우리는 예민해질 필요가 있다. 그것이 바로 '공감 능력'이기 때문이다.

이미지가 범람하고 난무하면서, 이미지는 점점 우리의 공감 능력을 떨어뜨릴 것이다. 이것이 이미지의 가장 큰 문제다! 시각적인 자극은 즉자적으로 타인의 시선을 빼앗을 수 있지만, 오히려 역치 값의 상승으로 무관심과 외면을 초래하게 되었다. 동시에 우리의 공감 능력도 계속 떨어지고 있다. '좋아요' 혹은 '슬퍼요'만 누르면 그만이니까.

이미지가 이렇게 무섭다.

이미지, 욕망의 다른 이름

. . .

우리가 무언가를 본다는 것, 이미지를 접한다는 것은 매우 복잡한 문제다. 인식은 감각 정보와 개인 정보의 조합이기 때문에, 사물 그대로의 것을 보면서 동시에 개인적인 이미지가 함께 만들어진다. 100명이 하나의 사물을 본다고 해도, 100명 모두 다른 이미지를 보게 된다. 그러므로 같은 이미지라 할지라도 모두에게 개별적인 이미지라 할 수 있다. 물론 전시사회, 스펙터클 시대에서 자본주의 이미지로서 강한 기능을 행사하고 있다면, 더욱 쉽게 그 의도에 끌려갈 것이다.

흥미로운 그리스로마시대 일화 하나를 소개하겠다. 바로 기원전 4세기 초에 활동한 제욱시스와 파라시우스의 일화다. 이 두 명다 백제 시대의 담징, 신라 시대의 솔거처럼 소나무를 그리면 새가와서 부딪칠 정도로 그림을 잘 그리는 화가였다. 주변에서 제욱시스와 파라시우스 둘 중 누가 그림을 잘 그리는지 수군거렸다. 이에 인정 욕망에 목마른 제욱시스는 자기가 세상에서 제일 그림을 잘 그린다는 것을 증명하기 위해 파라시우스와 내기하기로 한다. 그림을 그려서 누가 더 잘 그렸는지 세간의 평가를 받는 것이다.

약속된 날짜에 함께 모였다. 제욱시스는 포도송이를 그렸다. 새들이 진짜 포도인 줄 알고 날라와 그림에 부딪혔다. 득의양양한 제욱시스는 파리시우스의 그림을 가린 베일을 걷어보라고 하였다. 그러나 파라시우스가 그린 것은 바로 '베일'이었다! 제욱시스는 새를 속였지만, 파라시우스는 이기려는 사람의 눈을 속였다. 파라시우스의 승리!

여기서 자크 라캉(Jacques Lacan)이라는 철학자, 정신분석학자는 '응시(gaze)'라는 개념을 만든다. '욕망이 나를 보고 있는 것을 내가 본다'. 제욱시스는 파라시우스를 이기려는 욕망 때문에 베일에 속았다.

더 쉽게 예를 들어보겠다. 나는 작년 4월에 기존에 타고 다니던 차를 바꿨다. 물론 72개월 할부다. 그런데 실은 내가 갖고 싶은 '워너비 차'가 따로 있다. 바로 지프사의 '올뉴 랭글러 루비콘'! 풀옵션으로 6천만 원 정도 한다. 나로서는 어림도 없다.

차를 바꾸려고 마음먹었을 때는 온 세상에 차만 보였다. 여전히 지금도 루비콘을 볼 때마다 탄성을 내지른다. 한국에서 이 차는 최악이다. 오프로드용인데다가, 연비도 안 좋다. 정숙성도 엄청나게 떨어지고 승차감도 최악이다. 그러나 내 눈에 예쁜 걸 어째. 언젠가 꼭 살 것이다!

그러니까 응시는 '루비콘이 나를 보고 있는 것을 내가 보는 것'이다. 내 욕망이 루비콘이니, 루비콘이 나를 보고 있고, 나는 그 루비콘을 보고 있는 것이다. 당신이 지금 사고 싶은 게 있다고 가정해보자. 지금 당신 눈에는 그 물건만 보일 것이다.

따라서 우리가 어떤 이미지에 꽂힌다는 것은, 그 이미지에 뭔가가 있다는 말이다. 그 뭔가가 바로 욕망! 당신이 온종일 이미지를 봤는데, 하나도 당신에게 와닿는 이미지가 없었다? 그럼 둘 중 하나다. 욕망이 없거나, 욕망이 개입된 이미지를 못 찾거나. 전자가 계속되면 심심할 것이고, 후자가 계속되면 힘들 것이다.

찔러 들어오는 이미지
. . .

롤랑 바르트((Roland Barthes)라는 철학자는 『카메라 루시다』에서 사진을 두 가지로 정의한다. 바로 '스투디움'(studium)과 '푼크툼'(pounctum). '스투디움'은 코드화된 시선을 유도하는 사진(이미지)이다. 다양한 관심의 영역이면서 의도된 시선을 강요한다. 이를테면 전쟁 관련 사진은 전쟁의 폐해를 고발하는 사진인데, 사진작가의 의도가 고스란히 반영되어 있고, 그 의도에 찬성하든 반대하든 간에 그 의도가 선명한 사진이다. 우리가 보는 대부분의 이미지가 그러하고, 특히 신문 기사나 뉴스의 이미지가 그러하다.

이에 반해 '푼크툼'은 라틴어 어원 그대로 '찔러 들어온다'는 뜻이 있다. 바르트는 어떤 사진(이미지)에서 자기의 눈을 찔러오는 것을 보았다고 말한다. 그는 제임스 반 데르지의 〈가족 인물사진〉(1926)에서 맨 우측 여성이 자기의 눈을 찔러 왔다고 말한다. 유년에 자기를 돌봐주었던 흑인 유모가 떠올랐다는 말을 하는 것으로 보아 자신의 기억(추억)에 따른 효과로 추정된다.

제임스 반 데르지 〈가족 인물사진〉(1926) ▶

▼김경훈 퓰리처상 수상작 (2019)

사진작가가 전혀 의도하지 않은 것이 감상자의 눈을 찔러 들어오는 것. 욕망 때문이었을까.

2019년 퓰리처상을 받은 한국 기자 김경훈의 사진을 보라. 미국 국경 수비대의 최루탄을 피해 도망가는 중남미 이민자 모녀의 긴박한 모습이 사진으로 담겨 있다. 당연히 사진작가의 의도는 확실하다. 완벽한 스투디움이다.

명품 광고 역시 코드화된 시선을 아주 잘 보여준다. 내가 제일 좋아라하는 배우 나탈리 포트만의 디오르(Dior) 향수 광고. 나탈리 포트만의 나신(裸身) 앞에 향수가 있다. 이 향수를 쓰면 나탈리 포트만과 같은 매력을 발산할 수 있다는 것을 상징한다. 마찬가지로 샤넬의 유명한 향수 'No.5'. 기존에 향수 광고는 대부분 여성 모델을 썼는데, 한 번은 브래드 피트를 광고 모델로 기용하면서 향수가 더 많이 팔렸다고 한다. 'No.5'를 쓰면 브래드 피트 같은 매력남을 유혹하거나 혹은 눈길을 받을 수 있다는 것을 이미지 메이킹하는 것이다. 남성들이 원하는 여성의 향기, 샤넬 No.5. 끝. 더 이상 무슨 말이 필요하겠는가.

또한 정치 이미지 역시 코드화된 시선 '스투디움'을 아주 잘 보여준다. 선거가 코앞으로 다가오면 후보자들은 너나 할 것 없이 어묵과 떡볶이를 먹는다. 소위 말하는 '서민 체험'. 그리고 그 장면은 곧 기사화된다. 의도가 아주 확실하다. 클리셰지만 선거철만 되면 꼭 나온다.

이와 같이 이미지에는 '뭔가'가 있다. 있는 그대로의 이미지를 본다는 것도 불가능하지만, 이미 이미지에는 뭔가가 있다! 그것이 당신을 찔러 들어온다! 당신이 그것을 욕망하고 있기 때문이다.

욕망. 나쁜 것도 아니고 좋은 것도 아니다. 그러나 삶을 끌고 가는 추동력이자 원동력이다. 욕망 없는 삶은 불가능하다. 종교에 귀의하지 않는 이상, 아니, 종교에 귀의해도 욕망을 모두 버릴 수 없다.

이미지가 원하는 것은 결국, 이미지가 무엇을 원하느냐 하는 질문을 받는 것이다. 당신이 원하는 것을 이미지에 묻는 것이다.

다시 말해, 이미지는 우리의 욕망이 펼쳐지는 곳이자 우리의 욕망을 보는 곳이다. 그러나 그 가운데 우리는 푼트툼을 발견할 수 있다.

당신에게 이미지를 소비하게 하고, 타인의 고통에 둔감해지게 하는 이 자본주의 사회에서, 당신은 어떤 이미지를 보기 원하는가. 어떤 이미지가 당신을 찔러 들어오길 바라는가. 그곳에 당신이 누구인지를 잘 알게 하는 속성이 있고, 당신의 욕망이 있다.

이제부터 당신은 이미지에 속지 말고, 누군가를 속이는 이미지도 찾지 말고, 당신을 찔러 들어오는 이미지를 찾기를. 글쓰기가 당신을 도울 것이다.

CHAPTER 10

우리들의
시
공
간

당신은 당신만의 시공간이 있는가.

남들과 다른,
당신만의 시공간이 있는가

나는 누구 여긴 어디

· · ·

우리는 가끔 TV프로나 짤 등에서 '나는 누구, 여긴 어디'라는 자막을 본다. 이 말은, 듀스의 노래 〈우리는〉(1993)의 "난 누군가, 또여긴 어딘가. 저 멀리서 누가 날 부르고 있어"라는 가사에서 비롯되었다. '멘붕'에 빠지면 늘 우리가 하는 말이다. 정신이 유체이탈한 상태에서 나를 놓아버린 것이다.

영화 〈맨인블랙〉에 기억제거기 '뉴럴라이저(neuralyzer)'가 등장한다. 이 기기의 불빛을 보면 순간의 기억이 사라진다. 외계인이 나타났던 시간들을 모두 삭제하는 것이다.

이런 뉴럴라이저와 비슷한 경험이 내게도 있다. 중학생 올라가는 14살 때 1월 1일, 시골 외할머니집에서 떡국에 넣을 떡과 만두를 사러 심부름 나왔다. 그런데 밤새 연탄가스를 마셔서 중독된 나머지, 그만 길거리에서 쓰러지면서, 유년의 기억 통째로 날아갔다! 진짜로 기억하지 못한다. 내게는 뉴럴라이저가 연탄가스 중독인 것이다. 유년 때 내가 어디에 살았고, 무슨 사건들을 겪었는지 알 수 없으니, 나는 유년이 없는 사람이다.

나는 대학교 강의를 맡으면 항상 학생들에게 '나는 누구인가'라는 주제의 글을 쓰게 한다. 몇 번의 퇴고를 거쳐 제출한 학생들의 원고를 보면, 대체로 자신이 어디서, 어떤 일들을 겪어 왔는지를 적어낸다. 즉, 어떤 특정한 시공간에서의 자기 자신을 기억하면서 자기 자신이 누구인지를 알아가는 것이다.

다시 말해, 당신이 누구인지는 당신이 어떤 시공간을 겪고 있는지로 말할 수 있다. 당신이 내향적이거나 외향적인지, 열등감을 느끼거나 자존감이 높다는 등의 문제는 특정한 경험을 통해 증명되는 것이지, 나는 이러이러한 성격을 갖고 있다고 말해서 단정 지을 수 없다. 흔히들 에피소드 중심으로 글을 쓰는 것이 좋다는 말이 바로 여기에 해당한다.

내가 어디에 있었고 무슨 일을 했는지 알고 있고 기억하고 있어야 내가 누구인지 말할 수 있다. 유년의 시공간에 대한 기억이 없는 나는 유년의 나를 말할 수 없다. 그러나 내가 지금 이렇게 내 연구실에서 이 글을 쓰고 있는 나를 내가 나의 존재로 인식할 수 있다. 만약 치매나 기타 질환으로 자신의 기억을 잃어버리면, 그때부터 그 사람의 정체성을 말하기 어려워진다.

따라서 우리 시공간의 문제는 내가 누구인지, 내 정체성의 문제다. 그것은 결국 내가 어떻게 살아야 하는지, 어떤 사람인지 끊임없이 문제를 제기하고 생각해야 하는 자기 존재의 문제다.

이쯤이면 당신도 눈치챘을 것 같다. 내가 시공간의 문제를 다루려고 이유를. 결국 당신 때문이다. 당신의 존재, 당신의 삶을 다루기 위해서다.

시간의 문제는 존재의 문제

· · ·

먼저, 시간의 문제를 생각해보자. 일반적으로 우리는 시간을 하나의 '흐름'으로 이해하고 있지만, 시간은 우리가 분절할 수 없는 추상명사이면서, 다만 우리가 사후적으로 '과거-현재-미래'로 재구성한 것일 뿐이다. 그렇기 때문에 모든 사람은 상이한 체험과 기억에 따라 서로 다른 시간을 살고 있다.

동서양 철학 전통에서 존재는 끝없이 이어지는 것으로 보았다. 계속 살아가니까. 심지어 죽어도 존재가 계속 남는 경우가 있다. 죽어도 사람들의 기억 속에서 살아가기 때문이다. 예컨대 아리스토텔레스는 운동을 시간이 존재하기 위한 필요조건으로 여기면서 운동(변화)이 멈추지 않는 한 시간이 계속 흐르는 것으로 보았고, 운동이 멈추면 시간도 멈추는 곧, 죽음으로 보았다.

그런데 문제는 시간이 지남에 따라 존재가 시시각각 달라진다는 것이다. 1년 365일이 지나면 나이를 한 살 더 먹고, 시간이 지나면서 자신의 위치와 환경이 달라진다. 심지어 타인과 함께할 때마다 당신의 성격과 이미지가 달라지며, 하루하루 날씨와 분위기에 따라 당신의 태도와 기분이 달라진다.

생명 활동을 멈추지 않는 이상 존재는 이어지지만, 한편으로 존재는 쉬지 않고 계속 변한다. 다시 말해, 존재는 시간 속에서 각기 다르게 주어지며, 존재의 문제는 곧 시간의 문제 또는 시간의 문제는 곧 존재의 문제가 된다. 각자에게 주어진 시간을 어떻게 살아가느냐에 따라 존재의 의미가 달라지기 때문이다.

예컨대, 지금 글쓰기 책을 쓰고 있는 나는 작가이기도 하지만, 강의할 때는 강의자, 출판사에서는 편집장, 연구할 때는 연구자, 시를 쓸 때는 시인, 집에서는 가장이다. 내일 혹은 1년 후, 10년 후의 내 모습 또한 장담할 수 없으니, 시간마다, 공간마다 나의 존재는 계속 변하고 있다.

철학자 마르틴 하이데거(Martin Heidegger)의 『존재와 시간』을 짚고 넘어가야 할 때가 왔다! 시간 문제는 『존재와 시간』을 반드시 거쳐야 한다. 물론 무척 어렵고 책도 무척 두껍다! 핵심만 설명하면서 치고-빠지겠다.

그에게 있어 존재 물음은 '현존재'(현재 있는 존재)의 현 상태('있음')에 대한 문제 제기라고 말한다. 지금 내가 어떻게 있는지가 존재 문제에서 가장 중요하다는 것이다. 그는 '세계 내 존재'라는 말을 비롯해 다양한 합성어를 만들어서 모든 사람은 세계에 '내던 져져 있다', '처해 있다'고 말한다. 아무 대책 없이 세상에 내던져져 있으니 불안할 수밖에 없다는 것이다.

그래서 대부분의 사람은 주변의 다른 사람과 비슷하고 평범하게 살기 위해 '세인(世人, das man)'의 삶을 모방하려 한다. 그는 이때의 상태를 '빠져 있음'이라는 말로 지칭한다. 자신의 본래성, 즉 자신이 진짜 하고 싶은 일이 있고 진짜 자신의 참모습이 있는데, 그 본래성을 찾지 못하고 비본래적인 것을 찾게 된다는 것이 그가 말하는 '빠져 있음'이다. 불안해서 그렇다!

따라서 그는 비본래적인 것을 거부하고 본래성을 찾기 위한 방편으로, 자신이 '죽음 앞에 선 존재'라는 것을 늘 기억하며 살아가야 한다고 말한다. 만약 우리가 시한부의 삶을 선고 받는다면, 돈 벌기 위해 아등바등하는 것보다는, 좀 더 가치 있는 일을 찾게 될 것이다. 하이데거는 그렇게 죽음을 앞당겨 살아가는 것을 '죽음을 앞질러 달려가 봄'이라는 말로 설명한다. '메멘토 모리(memento mori)', 항상 죽음이 있다는 것을 기억하면서 살아야 한다는 것이다.

나의 존재, 나의 있음의 문제는 이제 간단해졌다. 내가 어떤 존재인지는, 내가 어떤 존재 양태로 살고 있는지 살펴보면 된다.

방금 예로 든 것처럼, 작가, 강의자, 편집장, 연구자, 시인, 가장 등 다양한 존재 양태를 가지고 있는 나의 존재는, 바로 그것들을 통해 말할 수 있다.

그런데 문제는 그렇게 살아가는 것은 누가 옆에서 시킨 것도 아니고, 친절히 알려주지도 않는다. 일단 세상에 태어난 이상, 우리는 각자 알아서 살아가야 한다. '각자도생(各自圖生)'. 나의 존재를 나 스스로 책임져야 하는 '내던져져 있음'의 상황에서 우리는, 불안과 마주해야 하며 우울과 맞서 싸워야 한다. 불안과 우울에 맞서 싸울 힘이 없을수록 소위 말하는 '안전빵'을 추구하게 될 것이다. 자신이 무엇을 좋아하고 진짜 하고 싶은 일이 무엇인지(본래성) 잊은 채, 남들처럼, 남들과 같이(비본래성) 말이다.

'죽음을 앞질러 달려가 봄'. 하이데거는 죽음의 공포에 빠져 있는 것이 아니라, (내일 죽을 것처럼) 지금의 삶에 충실하고 지금의 삶에 최선을 다할 것을 주문한다. 그게 바로 하이데거가 말하는 존재와 시간이다!

따라서 죽음은 '불가능성의 가능성'이다. 죽음이 있기 때문에, 우리는 순간순간의 가치와 의미를 찾고 본래성을 찾을 수 있다. 만약 당신이 영원히 죽지 않는다고 상상해보라. 돈 버는 것, 일하는 것, 공부하는 것, 무언가를 하는 것이 과연 얼마나 의미 있을까.

지금 당신은 어디에서 무엇을 하고 있는가. 정말 하고 싶은 일을 하고 있는가. 당신이 누구인지는 지금 당신이 하는 일과 있는 곳으로 알 수 있다.

잃어버린 시간을 찾아서

. . .

그리스철학에서 시간이라는 말의 어원을 찾으면, 크게 두 가지로 나눌 수 있다. 하나는 '크로노스(kronos)'. 수평적이며 연대기적으로 흐르는 시간, 즉 우리가 시계로 측정하는 시간, 물리적 시간이다. 다른 하나는 '카이로스(kairos)'. 특별한 사건이나 특정한 의미를 부여한 시간이 있다. 바로 철학적 시간.

예컨대, 당신이 지금 대학생이라고 한다면, 물리적 시간으로 말할 수 있다. 그런데 당신이 대학교에 오려고 정말 많은 노력을 했고, 다양한 일들을 경험하면서 당신 인생에 있어 값진 나날들을 보냈다면, 물리적 시간이 아닌 철학적 시간이 된다. 같은 시간을 보냈지만, 전혀 다르다. 하나는 크로노스, 하나는 카이로스. 층위의 문제다.

시간의 문제에 있어서 철학자 질 들뢰즈(Gilles Deleuze)의『프루스트와 기호들』을 짚고 넘어가야 한다. 철학이 어떻게 시작되는지 잘 보여주는 아주 좋은 책이다. 무척 어려운 책이지만, 이번에도, 치고 빠지겠다!

들뢰즈는『프루스트와 기호들』에서 세상 만물이 기호로 된 것임을 주장한다. 기호는 교통 표지판처럼 직접적으로 특정 행동을 할 수 있도록 지시하는 것을 넘어, 타인의 표정을 통해 기분을 읽어내는 것, 사물의 본질을 감싸고 있는 이 모든 것을 기호로 본다.

사람들은 표정이나 몸짓, 언어 등으로 기호를 발산하고, 특정한 사물, 예술작품 역시 특정한 기운을 발산한다. 그것이 바로 기호다. 철학자 발터 벤야민(Walter Benjamin)이 말하는 '아우라(aura)'가 바로 그것이다.

　　들뢰즈는 기호 해석에 의해 사유(철학)가 생성됨을 제시한다. 그에 따르면, 기호는 본질을 절반만 감싸고 있고, 해석에 나머지 절반이 있다. 따라서 기호 해석은 배움의 과정이며 진리와 본질을 찾는 일을 공부(철학)라고 하였다.

　　그는 4가지의 기호를 제시하는데, '사교계의 기호'(잃어버리는 시간), '사랑의 기호'(잃어버린 시간), '감각 기호'(되찾는 시간), '예술 기호'(되찾은 시간) 중 예술 기호가 시간의 본질과 우연히 만나는 비자발적 기억으로 보았다. 차례로 설명해보겠다.

　　사교계의 기호는 말 그대로 사교계에서 통용되고 주고받는 기호다. 명품 가방이 의미하는 것처럼(전시사회) 남들에게 보여지도록 의도하는 이미지, 기호가 모두 사교계의 기호다. 모파상의 단편 소설 「목걸이」처럼 덧없는 사교계의 기호를 위해 많은 시간을 잃어버리게 한다.

　　사랑의 기호는 사랑의 대상이 내뿜는 기호다. 문제는 그 기호가 우리를 괴롭게 한다. 알 수 없기 때문이다. 상대방이 나를 좋아해서 웃는 것인지, 그냥 웃는 것인지, 다른 사람에게도 이렇게 웃어주는 것인지 등등. 상대방의 모든 기호를 해석하려고 하지만, 정말 알 수 없다. 차라리 미지의 영역으로 보는 편이 낫겠다!

감각 기호는 앞서 언급한 옛날 사진을 생각하면 되겠다. 오래된 사진 혹은 오래전에 받은 선물을 보게 되면 우리는 '추억열차'를 타고 과거로 되돌아갈 수 있다. 그러나 딱 거기까지. 회상만 가능하다.

예술 기호는 특정한 무언가가 아니다. 다양하다. 책의 한 구절일 수도 있고, 그림일 수도 있고, 누군가가 내게 한 말일 수도 있고, 자신의 깨달음일 수도 있다. 앞서 언급한 '글쓰기의 존재론—해석'과 비슷한 맥락이다.

예컨대, 당신이 어떤 이성과 3년을 교제했다고 치자. 그런데 안 좋게 이별했다. 상대방을 욕하면서, 그 3년을 버렸다고 생각한다. 3년을 잃어버린 것이다. 그런데 나중에 나이가 들고 나서 상대방을 생각해보니, 오히려 내가 나쁜 사람이었다는 것을 알게 되었다! 상대방을 통해 내가 성숙할 수 있었다는 것을 비로소 깨닫게 된 것이다. 그래서 이제는 누군가를 만나면 다시 전처럼 사랑하지 않겠다고 다짐하고 노력한다. 새로운 사람이 되는 것이다. 그러면 잃었다고 생각하는 그 3년을 다시 찾아오는 셈이 된다. 이제 인생이 완전히 달라지니까!

그러니까, 예술기호는 그렇게 잃었다고 생각하는 시간을 되찾게 한다. 인생이 완전히 달라지는 것이다. 그렇기 때문에 시간을 다시 찾아온 것이나 다름없다. 이것이 바로 들뢰즈가 말하는 예술

기호다. 당연히 마지막 단계인 이 예술기호가 가장 강력한 기호겠다. 감각기호는 시간을 되찾게는 하지만 가져오지는 못한다. 그것이 감각기호와 예술기호의 절대적인 차이다.

따라서 우리가 끝났다고 생각하는 과거는 '미완성의 시간'이자 지금 다시 '도래하는 시간'이다. 어떻게 과거를 해석하느냐에 따라 그 사람의 정체성이 결정된다. 과거라는 시간을 어떻게 되찾느냐에 따라, 어떻게 잃어버리느냐에 따라 그 사람의 존재론이 밝혀진다. 과거가 곧 미래다! 진실은 과거에 있다!

다시 말해 과거와 현재는 연속적인 것이 아니라 서로 공존하는 이질적인 두 요소이다. 현재는 끊임없이 지나가지만 과거는 그 자체로 계속 보존되고 있는 것이며, 늘 다시 해석되는 것이다. 그러므로 의미 없는 과거가 의미를 되찾는 순간, 잃어버린 시간을 되찾은 것이다. 물론 의미 없는 과거에 의미를 부여하게 된 당신 역시 의미 있는 당신이 되었다!

공간에서 장소로
· · ·

'장소'는 '인간이 관여하여 한정되고 특수한 공간이 발생한 곳'이라는 뜻이 있는데, 바로 기술 들어가겠다! 어떤 공간에 특별한 의미나 가치를 부여하는 순간, 공간은 장소로 바뀐다. 방금 살펴본 시간처럼 공간은 '물리적인 자리'고, 장소는 '철학적인 자리'다. 당연히 지금부터 이야기할 것은 철학적 자리다.

이를테면, 당신이 매일 오가는 집 앞 도로나 지하철역은 그저 '공간'이다. 그러나 집 앞에서 특별한 일이 생겼거나, 지하철역을 지날 때마다 무언가 특별한 감정을 불러일으킬 만한 일이 있었다면, 그곳은 '장소'가 된다. 이 차이를 잘 구분하시길. 그렇게 장소와의 만남을 '장소애(topophilia)'라 부른다. 장소에 특별한 감정과 애착이 생기는 것이다. 우리가 가끔 찍는 감성 사진이 그렇고, 옛 연인을 떠올리게 하는 특정한 곳이 그렇다.

그리고 특정한 장소에 개인과 공동체의 일원으로서 나의 장소에 속해 있다는 느낌을 갖게 하는 것을 '장소감(sense of place)'이라고 한다. 예를 들어 당신이 어떤 직장에 다니고 있으면, 그 직장에 당신은 장소감을 갖게 된다. 그리고 그 장소감을 통해 당신은 당신이 누구인지 알 수 있는 것이다.

문제는 지금부터다. 원래 우리는 마을공동체에서 살았는데, 산업시대에 돌입하면서 도시화가 급속도로 진행되었다. 그래서 우리는 현재 대부분 '아파트단지'에 살고 있다. 위층, 아래층, 옆집에 누가 사는지 크게 관심이 없다. '엘베'에서 만나면 그저 눈인사나 하면 그만.

다시 말해, 도시화가 진행되면서 우리는 비슷한 공간에 살게되고 그 획일화에 따라 장소감도 없어졌다. 아파트단지를 비롯해도시가 다 비슷비슷하니, 크게 특별한 장소도 없다. 더욱이 상업적

개발로 개성을 박탈당하고 규격화된 도시에 살면서 우리는 점차 고유한 장소성을 잃어버리게 되었다. 서울이든 부산이든 어디든 간에 그 공간의 특색이 거의 없어지고, 백화점과 먹자골목 또는 아파트단지만 남게 되었다. 이렇게 비슷비슷한 장소들만 있는 것 가짜 장소를 '이소토피아(isotopia)'라고 부른다.[*]

이소토피아

· · ·

자 그럼 우리가 살고 있는 이소토피아는 어떤 특징을 갖고 있을까.

가장 먼저, 집은 우리가 살기 위한 곳이 아니라 교환 가능한 상품이 되었다. 역세권 프리미엄이 붙은 아파트, 똘똘한 서울의 아파트 한 채를 위해 '영끌'하고 있는 우리의 처절한 투쟁을 보라! '전세난민'만 아니어도 참 좋겠다! 이에 따라 대부분의 도시는 비슷한 형태를 띠고 있다. 고민 없이 깍두기 썰듯 도시를 계획하면 건설단가가 싸게 먹히니까. 아파트단지 아니면 상업 단지. 각 도시마다 고유한 개성과 경관을 찾기 어려워졌다.

우리는 가끔 낯선 곳에 가고 싶어 한다. '열심히 일한 당신, 떠나라!' 문제는 우리가 장소를 경험하는 것이 아니라 사진 파일로 저장(수집)한다는 데 있다. 예컨대 프랑스의 에펠탑은 전 세계적

---

[*] 에드워드 렐프, 김덕현 외 역, 『장소와 장소상실』, 논형, 2005, 25~104쪽 참고.

으로 셀카 최고 인기 배경이라고 한다. 그곳의 특이한 정취와 분위기를 느끼기보다는 맛집에 가서 유명한 것을 먹고, 꼭 들러야 할 곳에 가서 사진 찍고 SNS에 올리는 것이 지금의 관광이다.

참고로 관광과 여행은 다르다. 관광(觀光)은 말 그대로 가서 그냥 보는 것이고, 여행(旅行)은 개고생하면서 체험하는 것이다. 대체로 많은 사람이 관광을 갔다 오고선, 여행을 갔다 왔다고 한다.

또한 즐거움을 위한 가짜 장소인 놀이공원이나 고궁이나 박물관 역시 고안되고 개발된 인공의 장소이다.

결국 이소토피아는 키치의 문제다. 어떤 원본을 복사하고 모방한 것에 불과하다. 이제 장소는 소비하는 장소, 상품 가치로 매겨지는 장소에 불과하다. 그래서 획일적인 욕구와 취향만을 강요한다. 비슷한 아파트에 살고 비슷한 백화점에 가며 비슷한 밥집에 가서 음식을 먹는다. 그게 바로 자본주의다!

이제, 공간에서 장소로의 전환은 어느 정도 알겠는데, 문제는 장소가 점점 없어지고 있다는 것이다. 가짜 장소, 이소토피아만 존재할 뿐이다. 그저 우리가 장소라고 말할 수 있는 곳은 아마, 감성 사진, 어떤 특정한 장소를 찍은 사진 정도만 말할 수 있을 것이다.

앞으로 장소는 훨씬 더 빨리 사라질 것이다. 특별한 의미나 가치를 부여하는 장소는 눈 씻고 찾아봐도 어려울 것이다.

그게 바로 우리가 처한 현실이다.

당신에게 헤테로피아가 있는가

. . .

6년 전에 결혼하고 나서 신혼여행 갔다 온 곳이 하와이였다. (이 글을 쓰고 있는 현재, 내일이 바로 결혼기념일이다!) 진짜 좋은 곳이었다. 사계절 내내 날씨가 너무 좋아서, 미국에서 노숙자가 제일 많은 곳이라 들었다. 환상적인 하와이의 바다와 하늘은 결코 잊을 수 없을 것이다. (물론 신혼여행지에서 아내와 엄청나게 싸운 기억도 잊지 못할 것이다)

우리는 이런 곳을 바로 '유토피아(utopia)'라고 부른다. 그러나 말 그대로 유토피아는 현실적으로 아무 데에도 존재하지 않는 이상(상상)의 공간이다.

그런데, 사회 안에 존재하면서 유토피아적 기능을 수행하는, 실제로 현실화된 유토피아인 장소가 있다. 그것이 바로 '헤테로토피아(heterotopia)'. 바로 하와이가 그렇다! 여행, 특히 신혼여행으로 많이 오는 하와이. 얼마나 좋은가. 날씨도 좋고, 바다도 좋고, 분위기도 좋고. 한국 땅의 이런저런 문제 다 신경 안 써도 되고.

헤테로토피아는 철학자 미셸 푸코(Michel Foucault)가 만든 개념이다. 그는 다락방, 묘지, 사창가, 휴양촌 등 현실에서 특수한 공간을 헤테로토피아로 보았다. 주어진 공간에 맞서는 '반(反)공간'이자 유토피아인 것이다.

이곳은 현실에 있으면 안 되는 부정적인 것이 잔뜩 있는 디스토피아일 수도 있고, 꿈과 환상의 나라 유토피아가 될 수도 있다. 모든 장소들의 바깥이라 할 수 있으며, 불안을 야기하는 공간이기도 하다. 그래서 헤테로토피아는 다른 모든 공간에 대한 이의를 제기한다. 기존의 현실이 과연 옳은지 반문하는 것이다.

간단하게 정리하면, 헤테로토피아는 유토피아의 '현실 버전'이라고 말할 수 있겠다. 예컨대, 멋진 광경과 각종 편의시설이 잘 갖춰진 해외 휴양지나 '호캉스(hotel+vacance)'가 가능한 5성급 호텔, 미술관 등이 헤테로토피아라고 말할 수 있을 것이며, 드라마나 영화에 등장하는 감옥 역시 헤테로토피아라고 말할 수 있을 것이다.

그렇다면, 당신에게 질문하겠다. 당신에게 헤테로토피아가 있는가. 있다면 어디인가.

나에게 헤테로토피아를 예로 들라고 하면, 나는 주저 없이 내 연구실을 예로 들 수 있다. 연구실 이름은 '독수공방(獨守工房)'. 허벅지를 찌르며 공부만 하자는 뜻으로 지었다. 이곳은 현실과 완전히 단절된 곳이다. 나 혼자 책보고 공부하고 글 쓰고 강의 준비하는 곳이다. 아무의 방해도 받지 않는다. 심지어 아내도 방해 못한다. 연구실에 오면 아예 스마트폰을 무음으로 바꿔놓고 쳐다도 안 본다. 닫힌 공간이다. 그러나 내게는 무한으로 열린 공간이기도 하다. 현실을 고민하기도 하고, 현실을 문제 삼기도 하며, 현실을 나아갈 힘을 얻는 곳이기도 하다. 이상향, 유토피아는 아니지만, 내게는 그나마 현실화된 유토피아다.

특별한 기억이 가득한 장소는 점차 사라지고 있다. 그렇다면 우리는 어떻게 살아야 할까. 우리가 지금 이 상황에서 할 수 있는 일은 각자의 헤테로토피아를 발견하고 만드는 일이다. 그래서 우리가 사는 장소를 지속해서 문제 삼아야 한다.

왜 헤테로토피아를 발견해야 하고 만들어야 할까. 바로 내 존재 문제이기 때문에 그렇다! 모두가 획일화된 도시에서 획일화된 삶을 살고 있을 때, 나 역시 그렇게 살 수 없다! 그것을 하이데거는 '빠져 있음'이라고 말했다.

당신은 그런 사람들 중 별 볼 일 없는 하나가 아니다. 당신은 특별하고 당신은 그들과 다르다. 당신의 존재론은 당신이 직접 만들어 가야 한다.

다시, 당신에게 질문하겠다.

당신도 남들과 똑같이 주어진 시간 속에서, 똑같은 곳에서 똑같은 사람으로 살아가고 있는가. 아니라면, 당신이 다른 사람과 뭐가 다른가. 다르다면, 어떻게 증명할 수 있는가.

이 책에 따르면 당신은 이렇게 대답할 수 있겠다(있어야 한다). 나는 다른 사람과 다른 시간을 살고 있고, 다른 장소에 살고 있다고 말이다. 물론, 층위의 문제다.

CHAPTER 11

예술이란 무
엇
인
가

예술에 대한 이해가 세계에 대한 이해다.

예술작품이란,
무엇인가

뒤샹이 던진 파문

. . .

글쓰기 존재론으로부터 시작해 맞춤법과 퇴고, 이미지와 시공간의 문제를 지나 이제 예술로 넘어가겠다. 모든 학문을 다룰 생각은 없지만, (좋은) 글을 쓰려면 모두 알아가는 것이 좋다! 사고의 깊이가 곧 글의 깊이가 되므로. 이 책의 제목이 '글쓰기 파내려가기'라는 것을 잊지 마시길. 삽화로 그린 '삽연필'(연필과 삽의 콜라보레이션)에 주목하라.

주지하다시피, 프랑스의 미술가 마르셀 뒤샹(Marcel Duchamp)이 예술계에 제대로 된 파문을 던졌다. 그동안 공고했던 예술의 기준과 경계가 뿌리째 흔들리기 시작했다. 예전에는 그림과 조각만이 미술작품이었으니까.

뒤샹을 비롯한 혁명가들(또라이들)이 나타나기 시작하면서 예술의 경계가 모호해졌는데, 여기서부터 예술을 다루는 것이 좋을 듯하다. 구체적인 동서양 예술사는 다른 책을 참고하시길.

자, 그럼 예술작품이란 무엇인지부터 생각해보자. 예술작품은 '꽤나 감정이나 충격을 불러일으킬 수 있는, 사물의 재현 혹은 형식의 구성 혹은 경험의 표현'이라고 철학자이자 미학자인 브와디스와프 타타르키비츠(Wladyslaw Tatarkiewicz)가 말했다.

단어 하나씩 뜯어서 살펴보자. 예술작품은 쾌, 즐거움, 좋음과 슬픔이나 기쁨 등의 여러 감정을 불러일으키거나, 기존의 관습을 깨뜨리거나 아름답지 않은 추미(醜美) 등으로 충격을 일으키는 것이다. 그리고 그것은 사물의 재현품이거나 형식의 구성품이거나 경험의 표현이다. 특정한 사물을 만들거나 특정한 형식을 구성하거나 자신의 경험을 표현하는 것이 예술작품인 것이다.

자, 이제 희대의 혁명가(또라이) 뒤샹이 나타났다! 그는 일상에서 쉽게 구할 수 있는 남성 소변기에 서명을 한다. 이제 소변기는 실용성으로 만들어진 기성품이 아니라, 예술 오브제로 변하게 되었다. 그것을 그는 '레디메이드'라고 부른다. 이제 이것은 소변기가 아니라, 〈샘〉이라는 작품이 되었다. 매끄러운 표면과 부드러운 곡선, 그리고 소변기 안을 샘으로 볼 수도 있겠다.

난리가 났다. 당연히 말도 안 된다는 비판이 주를 이뤘다. 파문을 제대로 던진 것이다. 그러나 뒤샹을 옹호하는 무리도 있었다.

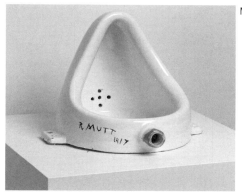

"무트 씨가 자기 손으로 직접 샘을 만들었는지 여부는 중요한 문제가 아니다. 중요한 점은 그가 그것을 '선택했다'는 점이다. 그는 일상의 물건을 택하였고, 그것을 재배치함으로써 통상의 실용적 의미는 이제 새로운 제목과 관점하에서 사라졌으며, 마침내 그 대상에 대한 새로운 사유를 창조한 것이다."(베아트리스 우드)

뒤샹의 탁월함은 바로 그것, '선택'의 문제였다. 물체를 새롭게 사고하고, 새로운 사유를 만들어내는 것 자체. 그것이 뒤샹의 노림수였다.

뒤샹이 던진 파문은 크게 4가지로 볼 수 있다.

기성품에 사인을 하면 예술품이 되는가?
미술관에 있으면 예술품인가?
예술가가 만들면 예술품인가?
예술작품은 어떻게 예술작품이 되는가?

기성품에 사인을 하면 예술품이 될까? 만약 소변기를 그대로 가져왔다면 아무것도 아니었겠지만, 예술가가 사인을 했으므로, 어떤 맥락과 의도가 주어진다. 그러니까 누구나 쉽게 볼 수 있고 접할 수 있는 것에 예술가가 사인하면 예술품이 될까?

미술관에 있으면 예술품인가? 만약 소변기가 집 화장실에 있다면 그저 소변기일 것이다. 그런데 소변기가 미술관에 있다! 미술관 화장실이 아니라 예술작품 진열대에 말이다. 그럼 예술품일까? 내가 지금 마시고 있는 맥콜 캔을 쓰레기통에 버리면 쓰레기지만, 만약 이것을 미술관 진열대에 올려놓으면 예술품이 될까? 이 예술품의 제목은 참고로, '집에 가고 싶다'이다.

예술가가 만들면 예술품일까? 만약 소변기에 어떤 엔지니어의 이름이 새겨져 있다면, 그것은 제품번호에 불과하게 되는 걸까? 또한 예술가라는 타이틀(자격)은 누가 주는 것인가? 일반인과 예술가의 차이는 무엇인가?

예술작품은 어떻게 예술작품이 될까? 어떤 조건을 충족해야 예술작품이라고 인정을 받을 수 있는가? 예술(작품)은 무엇인가?

마지막 이 문제가 아주 결정적이었다. 뒤샹이 예술작품의 문제, 예술의 본질 문제를 아주 예리하게 파고 들어갔던 것이다. 비로소 이때부터 예술이 무엇인지, 예술작품이 무엇인지 진지하게 고민하기 시작했다. 현대예술은 이때부터 시작되었다고 봐도 무방하다.

예술작품은 발견된 대상

. . .

모던아트에서 '레디메이드'는 말 그대로 공장에서 대량생산 된 기성품을 말하는데, 뒤샹은 이 기성품을 예술 작품으로 탈바꿈한 최초의 인물이었다. 그는 삽자루나 자전거 바퀴에 작품 이름을 붙이고 서명을 새겨넣어 예술작품을 만들어냈다. 물론, 뒤샹이 직접 물품을 만들진 않았다. 그러나 예술가 뒤샹이 '그것'을 선택했으니 예술작품이 되었다. 이제 예술작품은 발견된 대상이 되었다. 누가 먼저 깃발 꽂느냐가 문제다!

"우리는 그것을 발견한다".

어떤 초현실주의 화가의 말이다. 발견된 대상은 일상적이고 중요하지 않으며 그동안 무시되어 온 것이어야 하며, 발견된 대상은 의도적이거나 계획된 것이 아니라 우연적인 것처럼 보여야 한다. 당연히 의도했겠지만, 어쩌다 우연히 발견된 것처럼 말이다.

여기서 예술의 중요한 문제가 발생한다. 바로 발견된 대상은 끝까지 평범하게 남아 있으면서 동시에 예술품으로 전시되려는 '밀당'을 계속해야 한다는 점이다.

소변기를 보면서 이게 뭐야, 이게 무슨 예술품이야, 라고 말하면서도 동시에, 이렇게 하면 이것도 어쨌든 뭔가를 보여주니까 예술품일 수도 있지, 뭔가를 우리에게 메시지로 남기니까.

보는 사람으로 하여금 헷갈리게 하고 고민하게 하는 것이 바로

'발견된 대상'이다. 자 그럼 이렇게 우리를 헷갈리게 하고 우리와 밀당하는 예술작품 몇 가지를 예로 들겠다.

이건 진짜 똥 같은 이야기다! 이탈리아의 아티스트 피에로 만초니는 자신의 똥 90개를 작은 깡통에 밀봉하여 출품했다. 예술가의 똥(Artist's Shit)! '네 작품은 똥이야'라는 아버지의 말을 듣고, 열 받은 만초니가 똥이 담긴 작품을 만들기로 했다고 한다. 기존의 예술 개념을 비웃는 것일지 모른다. 예술성 없이 무조건 예술가의 서명만 있으면 예술작품이 되는가 하고 말이다.

영국의 미술가인 마크 퀸은 자신의 피를 5리터가량 뽑아 응고시켜 자신의 두상을 만들었다고 한다. 작품의 제목처럼 진짜 자신(Self)이다. 자신의 피를 가지고 만들었으니까. 웃긴 것은 자신의 피를 조금씩 뽑아서 5년마다 새 작품을 만들었는데, 1996년 두 번째 작품은 다른 사람이 소장했는데, 청소부가 실수로 냉동 장비의 전원 코드를 뽑는 바람에 망가졌다고 한다. 웃픈 이야기다!

대중적으로 유명한 영국의 데미안 허스트는 4.3m 대형 상어를 포름알데히드용액이 가득 찬 유리관에 넣었다. 물론 죽어서 박제된 상태이긴 하지만, 그래도 무시무시하겠다. 작품 제목은 〈살아 있는 누군가의 마음에서 불가능한 물리적인 죽음〉. 죽었지만, 우리는 죽은 상어로부터 위협을 느낀다. 그런데 만약 이것이, 아쿠아리움과 같은 수족관에 있다면 관상어가 아닐까. 미술관에 있기 때문에 예술작품이 아닐까.

Piero Manzoni, *Artist's Shit*, 1961

Marc Quinn, *Self*, 1991

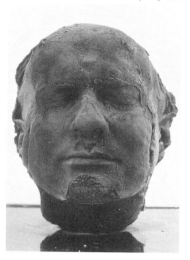

Damien Hirst, *The Physical Impossibility of Death in the Mind of Someone Living*, 1991

챕터 11_예술이란 무엇인가

Maurizio Cattelen, *Comedian*, 2019

예전에 한창 화제가 된 이탈리아 예술가 마우리치오 카텔란의 1억 4천만 원짜리 바나나. 이게 왜 1억 4천만에 낙찰되었는지 이해되지 않지만, 배가 고프다는 이유로 이 바나나를 먹어 치운 한 행위예술가도 이해되지 않는다.

미술관 측은 새 바나나를 거기에 붙이기로 했다고 한다. 바나나는 어차피 계속 상하고, 작품은 '바나나'가 아니라 '바나나라는 발상'이니 발상만 유지되면 된다는 논리로 계속 새 바나나를 붙여 놓고 있다고 한다. 물론 힙(hip)한 곳이 되어서 관람객들이 문전성시를 이루고 있다고 한다. 우리 집 냉장고에 저렇게 붙어 있으면, 상하니까 빨리 먹으라는 아내의 압력이 되겠지만, 미술관에 있으니 1억 4천만 원이다!

이제 팝아트의 제왕 앤디 워홀(Andy Warhol) 등장. 많은 사람이 잘 아는 사람이니 자세한 설명을 생략하겠다. 그는 '팝아트'라는 새로운 장르를 만들었다. 이제 예술품은 그저 공장에서 기성품 찍어내듯 만들면 되는 것이다. 그의 말처럼, '아름다움이란 그곳에 아무것도 없는 것'이다. 기존의 전통적 관점에 저항하면서 자본주의의 대량생산 과정을 재현하면서 동시에 비판하였다.

앤디 워홀 이후, 대중문화와 고급문화의 경계가 모호해졌다. 더 정확히 말하면, 고급문화라는 개념 자체가 사라졌다고 볼 수 있다. 고급문화의 기준도 없을뿐더러, 대중문화가 예술품이 된다는 것을 팝아트가 증명하고 있다.

　따라서 예술을 정의하려면, '무언가를 미적으로 경험하는 미적 실천의 순간이 이뤄지는 것이 예술'이라고 말해야 한다. 한 사회, 문화집단 안에서 미적 실천의 순간이 이뤄졌으면 그것은 예술이다. 예술이다, 아니다를 쉽게 정의할 수 없다는 말이다. 내가 미적 실천의 순간을 겪었으면 예술이다! 물론 극소수의 사람들만 겪었다면, 그것은 뛰어난 예술품이 될 확률은 낮을 것이다. 이제 예술은 모두의 예술이 되었다!

아우라의 상실

. . .

1839년 8월 19일 최초의 사진이 찍힌다. 은판 사진기 발명가인 루이 다게르가 30분 만에 프랑스 탕플대로 풍경을 찍어낸다. 최초의 은판 사진기였다. 그는 이 사진기를 잘 보완해서 '다게레오타입(Daguerreotype)'이라고 이름 붙인다. 예상대로 다게레오타입은 폭발적인 인기를 얻으며 여러 분야에서 가치를 인정받기 시작했다. 다게레오타입은 특히 미국에서 1850년대까지 3백만 개가 넘게 팔렸고, 전문 직업으로 활동하는 사진사들도 생겨나기 시작했다. 특히 사진기술이 발명된 지 얼마 지나지 않아 발발한 크림전쟁이나 남북전쟁 때 전쟁의 참상을 기록하는 도구로써 유용하게 쓰이면서 비약적 발전을 이루게 되었다.

Daguerreotype

Louis Daguerre, *Boulevard du Temple*, 1838

　다게르에 의해 사진이 등장하면서, 인상주의 화풍이 유행하기 시작했고, 뒤이어 철학자 발터 벤야민이 나타나, 예술의 종언을 고한다. 그 유명한 글「기술복제시대의 예술작품」. 그가 살아 있을 동안에는 아주 짧은 단편영화, 무성영화만 만들어졌지만, 벤야민은 영화라는 매체에서 기술복제의 가능성을 보고, 회화, 예술의 위기를 진단한다. 이제 예술도 복제되면서 기존의 예술과 완전히 달라질 것이라는, 예술의 존재 자체가 위기에 처해있음을 경고한다.

　아우라란 무엇인가? 그것은 공간과 시간으로 짜인 특이한 직물로서, 아무리 가까이 있더라도 멀리 떨어져 있는 어떤 것의 일회적인 현상이다. 어느 여름날 오후 휴식 상태에 있는 자에게 그늘을 드리우고 있는 지평선의 산맥이나 나뭇가지를 따라갈 때—이것은 우리가 산이나 나뭇가지의 아우라를 숨 쉰다는 뜻이다.*

벤야민의 현대 예술의 문제를 '아우라(Aura)'의 상실에서 찾는다. 간단하게 설명하면, 아우라는 '예술작품의 유일무이한 존재 그 진품성'이라고 말할 수 있다. 진짜, 원본에만 있는 기운 혹은 기호(들뢰즈식)라 할 수 있다.

그에 따르면 현대의 복제기술은 예술의 본질을 변화시켰고, 그에 따라 전승되어온 예술관에 속한 개념들, 예컨대 창조성, 천재성, 영원한 가치, 비밀과 같은 개념들은 쓸모없는 것으로 전락하고 말았다. 다시 말해 복제품의 대량생산과 현재화는 아우라의 상실을 가져오게 된 것이다. 앤디 워홀의 작업처럼 말이다.

따라서 벤야민이 우려하고 염려한 것은, 복제기술의 발달로 예술작품이 복제의 대상이 될 것이라는 점이다. 사진과 영화 기술이 점차 발달하니, 회화작품은 수없이 복제될 것이고, 그래서 예술의 원본은 없고 복사물만 남게 되는 상황을 두려워한 것이다. (앤디 워홀은 벤야민의 이러한 경고를 어떻게 생각했을까)

이 문제는 예술의 본질에 있어 매우 중요한 문제다. 예술작품의 존재 방식에 관한 물음이기 때문이다.

---

* 발터 벤야민, 최성만 역, 『발터 벤야민 선집 2』, 길, 2007, 36쪽.

원본 없는 현대예술

. . .

루브르박물관에 전시된 명화 〈모나리자〉. 혹자는 그림 원본은 미술관 금고에 있고 모작이 전시되었다고 음모설을 제시하기도 했다. 과연 관람객들이 보고 있는 것은 원본일까 모작일까.

사실, 명화 모나리자처럼 패러디가 많이 된 그림도 없다. 코로나19 사태 이후 모나리자가 마스크를 쓰기도 했다. 모나리자 얼굴에 이것저것 손댄 이미지는 정말 많다. 검색창에 아예 연관검색어로 모나리자 패러디가 있을 정도니까. 다시 말해 원본의 문제가 아니라, 이제 우리는 원본보다 패러디된 모나리자를, 원본보다 더 색감 좋고 컴퓨터 배경화면으로 쓰기 좋은 고해상도의 모나리자를 만날 수 있다.

더욱이 지금은 'VR시대'다. 루브르박물관에 갈 수 없으니, VR로 루브르박물관에 들어가 이곳저곳을 돌아다니면서 박물관의 여러 전시물을 그 누구의 방해 없이 손으로 만져보기도 하고 매우 가까이서 실컷 볼 수 있다. 화질은 당연히 최상급이다. 어쩌면 미술관보다 VR이 미술품 감상하는데 더 좋을지 모른다.

또한 이제 우리는 예술작품을 우산이나 스마트폰 케이스 등의 굿즈(goods)로 쉽게 만날 수 있다. 여기서 벤야민이 우려했던 원본의 복제 문제가 불거진다. 예술작품이 무한 복제돼서 복제품만 소비하게 되는 것. 그것을 염려했던 것이다. 그러나 여기에 한 가지 우리가 짚고 넘어가야 할 부분이 있다.

바로, 아우라가 복사 전 원본에만 있는 추상적 개념이라는 점이다! 아우라는 반드시, 복사하기 전 원본에만 있는 것이다. 다시 말해 원본이 없으면 아우라도 존재하지 않는다. 따라서 우리가 살고 있는 현대에서 예술작품의 아우라는 상실된 것이 맞지만, 우리가 사는 시대에는 원본도 없다!

우리는 4차 산업혁명 시대에 살고 있다. 이제 5차, 6차, 이렇게 계속 산업혁명은 이어질 것이다. 중요한 것은 현대에 있어 예술의 문제는 원본이 필요 없는 복제에서 출발한다는 점이다.

많은 사람이 사진과 짧은 글을 주고받고 여기저기 올리기도 하고 전달하기도 한다. 복제가 무한하게 계속된다는 것이다. 〈미디어아트〉처럼 온라인상에 예술작품이 존재하다 보니 물질성도 없다. 조작도 쉽다. 포토샵이라는 게 있고 하다못해 스마트폰의 특수효과도 있다. 벤야민이 생각하는 것처럼, 원본이 있어서 복제되는 것이 아니다. 떠도는 부유물과 같은 예술.

벤야민은 (어쩔 수 없이) 대중의 역할에 주목했다. 예술은 계속 복제될 것이고, 아우라는 상실될 것이니, 여기서 대중이 예술작품에 최대한 깊게 참여하기를 바랐다. 이제, 대중을 위한 대중에 의한 대중의 예술로 예술의 성격이 바뀔 수밖에 없다. '예술의 본질은 무엇인가'하는 질문을 하기 어려워졌다. 예술을 우리가 직접 향유하고 있는 한, 우리 자신을 묻는 일이니까.

따라서 우리는 이제 예술의 존재 방식으로 예술을 정의할 수밖에 없다. 예술이 어떻게 존재하느냐에 따라 어떤 예술작품이라고 규정지을 수 있다는 말이다. 예술이다, 아니다의 문제를 더 이상 제기할 수 없다는 말이다.

그러나, 예술에 대한 이해가 곧 세계에 대한 이해다. 세계의 변화에 따라 예술작품도 변해왔고, 예술 역시 세계의 변화에 민감하게 반응하기 때문이다. 그러므로 우리가 예술이 무엇인지 고민하고, 예술작품을 계속 가까이할 이유는 분명해 보인다.

그 이유는, 이 세계를 더 잘 이해하기 위해서! 세계를 더 잘 이해해서 우리 자신을 더 잘 이해하기 위해서! 우리 자신을 잘 이해해서 우리의 진정한 가치를 찾기 위해서!

글쓰기 책에서 왜 뜬금없이 예술 이야기를 했는지 이제 알겠는가. 결국 이 세상의 모든 지식과 정보와 예술 등은, 우리 자신을 잘 이해하기 위함이다. 세계에 가까이 다가갈수록 알게 되는 것은 우리 자신이며, 예술작품은 세계를 한 작품에 다 담아낸 것이니, 예술작품을 알아야 할 이유는 차고 넘친다.

CHAPTER 12

시가
온
다

시의 리듬에 진실이 숨어 있다.

시가 온다,
시란 무엇인가

당신은 언제 시를 보았는가

· · ·

당신이 처음으로 시를 접하게 된 때가 언제이며, 최근에 시를 본 적은 언제인가?

일반적으로 사람들은 학창 시절 때 교과서를 통해 시를 처음 접했을 것이다. 교과서 시. 그것이 우리가 가진 시에 대한 최초의 기억이자 마지막 기억일 가능성이 높다. 고등학교를 졸업하고 대학교에 가거나 취업을 하게 되면 시를 볼 일이 거의 없으니까.

자, 그럼 질문 하나 더. 일반 사람이 어른이 되어 시를 만난다면 언제일 것 같은가?

내 주변 선후배와 친구들에게 직접 물어봤다. 재미있는 대답이 나왔는데, 크게 3가지 답이 나왔다.

첫째는 지하철 스크린도어! 당연하다. 지하철 타는 곳마다 있으니까. 승강장 스크린도어 시가 좋다 나쁘다, 수준이 낮다 등 여러 말이 많지만, 세계적으로 특이한 건 사실이다. 지하철마다 시가 있는 나라는 우리나라밖에 없으니까.

두 번째는 공무원시험 준비할 때! 슬프다. 평생 시 안 보고 살 줄 알았는데, 공무원시험 중 국어 과목이 있다. 수능 공부처럼 국어 공부를 해야 하며, 심지어 문제도 극강의 난이도를 자랑하고 있다.

세 번째는 '갬성 뿜뿜'할 때! 대체로 요 때 시집을 직접 읽거나 시를 찾아보진 않지만, 시 비스무리한 것을 읽기도 하고 쓰기도 한다. 술 한잔하면 '오글오글오글'거리는 글이나 짤도 SNS에 올리기도 한다. 밤수성 돋으면 누구나 시인!

이렇게 우리는 시를 만난다.

그렇다면, 우리가 시를 써야 한다면 언제 쓰게 될까. 대체로 두 가지로 답할 수 있다.

먼저, 시는 가을에 잘 써지고 외로우면 더 잘 써질 것 같은 '느낌적 느낌'이 들 것이다. 가을이 되면 호르몬 문제가 있어서 실제로 외로움을 많이 느낄 수밖에 없다고 한다. 뭔가 쓸쓸하고 부족하고 허전하고 울컥하니, 무언가를 끄적이게 되는 것이다.

그리고 또 하나는 바로 밤(새벽)! 밤이면 돋는 감성이 있다. 술 한잔하면 257배 증폭된다. 대체로 시인들이 좋아하는 시간대이기도 하다. 나 역시 매일 새벽 4시쯤 잠자리에 든다. 제일 좋아하는 이 시간대를 나 역시 놓치고 싶지 않다. 우리의 밤은 당신의 낮보다 아름답다. 대신 내 수명은 당신보다 짧겠지. 내가 늘 웃으면서 하는 말이다. 기분이 묘해지는 시간. 모두가 잠든 시간에 나 혼자 깨어 있다. 갬성 터지는 시간이다.

시가 온다
. . .

그런데 여기서 한 가지 질문이 더 생긴다. '시적인 것'과 '시적이지 않은 것'. 더 쉽게 말해 감성적인 것, 감성적이지 않은 것이 어떻게 나눌 수 있는지 말이다.

일반적으로 감성(갬성)은 개인에게만 해당하는, 개인적인 느낌이니, 기준이 모호할 수밖에 없다. 모든 사람이 지나치는 것을 나 혼자만 감성 터졌으니, 그 감성을 누가 뭐라 할 수 있을까. 나만 느끼면 그만이지 뭐.

우리는 뭔가 특별한 시적인 것이 있다고 '쉽게' 생각한다. 시적인 것을 굳이 정의해야 한다면, '뭔가 가슴께를 찌르르하고 아사무사하게 오는 것'이라고 할 수 있겠다. '아사무사'는 알듯 모를 듯 하다는 뜻이다.

예컨대, '새벽, 낙엽, 달빛, 눈물, 이별, 해 질 녘, 비, 우듬지, 바다, 세월, 죽음, 목련, 벚꽃, 그늘, 우산, 음악, 바람, 낙화, 사랑, 물안개, 의자, 어머니, 밤하늘, 별, 가로등…' 등을 시적인 것(소재)으로 들 수 있겠다. 시를 처음 쓰는 습작생들의 작품에서 쉽게 찾을 수 있는 소재들이다. 당신에게 지금 당장 시를 쓰라고 하면, 아마도 당신은 이 중 하나를 쓰게 될 것이다. 장담한다.

대체로 사람들은 저런 특별한 감정을 불러일으키는 소재가 시를 쓰게 한다고 생각한다. 그러나, 전혀 그렇지 않다! 특별한 소재가 특별한 감정을 불러일으키는 것은 촌스러울 따름이다! 그리고 이미 대부분의 소재들은 많은 시인이 벌써 다 써버렸다! 시인치고 목련에 대해서, 낙엽에 대해서, 어머니에 대해서 안 써본 시인은 아마 이 세상에 없을 것이다!

뭔가 우리의 감성을 돋게 하는 소재이긴 하지만, 꼭 저런 소재가 특별한 감정을 만들어내진 않는다. 더욱이 감성은 개인의 감성이니, 아무도 느끼지 못한 사물과 사건에서 감성이 터질 수 있다.

질문 하나 더. 그렇다면 시는 감성보다 더 높은 차원의 감정적 동요로 만들어지는 것인가. 감성 터진 일반인도 시를 쓸 수 있지 않을까.

답은 이미 전 챕터에서 말했다. 예술의 문제에서 말이다. 예술의 존재 방식으로 예술을 정의하듯, 시의 존재 방식으로 시를 정의할 수 있다! 시를 썼다고 생각하고 시라고 말하면 그것은 시다! 시집에 있으면 시고, 일기장에 있으면 일기다! 문제는 예술가처럼 시인이라는 자격을 어떻게 얻느냐. (한국은 특이하게도 등단제도라는 것이 있다)

그러므로 우리는 이제 감성(갬성)을 싸구려 감정 정도로 생각해서는 안 된다. '취존(취향 존중)'해야 한다. 누구나 자기만의 짊어져야 할 짐이 있고 삶의 방식이 있다. 그것의 무겁고 가벼움을 말할 수 없으며 자기와 비교할 수 없다.

그렇다면, 감성은 어디에서 오는가. 바로 '결핍'이다.

외로움과 슬픔, 좌절과 우울 등의 감정 문제는 대체로 결핍에서 시작한다. 결핍은 크게 세 가지로 나눠볼 수 있다. ①있었던 것이 없어지거나, ②있었다고 생각되는 것이 없거나, ③있어야 할 것이 없거나. 가령 이성 친구가 있었는데 없어지거나, 있어야 하는데 왜 없지 할 수도 있고, 있어야 하는데 지금 없다! 셋 다 슬픈 일.

결핍이 없다면 슬플 일이 없다. 그러나 결핍이 없을 수도 없다. 다 가진 사람? 그게 가능할까? 예컨대 삼성의 이재용 회장 같은 재벌은 매일 웃고만 살까?

인간의 욕망은 끝이 없다. 그렇기 때문에 결핍은 언제나 존재할 수밖에 없다. 그래서 감성(갬성)은 모든 사람이 겪는 문제다! 이과라서, 공대생이라서, 아저씨라서, 아줌마라서, 할아버지 할머니라서 갬성을 겪지 않는다고 말할 수 없다. 단지 조금 무딘 사람이 있을 수는 있겠다.

이제, 시가 온다. 정말 '쎄게' 오면 나처럼 시인이 되겠지. 그러나 모든 사람이 시인이 될 필요는 없다. 다만, 당신에게 시가 계속 오고 있다는 것만 알고 있으면 된다. 당신이 잘 모를 뿐이다.

시인은 어떤 사람인가

...

그러면 시인(시를 쓰는 사람)은 어떤 사람일까? 시에 대한 질문은 계속 이어가겠지만, 시인은 과연 어떤 사람인지 질문하게 된다.

나는 시인을 특별한 존재로 보지 않는다. 시인도 밥 먹고 화장실 가는 사람이고, 이 자본주의 사회에서 먹고살려면 다른 사람과 같이 빡세게 일해야 한다.

독립영화 〈똥파리〉에서 감독과 주연배우로 활약하면서 독립영화계에서 꽤 유명한 양익준이라는 사람이 있다. 그는 영화 〈시인의 사랑〉(2017)에서 주연을 맡았는데, 영화에서 그는 무능한 가장이면서 심지어 무정자증을 앓고 있다. 말 그대로 찌질하다. 우리가 쉽게 생각하는 시인의 이미지를 다 가지고 있다.

'가난하고 능력도 없고 항상 외로워하며 자존심만 강하며 담배와 술에 절어 있고 쓸데없이 감수성 예민하고 눈물 많은 사람'이 일반적으로 우리가 갖고 있는 시인에 대한 이미지일 것이다.

여기서 우리가 생각하는 시인의 이미지는 크게 두 가지로 나눌 수 있을 것 같다. 하나는 천재 시인 이상, 다른 하나는 영화 〈넘버3〉의 랭보(박광정). 전자는 '넘사벽'이고 후자는 '(찌질한) 바람둥이'. 연애(사랑)를 위한 도구로 시를 쓰는 것인데, 틀린 것도 아니다. 나도 그랬으니까. 대체로 시인들이 그렇다!

우리가 아주 잘 아는 시인, 김소월을 생각해보자. 한국인 누구나 암송하는 시 「진달래꽃」은 한국 최고의 서정시이자 사랑시임을 부인할 자는 아무도 없을 것이다. 그런데 내가 몇 년 전에 어떤 글을 쓰기 위해 김소월에 대해 이것저것 알아보니 새로운 사실을 알게 되었다. 그가 관동대지진으로 일본 유학을 끝까지 마치지 못하고 조부가 운영하는 광산업을 맡아 경영했다는 사실을 알게 된 것이다. 그러나 광산업이 망해서 가세가 기울고 마침내 그는 아편을 먹고 자살하였다.

즉, 시집에 있는 여러 시처럼 김소월은 사랑에 목마른 여리고 섬세한 사람이 아니었다! 그가 처음 시를 발표했을 때 주변 평가가 매우 안 좋았다. 그래서 그는 열 받아서 여러 시론을 쓰기도 했다. 성격도 생각보다 상남자였다고 한다.

다시 말해, 시와 시인은 일치하지 않는다. 시집에 있는 대부분의 시가 「산유화」나 「금잔디」처럼 여성 화자를 내세웠는데, 김소월은 상남자였다. 충격이다.

만약 당신이 시를 쓰거나, 시를 전공하게 되면 제일 먼저 접하게 될 시인이 있다. 바로 이성복과 최승자. 한국시사에 있어 독보적이다.

최승자 시인의 유명한 시 「네게로」 중 알코올처럼 니코틴처럼 카페인처럼 매독균처럼 죽음처럼 너한테 간다는 구절이 있다. 무시무시하다! 이런 작품들은 그의 초기 시집에 많이 있다. 시집에도 나오지만, 최승자 시인은 시와 삶을 맞바꾼 비극적인 시인이다.

대학생 때 남자친구로부터 버림을 받았고, 낙태한 사실을 시에 쓰기도 했다. 무척 거친 작품들이 많다. 그런 시를 쓰다 보니 그런 건지, 그래서 시를 그렇게 썼는지 몰라도, 정상적인 생활을 하지 못하고 정신 분열 증세가 있어 거의 반평생을 병원에 계셨다고 들었다. 시인들 사이에서는 다 아는 사실. 최근에 시집도 내시면서 건강도 많이 좋아지신 것으로 알고 있다.

따라서 시의 내용이 시인의 삶을 그대로 반영한 것인가 하는 문제를 생각해볼 수 있다. 만약 시가 시인의 삶을 반영한다면, 비극적인 시를 계속 쓰다 보면 시인도 비극적인 삶을 살게 되는 것일까. 아니면, 비극적인 삶을 살다 보면 비극적인 시를 쓸 수밖에 없는 것일까. 고민해 볼 문제다.

시는 하나의 연극 무대
. . .

혜는 나를 사랑한다
매일 밤 구운 꽁치에 독한 술을 마시자 하고
내 옆에 누워 기린처럼 잠든다
젖은 수건이 마르고 있는 아랫목 쪽으로 목을
길게 늘어트린 채
밤새도록 입을 쩝쩝거린다

꿈속에서, 멸종된 나뭇가지에 피어난

잎사귀를 씹고 있는지

차갑고 싸한 풀냄새를 베개에 흘린다

성에가 유리창을 꽉 붙드는 아침

내 이빨에 낀 푸르스름한 비린내도

미지근한 하품도 사랑한다

혜가 나의 하품 속으로 천천히 들어와

언 손바닥을 녹일 때

혓바닥 아래엔 맑은 침이 고인다

(…하략…)

— 이범근「환절기」부분(『반을 지운다』, 파란, 2017)

나랑 오랫동안 시합평회를 다니며 몇 년 전에 멋지게 시인이 된 이범근 시인의 작품이다. 시집 중에서 내가 제일 좋아하는 시다.

그 친구의 사생활을 다 아는 것은 아니지만, 대충은 알고 있는데, 예전에 어느 자리에서 시에 나오는 '혜'가 여자친구냐고 물어본 적이 있었다. 이범근 시인은 다음과 같이 대답했다. "왜 이래 형, 아마추어같이".

그 친구의 애인 이름이 '혜'가 아닐 가능성이 높고, 애인의 이야기가 아닐 수도 있다. 물론 맞을 수도 있고. 그런데 그것은 시를 읽는 데 그다지 중요한 문제가 아니다. 시만 좋으면 된 것이다.

동그라미 여러 개

그것도 자잘하게

무덥게 득실거리면 소름이 돋는다고

덜 녹은 설탕 알갱이도 쳐다보기 두렵다는

석류가 붉게 익어

속살을 내비칠 때

알알이 꽂혀 있는 그것을 볼라치면

입술에 가끔씩 터진 물집이 떠오른다는

귀를 접고 구를수록

자라나는 둥근 얼굴

방향을 틀지 못해 말없이 다문 표정

모나게 사는 건 어때 어디로든 달아나게

— 이나영 「환공포증」 전문(『언제나 스탠바이』, 책만드는집, 2020)

　　내가 아끼는 후배의 첫 시집 중 좋은 시가 있어 가져왔다. 환공
포증이라는 이미지가 선명하게 와닿았다. 둥근 얼굴을 가진 사람
에게도 환공포증을 느끼다니. 마찬가지로, 시인이 환공포증을 앓
고 있는지 따위의 문제는 시를 읽는 데 아무런 도움이 되지 않는
다. 시인에게 물어볼 필요도 없다. 시가 되면 그만, 시가 아름다우

면 그만. 그래서 우리가 시에 설득되면 그만이다. 이제 앞으로 나는 환공포증이라는 말을 들으면 이나영 시인이 생각날 것 같다. 그러면 시는 성공한 것이다.

당신에게 묻는다. 시에서 말하는 사람은 누구인가. 흔히들 '화자'라고 말한다. 화자는 시인인가. 시의 내용은 시인의 경험에서 나온 것이고, 시에서 말하는 사람이 곧 시인이라고 우리는 그동안 배워왔고 생각해왔다. 그러나 앞서 언급했듯이 김소월은 상남자고, 시의 내용은 시인과 관련된 일이 아닐 가능성이 크다. 즉, 시에서 말하는 사람과 시인은 다르다는 말이다. 자, 여기서 기술 들어가겠다! 화자는 시인이 아니다.

그러니까 이제부터, 우리는 그동안 시인에 대한 선입견들을 모두 버려야 한다. 찌질이도 아니고, 천재도 아니다. 시인은 화자가 아니며, 화자는 시의 주인공일 뿐이다. 시인은 시의 주인공이 아니다.

즉, 시인은 시 속 인물에게 배역을 맡기고 캐릭터를 부여하는 사람이다. 인형을 조종하는 것처럼. 쉽게 말해 시인은 사기꾼이다. 습관적으로 남을 속이는 사람, 글로 사람을 속이는 사람. 물론, 악의를 갖고 속이는 것은 아니다. 다만 시를 읽는 독자에게 시의 내용이 진짜인 것처럼 보여주는 것이다. 아무래도 시에서 나오는 목소리를 시인으로 봐야, 시인 육성으로 생각해야 시와 동화되기 쉽다. 감정이입 하기도 쉽다. 그걸 노리는 것이다. 시인은 사기꾼이다. 고급사기꾼. 낚시꾼이다.

이제부터 당신이 어떤 시를 읽을 때, 그 시를 하나의 연극 무대라고 생각해야 한다. 대사가 있고, 상황이 있다. 사건이 있고, 대화가 오간다.

그러니까 시인은 무대와 캐릭터를 잘 만들어야 한다. 그래야 독자가 잘 감상할 수 있다. 시인은 독자가 깜빡 속아 넘어가도록 사기를 잘 쳐야 한다.

좋은 시는 빠져들게 한다. 마치 독자 자신의 이야기, 자신의 감정인 것처럼 말이다. 연극이 그렇고 영화가 그렇고 음악이 그렇지 않은가. 최대한 깊이 빠지도록 사기를 치는 것이다. 만약 시에 깊이 빠질 수 없다면, 둘 중 하나다. 연기가 어설프거나, 내 감정과 결이 다르거나. 배우나 코미디언이 연기와 대사를 잘 준비하듯, 시인도 마찬가지. 허투루 쓰는 단어 하나 없어야 한다.

시는 누구의 것도 아닌 스스로의 것
· · ·

좋은 영화일수록 해석이 다양하다. 감독이 어느 정도 의도를 했더라도 그것을 해석하는 것은 관객의 마음이니까. 난해한 영화, 이해하기 어려운 영화가 물론 있다. 예컨대, 이창동 감독의 〈버닝〉이나 나홍진 감독의 〈곡성〉, 크리스토퍼 놀란 감독의 〈메멘토〉 등은 한 번 봐서 이해를 다 하기 어렵다. 혼란 그 자체. 해석도 가지

각색으로 사람마다 다르다. 그러나 그렇다고 해서 영화가 문제 되지는 않는다. 다양한 해석을 가지고 있어야, 다양한 의미가 있을 수 있고, 그래서 매력적인 영화가 되는 경우가 많다.

그러나 우리는 예전에 교과서에서 시를 배울 때, 정답 찾기로 시를 해석해야 했다. 시행마다 밑줄 쳐서 상징을 분석했고 분위기가 무엇인지, 단어의 뜻이 무엇인지 등 시를 낱낱이 파헤쳐 감상해야 했다. 하지만 이러한 방식은 시를 감상하는 데 아무런 도움이 되지 않는다!

그동안 우리는 정답 찾기로 시를 읽었지만, 이제 시는 앞서 언급한 영화처럼 정답이 없다. 각자 자기가 느낀 대로 읽으면 그게 전부다. 다시 말해 시인의 의도 따위는 중요하지 않다! 시인이 어떤 식으로 독자가 읽기를 바랐다고 하더라도, 그대로 읽으라는 법은 없으며, 독자 뜻대로 읽은 것이 틀린 것도 아니다. 독자 마음이다. 시도 영화와 마찬가지. 영화처럼 즐기면 그만이다.

그러므로 좋은 시의 기준은 간단하다. 내가 좋으면 그만이다. 내가 좋으면 좋은 시, 내가 싫으면 나쁜 시다. 그 시의 가치평가는 별개의 문제. 나에게 있어 그 시의 의미는 오로지 나의 것이다. 99명의 사람이 별로라고 해도, 내가 좋으면 좋은 시가 되는 것이다.

따라서 시는 이제 이렇게 정리할 수 있겠다.

먼저, 시는 시인의 것이 아니다. 시인이 썼지만, 소유권과 저작권을 시인이 가지고 있다고 하더라도, 시는 이제 시인의 것이 아니다. 떠나보낸 것이다. 이를 롤랑 바르트는 '저자의 죽음'으로 명명하기도 했다. 이제 저자는 죽었다. 그리고 나서, 시는 그 자체로 존재한다. 작가의 간섭을 받지도 않는다. 물론, 시를 독자가 마음대로 해석하겠지만, 그것은 독자의 문제. 시는 그 자체로 스스로 존재한다. 이에 독자는 그 시를 읽고 해석하며 의미를 부여한다. 그때 시는 잠깐 독자의 것이 된다. 그러나 방금 말했다시피, 그것은 독자의 문제. 시는 그냥 스스로 있다!

시는 스스로 존재한다. 그곳에 작가든 독자든 마음대로 오갈 순 있으나, 시는 일단 스스로 존재한다. 시가 스스로 존재하는 공간을 모리스 블랑쇼(Maurice Blanchot)라는 철학자가 '문학의 공간'이라고 말했다. 독보적인 공간이고 미지의 세계다. 누구든 해석을 마음대로 할 수 있으나, 그 공간은 침범당하지 않고 정복당하지 않는다. 그저 왔다 갔다 하거나 잠깐 맛만 볼 수 있을 뿐.

불멸의 존재, 시

. . .

그런데 여기에 시의 무시무시함이 있다. 인간은 끝내 죽지만 시는 죽지 않는다는 점이다. 지구상의 모든 생물체는 필멸의 존재지만, 시는 불멸의 존재다. 왜냐하면, 시는 작가나 독자의 간섭을 받지 않고 오롯이 살아 있기 때문이다.

극단적인 예를 들면, 어떤 무명시인이 볼품없는 시집을 냈다고 치자. 그리고 나서 몇백 년의 세월이 흘렀다. 그 시집에 있는 시가 사라졌다고 말할 수 있을까. 한국의 모든 출판물은 국립중앙도서관과 국회도서관에 납본해야 하기 때문에 무조건 시집은 보관이 된다. 아마 몇 년 뒤면 PDF파일로 쉽게 찾아볼 수 있을 것이다. 더욱이 누군가가 그 시를 인터넷에 올렸을 수도 있고, 그 책을 누군가가 소유하고 있을 수도 있다. 즉, 시는 없어질 수가 없다.

「공무도하가」라는 고조선의 고대가요가 기억나는가. 무척 오래된 작품이다. 그 당시에 제대로 된 문자도 없었을 것이고 기록 매체도 없었을 텐데, 지금까지 작품으로 남아 있다. 아마 노래로 전승되다가 기록되었을 것이다. 그러나 이 작품은 앞으로 몇천 년이 지나도 남아있을 것이다.

시는 죽지 않고 후대에 계속 전해진다. 그 시가 좋든 나쁘든, 무명시인의 작품이든 간에 어쨌든 계속 이 세상 어딘가에 가능성으로 남아 있다. 무섭지 않은가. 이것이 아마 시인이 시를 쓰는 이유가 아닐까. 시인은 죽어도 시는 죽지 않으니까. 나는 죽어도 시가 남으니, 내가 죽어서도 누군가가 나를 기억하고 내 작품을 읽는다면, 정말 멋진 일이 아닐까.

따라서 계속 다르게 해석되며, 그 해석을 먹고 자라는 것이 시다. 그렇게 시는 불멸로 영원을 살아가게 될 것이다. 작가의 의도나 독자의 해석 따위에는 아랑곳하지 않고 말이다. 그러므로 시를 읽을 때 당신 마음대로 읽으시라. 시는 상관하지 않는다.

시인은 행과 연을 나눌 줄 아는 사람

. . .

그렇다면 시의 핵심이라고 할 수 있는 리듬은 과연 무엇이고, 어떻게 시를 읽고 써야 할까.

가장 먼저 시의 리듬을 말하기 전에 질문이 하나 생긴다. 바로 시와 산문의 차이! 여러 가지로 정의할 수 있겠으나, 가장 쉽게 정의할 수 있다면, 시와 산문, 운문과 산문의 차이는 바로 '행갈이'와 '연갈이'의 유무다! 시는 의도적으로 행과 연을 나눈 것이고, 산문은 일반 문장 표기법에 의해 쓴 것이다. 누군가에게 들었다. 시인은 행과 연을 나눌 줄 아는 사람이라고.

예를 들어, '나는 오늘 잠을 잘 수 없었다'라는 문장이 있다고 하자. 그러면 시는,

나는
〉
오늘
〉
잠을 잘 수
〉
없었다

하고 행과 연을 나눌 수 있다. 이것이 바로 시와 산문의 차이다. 그런데 이렇게 행갈이 한 문장 사이에 뭔가가 있다! 말로 할 수 없으나, 행간에 어떤 의미가 개입하려 한다. 그것은 무엇이며, 무엇이라 불러야 하는가.

똑

똑

사람을 부르는 소리다 귓가를 원하는 마음이다 그런 적이 있었지 소
리만으로 다정한 이를 부르던, 툭하고 부드럽게 이마를 치면 감았던 눈
을 뜨고 올려다보는

눈동자

손을 담그면 따듯하게 젖어 드는
두 개의 구멍 속

그런 적이 있었지 서로의 액체가 되어 헤엄치던
완벽하게 밀폐된 방을 사랑하던
(…하략…)
— 이혜미 「노크하는 물방울」 부분(『뜻밖의 바닐라』, 문지, 2016)

내가 아끼는 후배의 시 한 편 소개한다. 물방울이 떨어지듯 "똑,
똑" 행간을 나눴다. 시간차가 있어 보인다. 그리고 "올려다보는"과
"눈동자" 사이 한 칸 연갈이를 했다. 진짜로 눈동자가 올려보는 것
같지 않은가. 그리고 바로 또 한 칸 엔터치고 연갈이를 했다. "손을

담그면 따듯하게 젖어 드는 두 개의 구멍", 그것이 서로를 바라보는 눈동자일 수도 있겠다. 아랫부분에 나오는 조금은 야한 부분을 상상하게 하는 그런 것일 수도 있다. 해석은 자유니까. 어쨌든 문장을 산문형으로 쓰지 않고 나름의 행간을 만들어냈다. 왜 시인은 행을 나누고 연을 나눌까?

바로, 행갈이와 연갈이는 없는 것을 있게 하고 있는 것을 없게 하기 때문이다. 말장난이 아니다. 곰곰이 문장을 곱씹어보면 무슨 뜻인지 당신도 금방 알 것이다.

행간 사이에 시어가 하지 않은 말들이 숨어 있고, 말을 다 했지만, 그 말이 틀렸다는 것이 반어적으로 숨어 있기도 하다. 쉽게 말해 못다 한 말들이 행간에 숨어 있는 것이다. 앞서 이혜미 시인의 작품에서 봤듯이, 행간 사이에 무언가 형용할 수 없는 감정이 숨어 있다. 그 감정을 다 말하는 것은 재미없을뿐더러 다 말할 수도 없다.

시는 모든 것에 대해 온갖 수단을 동원하여 끝까지 말하려 한다. 말의 이치가 부족하면 말의 박자만 가지고 뜻을 전하고, 때로는 이치도 박자도 부족한 말이 그 부족함을 드러내어 사람의 마음을 움직인다.

최근에 돌아가신, 황현산 평론가의 글이다. 시의 문장은 짧지만, 세상 모든 것에 대해 온갖 수단을 동원해 끝까지 말하려는 것

---

* 황현산, 『잘 표현된 불행』, 문예중앙, 2012, 6쪽.

이 시라고 황현산 평론가는 말한다. 말이 부족하면 박자로 뜻을 전하려 하고, 그 박자마저 부족하면 그 부족함으로 뜻을 전하며 사람의 마음을 움직인다는 것이다. 다시 말해 행갈이와 연갈이는 끝까지 말하기 위해 하는 것이다. 다 말하려고 하나, 다 말할 수 없어 행과 연을 나누는 것이다.

막다른 오늘 밤에는
혼자이고 싶다
어떻게든 홀로라는
거듭되는 이야기
슬픔의 뒷면을 들춰
반대쪽을 읽는다

눈을 뜨는 생각
귀를 여는 생각
나빠질 것 기꺼이
나쁘다고 쓰는 생각
이불을 뒤집어쓰면
내려앉는 속도감

감당할 수 없는 일이

한꺼번에 밀려온다

울타리가 너무 많아서

목록조차 읽을 수 없다

마음은 무너지지 못해

마음으로 남는다

— 김보람 「밤에 하기 좋은 생각」 부분(『괜히 그린 얼굴』, 발견, 2019)

내가 아끼는 후배의 작품이다. 만약, 1연의 "막다른 오늘 밤에
는 혼자이고 싶다 어떻게든 홀로라는 거듭되는 이야기 슬픔의 뒷
면을 들쳐 반대쪽을 읽는다"하고 연달아 산문처럼 읽으면 어떨까.

'막다른 오늘 밤에는'과 '혼자이고 싶다' 사이의 행갈이가 주는
시간차와 머뭇거림을 놓치게 된다. 막다른 오늘 밤에 바로 혼자이
고 싶다고 생각할까. 오늘 밤이 막다랐다고 고민하는 시간이 있었
을 것이고, 그래서 혼자 있고 싶다라는 결론에 이르기까지 나름의
시간이 소요되었을 것이다. 그것이 행갈이로 표현되었고, 왜 혼자
이고 싶은지는 해석하기 나름.

마찬가지로 '슬픔의 뒷면'을 들추자마자 바로 '반대쪽'을 읽는
것도 아니다. 슬픔의 뒷면을 찬찬히 들춰봐야 하며, 그 반대쪽을
읽으려면, 슬픔의 뒷면을 어느 정도 들춰내야 한다. 시간이 필요
하고 여유가 필요하다. 그러니까, 밤에 하나의 동작들이 낮에 일하

는 것처럼 재빠르게 이어지는 것은 아니다. 하나의 동작이 다음 동작으로 이어지려면 시간이 필요하고 머뭇거림과 망설임이 필요하며, 고민의 시간이 필요하다. 밤이니까. 그것이 바로 행간으로 표현된 것이다.

독자의 입장에서도 그렇다. 2연에서 '눈을 뜨는 생각'과 '귀를 여는 생각'을 붙여 쓰지 않고 행갈이를 하면서, 우리는 생각한다. 눈을 뜨는 생각은 무엇일까, 귀를 여는 생각은 무엇일까. 독자에게 생각할 시간을 준다. 어떤 독자는 '눈을 뜨는 생각' 이 한 구절만 곱씹고 책장을 덮을 수도 있다.

'감당할 수 없는 일'이 한꺼번에 밀려온다고 했으니, 이러지도 저러지도 못한다. 망설이고 자책하며 밤을 지새운다. 그 시간이 어떤 하루일 수도 있고, 몇 날 며칠일 수도 있고, 또 오랜 시간일 수도 있다. 마음은 무너지지 못해 마음으로 남았고, 그 마음을 어떻게든 표현하고 싶지만, 할 수가 없다. 무너진 마음, 무너지면 안 되는 마음. 그것은 독자가 읽어내거나, 아니면 영영 찾지 못할 시의 비밀일지도 모른다.

리듬에 진실이 있다
· · ·

행갈이와 연갈이는 결국 시의 '리듬'이라 할 수 있다. 행갈이와 연갈이를 통해 리듬이 발생한다. 그것을 우리는 예전에 교과에서

'내재율' 혹은 '외재율'로 외운 적이 있었겠지만, (내재율과 외재율은 틀린 말이다) 정확히 말하면 '리듬'이다.

운율을 통해 시간이 압축되고, 비유를 통해 공간이 겹쳐진다.[*]

황현산 평론가와 더불어 석학이신 김인환 평론가는 운율을 통해 시간이 압축되고, 비유를 통해 공간이 겹쳐진다고 했다. 시간과 공간을 압축하고 겹치기 위해 시는 운율과 비유를 쓴다. 그것을 우리는 큰 의미로 리듬이라 부를 수 있다. 과거를 불러오거나 미래를 당겨오거나, 여기 없는 것을 가져오거나, 여기 있는 것을 저기로 가져가거나. 리듬만 할 수 있는 일이다. 왜 그럴까. 끝까지 말하려고 해서 그렇다. 하지 못한 말들이 많아서 그렇다.

따라서 그 일이, 그 사물이 내게 무슨 의미인지 적는 사람이 바로 시인이다. 무슨 의미인지, 실재를 알고 싶은 것이다. 또 그게 시인에게는 좀 더 잘 보이기도 하다. 그것만 보는 사람이니까.

그러나 다 적지는 못한다. 인간의 언어는 늘 부족하고, 시인의 언어는 더 부족하니까. 그래서 행간과 그에 따른 리듬이 그 부족함을 채워주거나 부족함 그 자체를 보여준다.

여기서 하나 더. 그 시가 내게 무슨 의미인지 생각하는 사람은 바로 독자. 〈글쓰기 존재론〉에서 언급한 해석의 문제다. 독자는

---

[*] 김인환, 『비평의 원리』, 나남, 1994, 98쪽.

그 시의 의미가 무엇인지 생각하는 것이 아니라, 그 시가 나에게 어떤 의미로 오는지를 생각하는 사람이다. 그래서 나라는 사람이 왜 그 시에 대해 그런 감정을 갖게 되었는지 스스로 고민하는 것, 그것이 내가 앞서 언급한 해석의 문제다.

이제 당신은, 시의 의미가 무엇이고, 주제가 무엇이고, 어떤 의도로 쓰였는지 등을 파악할 것이 아니라, 그 시가 왜 나한테 의미가 있는지, 내가 지금 어떤 상황이길래 그 시가 내게 와 닿는지, 자기 자신을 돌아보게 하는 해석. 그것이 바로 당신이 해야 할 일이다. 모두가 다 리듬 때문이다. 다 말하지 않아서 그렇다. 숨겨진 의미 때문에 그렇다.

따라서 이렇게 말할 수 있겠다. 시의 리듬에 진실이 숨어 있다고 말이다. 못다 한 말들이 숨어 있는데, 그것이 곧 진실이 될 가능성이 높다. 그 못다 한 말들을 하나도 남김없이 해석할 수 없으니까. 늘 말하지 못한 것, 숨어 있는 잉여가 남아 있다. 그것이 시를 불사의 존재로 만든다.

작가는 그것을 다 쓰려고 하고, 독자는 그것을 다 읽어내려고 하지만, 불가능하다. 그것이 바로 시의 위대함이자 무서움이다.

시는 스스로 존재한다. 그곳에 진실이 있다.

CHAPTER 13

소설이
온
다

우리는 등장인물인 동시에 관객인 소설을 살고 있다.

소설이 온다,
소설이란 무엇인가

이 세상의 모든 글과 이야기가 소설

. . .

자, 일단 소설이 무엇인지 정의부터 생각해보자. 바로 이전 챕터처럼 우리가 처음으로 소설을 접하게 된 때는 아마 학창 시절 교과서였을 것이다. 이에 따라 우리가 배운 소설의 사전적 정의는,

사실 또는 작가의 상상력에 바탕을 두고 허구적으로 이야기를 꾸며나간 산문체의 문학 양식. 일정한 구조 속에서 배경과 등장인물의 행동, 사상, 심리 따위를 통하여 인간의 모습이나 사회상을 드러낸다. 분량에 따라 장편, 중편, 단편으로, 내용에 따라 과학 소설, 역사 소설, 추리 소설 따위로 구분할 수 있으며, 옛날의 설화나 서사시 따위의 전통을 이어받아 근대에 와서 발달한 문학 양식이다.

당신이 잘 아는 내용이다. 문학이나 글쓰기 관련 교재나 책을 보면 요런 정보들을 '꼭' 알려준다. 그리고 이런 것들을 시험문제로 내기도 한다. 그러나 당신도 눈치챘겠지만, 나는 이런 정의를 그다지 신경 쓰지 않는다. 전혀 중요하지 않기 때문이다.

자, 소설을 다시 정의하겠다. 소설과 관련된 당신의 지식은 잠시 잊어도 좋다. 내가 생각하는 소설은, 다른 세계를 보여주는 글(이야기)'이다. 허구라는 말은 결국, 현실이 아니라는 말이다. 현실을 아주 리얼하게, 디테일하게 그려냈다고 해도 가공의 공간에서 일어나는 일이니, 일단 소설은 다른 세계다.

내가 '글' 옆에 괄호로 '이야기'를 썼다. 이제부터 우리는 '이 세상의 모든 글과 이야기'를 소설로 부를 것이다. 형식의 문제를 과감히 건너가는 것이다. 이것은 소설이고, 이것은 에세이고, 이것은 실용서고, 이것은 자기계발서, 이것은 장르소설, 이것은 라이트노블 등등 세상에는 다양한 글이 있지만, 그 글들은 모두 소설이라고 말할 수 있다. 통칭하는 것이다. 이야기도 마찬가지. 이제부터 이 세상의 모든 글과 이야기는 소설이다!

그런데 이렇게 말해버리면, 이런 문제가 발생한다. 바로 시와 소설의 차이. 그럼 시도 소설에 속할 수 있으니까. 그런데 요즘 시와 소설을 보면, 시가 소설 같고, 소설이 시 같은 느낌이 든다. 시는 소설처럼 이야기가 있고, 소설은 시처럼 문장이 시적이다. 그러니까 나는 이 두 장르를 굳이 나누고 싶지 않다. 아마추어나 하는 일이다. 그래서 나는 장르 구분에 의미가 없으며, 시집에 있으면 시, 소설책에 있으면 소설이라고 부르겠다. 아주 깔끔하고 명료하지 않은가?

그러니까 이렇게 정의할 수 있겠다. 이 세상의 모든 이야기와 글은 소설인데, 소설책에 있으면 그것이 소설이고, 시는 따로 시집에 있다!

이야기가 제일 큰 개념이고, 그다음이 소설과 시다. 그냥 장난처럼 장르를 나눈 것 같지만, 실은 최근 문학 이론과 철학에서 말하는 문학 장르 문제다. 이제 장르를 나누는 것이 무의미해졌으므로.

당신의 이야기도, 쓸데없는 잡담도 모두 소설이다. 다만 소설책으로 수록되지 않았을 뿐이다. 어른들은 가끔 그런 말씀을 하신다. 내 인생 스토리를 쓰면 책 한 권 나온다고. 네, 당연히 한 권 나오죠. 문제는 그 스토리를 소설로 썼느냐의 문제다. 소설로 쓰이지 않은 이야기는, 그저 이야기. 이야기와 소설의 차이를 다시 만들었다. 내가 지금부터 말하는 소설이라는 말은, 모든 책을 통칭하는 말이기도 하다. 소설책만 말하는 것이 아니기도 하니, 유의하시길.

우리가 소설을 읽지 않는 이유
. . .

왜 우리는 소설을 읽지 않는 것일까. 그 이유를 살펴보자.

첫째, 시간 낭비다

제일 많이 하는 답변이다. 먹고사니즘 때문에 한가하게 소설책을 읽을 시간이 어디 있는가. 〈챕터0〉에서 언급한 것처럼, 우리는 지금 독서할 수 없는 시대에 살고 있다. 대부분의 많은 사람이 분초를 쪼개서 산다. 먹고 살려면 남들보다 부지런해야 하니까. 당연히 마음 편히 소설을 읽은 여유가 없다. 내가 늘 입버릇처럼 하는 말이 있다. 잠은 무덤에서. 잠을 자지 않으면 모든 것을 할 수 있다고 말이다.

둘째, 허구인데 읽을 필요가 있나

우리는 소설을 fact가 아닌 fake. 현실과 동떨어진 이야기, 남의 다리 긁는 이야기, 뜬구름 잡는 이야기라고 생각한다. 현실은 전쟁터인데, 한가하게 허구를 읽을 필요가 있나 하면서 말이다. 현실에 쓸모가 전혀 없다는 것이다. 차라리 자기계발서나 지적 대화를 위한 얇고 넓은 지식 따위나 알 수 있는 책이 더 좋을지도 모른다. 아니면 토닥토닥 위로해주는 그런 책들이 나을 수도 있다.

다시 말해, 자본주의사회에서 허구인 소설은 쓸모가 전혀 없다는 것이다. 문학 전공자 또는 작가들이 읽는 책이라는 것이다.

셋째, 재미가 없다

이미지와 영상에 익숙한 우리 세대에게 텍스트로 된 것은 오히려 어색하다. 글자보다 자극적이고 재미있는 영상에 익숙해진 요즘 시대에, 활자로 된 책을 읽는 것은 쉽지 않다. 요즘 그래서 소설책도 작게 나오고, 시집도 작게 나온다. 분량도 적다. '스압(스크롤 압박)'을 주면 안 되는 이 시대, TV 프로의 본방을 사수하기보다는, 짤로 보는 이 시대, SNS와 유튜브가 생활화된 이 시대에서 활자로 된 소설을 읽는 일은 시대에 역행하는 일 같다. 당연히 스펙터클한 영상보다 텍스트는 재미가 (아주) 없을 수밖에 없다.

넷째, 문학적이라 어렵다

예전보다 소설이 조금 어려워진 것은 사실이다. 작가주의 경향도 한층 짙어졌고, 통속소설도 거의 사라졌다. 그래서 우리는 소설책을 읽기 전에 이해할 수 없을 것이다, 알아들을 수 없을 것이다 하고 지레 겁부터 먹는다. 끝내 결말을 보지 못하고 책을 덮는다. 그래도 우리가 교과서에서 봤던 소설은 확실한 정답이 있었으니, 그나마 쉬웠던 것이다. 이제 당신이 읽을 소설은 교과서에 있는 소설이 아니므로, 답이 없으니 부담감이 생길 수밖에.

다섯째, 무엇부터 읽어야 할지 모르겠다

서점에 가면 수많은 책이 있다. 어떤 소설이 좋은 소설이고, 어떤 소설이 쉬운 소설인지 알 수 없다. 각 출판사가 추천하는 혹은 평론가가 추천하는 그런 책들이 과연 그러한지는 나도 잘 모르겠다. 취향이 모두 다르니까. 베스트셀러라고 해서 다 좋은 책은 아니라는 것은 당신이 이미 알 것이고. 서점에 가서 이것저것 만지작거리다 그냥 돌아온다. 혹은, 인터넷서점에서 이것저것 보다가 결국 장바구니에 담아놓고 만다. 그래서 많은 사람이 일부러 돈을 내면서까지 독서기반 커뮤니티 같은 곳에 가입하기도 하고, 독서 모임에 기웃거리기도 한다. 그러나 그곳에서 책을 추천받았다고 한들, 자신과 맞을지는 알 수 없다. 따라서 소설을 읽고 싶어도, 어떤 것부터 읽어야 할지 모르겠으니, 차라리 소설 읽는 것을 포기하는 것이다. 많은 사람이 하는 새해 다짐, 독서하기나 운동하기 등등. 그중에 제일 빨리 포기하는 것이 바로, 독서다.

이처럼 다섯 가지 이유로 우리는 소설을 읽지 않는다. 아니 읽을 수 없다. 내 주변의 여러 사람에게 직접 물어보고, 인터넷과 신문 기사를 참고하여 작성한 이유이니, 당신에게도 하나 이상 해당할 것이다.

자, 여기서 기술 들어가겠다! 우리가 소설을 읽지 않는 이유를 제대로 분석하고 반박할 수 있다면, 우리가 소설을 읽어야 하는 이유가 만들어지지 않을까! 아예 핑계를 없애버리는 것이다. 무식하긴 하지만, 확실하다! 자 무식하고 용감하게 우리가 소설을 읽지 않는 핑계를 모두 깨부수겠다!

우리가 소설을 읽어야 하는 이유

· · ·

첫째, 시간 낭비다 VS 어차피 24시간 일하지 못한다

우리는 소설 읽는 것을 시간 낭비라고 생각하지만, 어차피 24시간 일하지도 못한다. 노동한 만큼 쉬어야 한다. 쉬지 않으면 죽는다!

신데렐라같이 할 일이 태산이라도 어쨌든 밥은 먹어야 하고 잠은 자야 하며 휴식 시간을 충분히 가져야 한다. 슬프지만, 그래야 또 힘내서 일할 수 있다.

여기서 '팩폭(fact+폭력)' 하나. 여유는 평생 없다! 열심히 주중에 일하고 주말에 쉬어야지, 젊었을 때 빡세게 일하고 노년에 쉬어야지, 이것만 하고 쉬어야지 등등 여유시간을 뒤로 밀지만, 그렇게 밀면 여유는 평생 안 생긴다. 내가 늘 우스갯소리로 하는 말이 있다. '내일은 오늘보다 더 빡쎄다!' 지금 바로 여유시간을 확보해야 한다!

따라서 정확히 말하면, 소설을 읽을 시간이 없는 것이 아니라, 소설을 읽을 여유가 없는 것이다. 전자는 물리적 시간이고 후자는 철학적 시간이다. 층위가 다르다. 그러므로 나는 많은 사람에게 이렇게 질문한다.

"쉴 때 당신은 무엇을 하며 쉬는가"

대체로 많은 사람이 '멍' 때리거나, SNS하거나, 유튜브나 TV를 보면서 쉬고 있다고 한다. 과연 그게 제대로 쉬고 있는 것일까. 잘 쉬고 있는 것인가. 그냥 귀찮아서 아무것도 안 하는 것은 아닌지. 당신 스스로 한 번 물어보시길. 당신은 뭐하면서 쉬는지.

둘째, 허구인데 읽을 필요 있나 VS 오히려 소설이 더 리얼하다

우리는 소설이 허구라 읽을 필요가 없다고 생각한다. '쓸모'가 없다는 말이다. 그러나 이 문제는 깊이 잘 생각해야 할 문제다. 삶의 태도 문제이기 때문이다.

예컨대, 배우 짐 캐리가 주연한 〈트루먼쇼〉라는 영화를 보면, 주인공은 잘 준비된 세트장에 살고 있다. 버라이어티쇼의 주인공이니까. 현실이 가상이었고, 현실 바깥이 있던 것이다. 영화 〈매트릭스〉도 그렇고, 〈인셉션〉도 마찬가지. 가상과 현실이 뒤엉켜 있다. 또한 지금 전 세계가 코로나19의 팬데믹에 빠져 사상자들이 기하급수적으로 늘어나고 있다. 과연 이 상황이 끝나기는 할까. 마치 재난 영화를 보는 것 같지 않은가.

이에 비춰볼 때, 오히려 소설이 더 리얼할 때가 많다. 소설이 현실 같고, 현실이 소설 같다. 현실과 가상, 현실과 소설을 나누는 것은 이제 무의미하다. 그렇기 때문에 소설이 진실에 더 가까운 경우가 많다. 왜냐하면 소설은 한 걸음 바깥으로 떨어져 나와 우리 인간을 보게 하니까. 우리는 현실과 밀착되어 있어 그럴 수가 없다.

셋째, 재미가 없다 VS 소설 읽는 시간이 재미있는 것이다

우리는 영상에 익숙해져서 소설이 재미없다고 생각한다. 어쩔 수 없는 시대 상황이다. 그러나 이건 좀 쉬운 문제다. 실은 당신이 재미없는 소설만 읽어서 그렇다. 진짜 그렇다! 교과서에 나온 소설은 진짜 재미가 1도 없는 소설이며, 진짜 재미있는 소설은 따로 있다.

나는 늘 사람들에게 따져 묻는다. "소설책이든 시집이든 안 읽어보셨잖아요? 안 사보셨잖아요? 안 읽어보시고서 재미없다고 하시면 곤란합니다"하고 말이다.

정말 재미있는 소설이 많다. 가끔 나도 소설책을 읽다가 아침을 맞이한 적이 있다. 그날 하루는 엄청 피곤하지만, 기분은 좋다. 무언가에 홀린 느낌을 온종일 갖고 있으니까. 밤새도록 책 읽은 기억이 없다면 그것도 슬픈 일이 아닐까.

그리고 여기서 하나 더. 소설 자체가 재미있는 것도 있지만 사실, 소설 읽는 시간이 더 재미있는 것이다. 무슨 말이냐면, 아무 때나 소설을 읽을 수 있지만, 자신만의 신성한 공간과 특별한 시간에만 소설을 읽는다고 생각해보라. 그 시간 자체가 좋아질 것이다.

이를테면, 나는 소설책은 두 가지 방식으로 본다. 지하철을 타거나, 여행 혹은 출장 갈 때 즉, 이동할 때 소설을 읽는다. 반드시 그 소설과 어울리는 음악을 들으며 이동한다. 그러면 기분이 좋아진다. 그리도 또 다른 방식은 바로 모든 일을 마무리하고 밤에 맥

주 마시면서 소설 읽기. 천국이 따로 없다. 안주로 뭔가 씹을 것을 조금 마련해두고 맥주 홀짝홀짝 마시면서, 좋은 음악도 좀 틀고, 비 오면 더 좋고! 그렇게 소설을 읽는다.

그러니까, 어떤 소설을 읽는 것이 중요한 것이 아니라, 어떤 방식으로, 어떤 시간에 소설을 읽는 것이 더 중요한 것이다. 당신도 실천해보라. 나는 이럴 때, 이렇게 소설을 읽겠다 하고 말이다. 그러면 그 시간이 기다려질 것이다. 소설책의 작가나 내용 따위는 그다지 중요하지 않다는 것을 알게 될 것이다.

기다려지는 시간! 하루 중 제일 행복한 시간. 없으면 만들라!

넷째, 문학적이라 어렵다 VS 쉬운 소설은 얼마든지 많다

우리는 소설이 문학적이라 이해하기 어렵다고 생각한다. 맞다. 어려워진 것은 사실이다. 그러나 솔직히 말해, 우리는 그동안 소설을 그렇게 많이 읽진 않았다. 교과서가 전부 아닌가. 다시 말해, 쉬운 소설은 얼마든지 많다. 못 찾은 것이다. 아니, 안 찾은 것이다. 먹고 살기 바쁜데 그럴 여유가 없는 것이다.

사실, 쉽게쉽게 넘어가는 소설책이 엄청 많다! 그리고 소설책을 그렇게 꼼꼼하게 읽을 필요도 없다. 대강대강 읽어도 문제없다. 화장실 갈 때 스마트폰 대신 소설책을!

우리가 여기서 저지르는 결정적인 실수는 '진입 장벽'을 처음부터 높게 잡은 것이다. 문학성이 높은 소설, 의미로 가득한 소설을

꼭 읽어야 한다는 강박에서 자유를! 소설은 너무 어려워, 난 문과가 아니라서, 나는 문학에 취미가 없어서 등등. 다양한 핑계를 만든다. 그것을 우리는 '여우의 신포도'라고 한다. 저 포도는 신포도니 굳이 포도를 딸 필요가 없지. 이렇게 미리 재단하는 것이다. 일단 아무 책이나 손에 쥐어보자. 그리고 읽어보자. 재미가 없는지 있는지, 어려운지 쉬운지는 읽어본 사람만이 안다.

다섯째, 무엇부터 읽어야 할지 모르겠다 VS 애착을 형성하라

자, 새해가 시작되었다. 새해에는 책 좀 읽자. 서점에 간다. 좋은 책 사서 읽어야지. 그런데, 무슨 책을 사서 읽지? (소설을) 무엇부터 읽어야 할지 모르겠다. 쉽고 재미있는, 나에게 맞는 소설책을 찾고 싶은데, 그게 어디 쉽나. 여기저기 검색도 해보고 추천도 들어보지만, 선뜻 용기가 나지 않는다. 올해도 독서는 포기.

여기서 기술 들어가겠다. 내가 제시하는 좋은 책 고르는 팁이다. 첫째, 서점에 간다. 둘째, 표지와 목차 등 마음에 드는 책을 구입한다. 셋째, 책에 내 이름을 새긴다. 넷째, 책을 읽는다. 끝.

자기가 산 책에 애정을 쏟으면 그 책이 좋은 책이다. 아무거나 손에 잡히는 대로 읽으면 된다. 서점에 가기 어려우면 인터넷 서점을 애용하라. 장바구니에 책 담는 재미가 쏠쏠하다. (언제 장바구니에 담긴 책을 다 살 수 있을까)

책과 애착 관계를 형성하라. 그러면 책을 다 읽게 된다. 다 안

읽어도 상관은 없다. 꼭 한 번에 다 봐야 할 필요는 없다. 나 같은 경우 책을 사면, 가장 먼저 책을 투명한 아스테이지로 겉면을 포장한다. 그리고 책날에 내 도장을 찍는다. 특별한 책은 면지에 간단한 사연과 날짜를 쓰기도 한다. 나만의 신성한 의식이다. 그래야 내 책이 되고, 읽을 맛이 난다. 당신도 당신 나름의 의식을 치르길.

다시 말해 그냥 손에 잡히는 대로 읽고, 읽다가 아니다 싶으면 던져버리면 그만이다. 그리고 여기서 신통방통한 일이 생긴다. 바로, 책이 다른 책을 소개해준다는 것! 책을 읽어본 자만 알 수 있는 일이다. 당신이 읽은 책이 마음에 든다면, 그와 비슷한 책을 또 찾게 될 것이다. 그리고 책에서 인용한 책이 궁금해서 사게 될 것이다. 신기하다! 나도 그렇게 책을 한두 권씩 사기 시작하면서 어느새 연구실 가득 책을 채울 수 있을 정도로 갖게 되었다. 누가 추천해서 책을 산 것은 몇 권 안 된다. 다 책이 책을 소개해줬다. 물론 읽지 않은 책이 반. 언젠가 다 읽겠지.

첫째, 시간 낭비다 VS 어차피 24시간 일하지 못한다
둘째, 허구인데 읽을 필요 있나 VS 오히려 소설이 더 리얼하다
셋째, 재미가 없다 VS 소설 읽는 시간이 재미있는 것이다
넷째, 문학적이라 어렵다 VS 쉬운 소설은 얼마든지 많다
다섯째, 무엇부터 읽어야 할지 모르겠다 VS 애착을 형성하라

우리가 소설을 읽지 않는 이유 다섯 가지를 반박해서 소설을 읽어야 할 이유를 만들었다! 이제 우리가 소설을 읽지 않는 이유가 무엇인지 명확해졌다! 사실 우리는 이 핑계, 저 핑계를 대면서 그냥 소설을 읽지 않은 것이다. 소설을 읽을 의지 자체가 없었던 것이다! 소설을 읽어야 할 이유나 필요성이 중요한 게 아니라, 그저 읽겠다는 의지가 없었을 뿐이다. 집 나간 의지를 찾아오자!

이제, 소설이 오고 있다.

현대소설 3대장
. . .

소설을 읽기 위한, 소설에 대한 이야기를 본격적으로 이어가기 앞서, 소설이 무엇인지 다시 정의해보자. 앞서 정의한 것은 큰 범주의 소설이고, 이제부터 장르로서의 소설로 좁혀들어가겠다. 그리고 소설이 무엇인지 알면, 소설을 어떻게 대해야 할지 감이 올 것이다. 두 마리 토끼를 다 잡겠다!

요즘은 바빠서 읽지 못했지만, 예전에 한창 읽었던 〈원피스〉라는 일본 만화가 있다. 만화에 '해군 3대장'이 있는데, '3대장'이라는 말이 이 만화에서 유래한다. 지금은 여기저기에 다양한 짤로 쓰이고 있다. 해군 3대장, 쿠잔, 사카즈키, 볼사리노. 엄청 강력하다. 자세한 내용은 애니를 참고하시길.

나 또한 '현대소설 3대장'을 소개하고자 한다. 그야말로 역대급.

바로 카프카, 보르헤스, 프루스트. 혹자는 카프카, 보르헤스, 제임스 조이스를 꼽기도 하는데, 나는 제임스 조이스보다는 프루스트를 선택했다. 지난 챕터에서 잠깐 언급했지만, 조이스의 대표작 『율리시스』는 꼴랑 2권이지만, 프루스트의 『잃어버린 시간을 찾아서』는 11권이니, 프루스트가 '위너(winner)'. 암튼 이 세 명의 거장을 살피면서 소설이 무엇인지 함께 고민해보자. 기억해두시길.

카프카, 보르헤스, 프루스트. 이 3명은 문학판에서 '끝판왕'이다. 문학 전공자들도 섣불리 건드리지 못하는 사람들이다. 철학자들이 자기의 철학을 펼칠 때 조심스레 언급하는 사람들이다.

오드라덱, 아무것도 아닌 것은 아닌 것
. . .

먼저 3대장 첫 번째. 오스트리아, 헝가리 제국의 유대계 작가 프란츠 카프카(Franz Kafka, 1883~1924). 카프카는 「변신」이라는 단편소설로 유명해졌다. 아침에 눈 떠보니 사람이 벌레로 변해 있었다! 뭐 이 정도의 파격은 카프카에게 기본. 요령부득 기괴한 소설들이 무척 많다. SF의 기원을 카프카의 소설로 보는 논의가 있을 정도다.

어쨌든 그는 인간의 불안과 소외를 아주 신기하게 다루면서 20세기 현대소설계의 끝판왕으로 등극했다. 아마 당신도 읽어보면 곧 알게 되겠지만, 이게 뭐지, 이게 소설인가 하는 여러 생각이 들

것이다. 나도 카프카의 소설을 다 읽어보진 않았지만, 몇몇 작품을 공부한 적이 있는데, 정말 해석이 불가능하다. 워낙 특이해서, 20세기 철학자들 대부분이 카프카의 소설을 이야기한다. 그만큼 끝판왕이라는 뜻이겠다.

카프카의 작품 중 매우 인상적인 단편 하나 소개하겠다. 바로 「가장(家長)의 근심」이라는 단편이다.

어떤 사람들은 오드라덱(odradek)이란 말의 어원이 러시아어라고 하며 그것을 바탕으로 해서 이 말의 형성을 증명하고자 한다. 또 다른 사람들은 그 어원은 독일어인데 러시아어의 영향을 받았을 뿐이라는 의견이다. 그러나 이 두 가지 해석의 애매함으로 미루어보아 그 어느 것도 맞지 않으며 특히 그 어느 해석으로도 이 말의 의미를 찾을 수 없다는 것이 옳은 추론인 듯하다.

물론 오드라덱이라고 불리는 존재가 실제로 없다면, 그 누구도 그런 연구에 골몰하지는 않을 것이다. 그것은 우선 납작한 별 모양의 실패처럼 보이며 실제로도 노끈과 연관이 있어 보인다. 노끈이라면야 틀림없이 끊어지고 낡고 가닥가닥 잡아맨 것이겠지만 그 종류와 색깔이 지극히 다양한, 한데 얽힌 노끈들일 것이다. 그런데 그것은 실패일 뿐만 아니라 별 모양 한가운데에 조그만 수평봉이 하나 튀어나와 있고 이 작은 봉에서 오른쪽으로 꺾어져 다시 봉이 한 개 붙어 있다. 한 편은 이 후자의 봉에 기대고 다른 한 편은 별 모양 봉의 뾰족한 한 끝에 의지되어 전체 모양은 두 발로 서거나 한 듯 곧추서 있을 수가 있다.

이 형상이 이전에는 어떤 쓰임새 있는 모양을 하고 있었는데 지금은 그냥 깨어진 것이라고 믿고자 하는 유혹을 받을 수도 있으리라. 그렇지만 이것은 그런 경우는 아닌 것 같다. 적어도 그런 낌새는 없으니 그 어디에도 뭔가 그런 것을 암시하는 다른 부분이 이루어지는 곳이나 부러져 나간 곳이 없고 전체 모양은 비록 뜻 없이 보이기는 하지만 그래도 그 나름으로 마무리되어 있어 보인다. 아무튼 그것에 대해서 보다 상세한 것은 말로 표현할 수 없다. 오드라덱이 쏜살같이 움직이고 있어 잡히지 않기 때문이다.

오드라덱은 번갈아 가며 다락이나 계단, 복도 마루에 잠깐씩 머무른다. 이따금씩 몇 달이고 보이지 않다가, 그럴 때는 아마 다른 집들로 옮겨가 버린 모양이지만, 그래도 그런 다음에는 틀림없이 우리 집으로 되돌아온다. 간혹 문을 나서다 오드라덱이 마침 계단 난간에 기대 서 있는 것을 보면 말을 걸고 싶어진다. 물론 그에게 어려운 질문을 할 수는 없고, 그를-워낙 작은 생김새부터가 그렇게 하게끔 유혹한다-어린아이처럼 다룬다. '너 대체 이름이 뭐냐?'하고 묻는다. 그가 '오드라덱이에요.' 한다. '그럼 어디에 사니?' '아무데나요.' 하면서 그가 웃는데 그것은 폐가 없이 웃는 듯한 웃음일 뿐이다. 그것은 마치 낙엽들 속에서 나는 서걱임처럼 울린다. 그것으로 대화는 대개 끝난다. 아무튼 이런 대답들조차도 늘 들을 수는 없으니 그는 대개 오랫동안 아무 말도 하지 않는다. 나무토막처럼, 그가 바로 그것인 듯 보이는 나무토막처럼.

쓸데없이 나는 그가 어떻게 될 것인가를 자문한다. 대관절 그가 죽을 수 있는 걸까? 죽는 것은 모두가 그 전에 일종의 목표를, 일종의 행위를 가지며, 거기에 부대껴 마모되는 법이거늘 이것은 오드라덱의 경우에는 해당되지 않는다. 그렇다면 훗날 내 아이들과 내 아이들의 아이들의 발 앞에서도 그는 여전히 노끈을 끌며 계단을 굴러 내려갈 것이란 말인가? 그는 명백히 그 누구에게도 해를 끼치지 않는다. 그러나 내가 죽은 후까지도 그가 살아있으리라는 상상이 나에게는 거의 고통스러운 것이다.

—「가장의 근심」 전문(『변신, 시골의자』, 민음사, 1998)

아주 짧은 단편이다. 여기서 나오는 '오드라덱'은 참 신기한 사물이다. 도대체 무엇인지 알 수 없다. 네이버, 다음, 구글 등에 검색하면 여러 기사와 글들이 뜨지만, 다 정확하지 않다. 왜냐하면, 무엇인지 전혀 알 수 없는 것이니까!

다시 말해, 오드라덱은 가장(家長)이라는 인간과 전혀 다른, 내가 죽어도 전혀 사라지지 않는 불멸의 존재다. 그리고 그것은 인간에게 해도 끼치지 않지만, 어쨌든 존재한다. 그것은 이름 붙일 수 없으며 아무것도 아닌 것은 아닌 존재다. 규정할 수 없고, 규정하는 순간, 틀린다. 따라서 이런저런 신문 기사나 글들에 오드라덱이 무엇인지 쓴 글은 모두, 틀렸다. 그러나 또 한편으로는 무슨 말을 하든 상관없다. 답은 없으니까.

이렇게 인간과 달리 불멸하며, 이름 붙일 수 없는 것, 그것이 무엇일까. 바로 소설(문학)이 아닐까 한다. 물론, 오드라덱은 소설이야, 오드라덱은 문학이야, 라고 말하는 순간, 또 틀린다. 다만, 그렇게 존재하고 있는 것이 소설 아닐까 하고 말할 수는 있다. 나는 지금 오드라덱의 정체가 아니라 존재 형식을 말한 것이니, 오해 없으시길.

모래의 책, 무한하며 끝내 찾을 수 없는 것
· · ·

다음으로 아르헨티나의 호르헤 루이스 보르헤스(Jorge Luis Borges, 1899~1986). 보르헤스의 소설도 진짜 어렵다. 보르헤스로 인해 라틴아메리카 문학이 전과 후로 나뉜다고 해도 과언이 아니라고 한다. 쟁쟁한 작가들이 보르헤스 앞에서는 무릎을 꺾는다!

그는 대체로 매우 짧은 단편을 많이 썼다. 단편으로 끝낼 수 있는 내용을 굳이 장편으로 적어내는 것은 효율적이지 않다는 인터뷰를 본 적이 있다. 그래서 그런지 아주 특이한 아이디어로 이루어진 작품들이 무척 많다. 기발한 아이디어로 승부한 소설가라 할 수 있겠다. 그의 영향을 받지 않는 소설가는 없다고 봐야 할 듯하다. 그중 단편 하나 요약해서 소개하겠다. 바로「모래의 책」. 보르헤스 전집을 이번 기회에 다 샀다. 언젠가 다 읽을 날이 오겠지.

그가 가방을 열어 책 한 권을 탁자 위에 올려놓았다. 그것은 표지가 천으로 된 8절판 책이었다. 그것은 수많은 사람들의 손이 거쳐 간 흔적이 역력했다. 그것을 들어본 나는 그것이 주는 무게에 무척 놀랐다. 책등에는 '성스러운 책', 그리고 아래에는 '봄베이'라고 씌어 있었다. (…) 바로 그 순간 그 낯선 사람이 말했다. "그 그림을 잘 봐두세요. 결코 다시는 보지 못하게 될 테니까요" 그의 단언 속에는 일종의 위협 같은 게 깃들여 있었다. 그렇지만 목소리는 그렇지 않았다. 나는 그 페이지를 잘 기억해 둔 다음 책장을 덮었다. 나는 즉시 그 페이지를 열었다. 나는 닻 그림을, 한 장 한 장 넘겨 찾아보았으나 찾을 수가 없었다. (…)

그는 말했다.

"나는 평원에 있는 한 마을에서 몇 푼의 루피와 성경 한 권을 주고 그것을 얻었지요. 그 사람은 이 책을 읽을 줄을 몰랐어요. 그는 이 '책 중의 책'을 일종의 부적처럼 생각했던 것 같아요. 그는 카스트 제도하에서 최하계급에 속했던 사람이었어요. 따라서 대부분의 사람들은 타락하지 않는 한 그의 그림자조차 밟지 않으려고 하지요. 그는 말하기를 자신의 책이 '모래의 책'이라고 하더군요. 왜냐하면 책도 모래도 처음과 끝이 없기 때문이라나요" (…)

"이 책의 페이지 수는 정확히 무한합니다. 그 어떤 페이지도 첫 페이지가 될 수 없고, 그 어떤 페이지도 마지막 페이지가 될 수 없습니다. 왜 이런 임의적인 방식으로 페이지가 매겨져 있는지 저로서도 알 수가 없습니다. 아마 무한의 수는 그 어떤 수도 받아들인다는 것을 말하려는 것인지도 모르죠" (…)

나는 '모래의 책'을 위클리프 성경을 빼버려 남은 공간에 보관할까 생각했다. 그러나 나는 마침내 그것을 몇 권이 빠져 있는 〈천일야화〉 전집 뒤에 숨겨놓기로 마음을 먹었다. (…) 나는 내 보물을 그 누구에게도 보여주지 않았다. 그것을 소유하게 된 행운에는 그것을 도둑맞을지도 모른다는 두려움과, 그리고 이어 그것이 정말로 무한한 게 아닐지도 모른다는 의구심이 뒤를 이었다. (…)

　나는 불 속에 던져버릴까도 생각했다. 그러나 무한한 책의 소각은 똑같이 무한한 시간이 걸려 지구를 연기로 질식시켜 버릴 지도 모른다는 두려움에 사로잡히지 않을 수가 없었다. 나는 나뭇잎을 숨기기 위한 가장 적합한 장소는 숲이라는 구절을 읽었던 기억이 났다. 나는 은퇴하기 전 90만 권의 책이 소장되어 있는 국립도서관에서 일했다. 따라서 나는 입구 오른쪽에 신문과 지도를 보관해 놓는 지하실로 뚫려 있는 굽은 층계가 있다는 것을 안다. 나는 축축한 서가 속에서 '모래의 책'을 잃어버리기 위해 사서들이 한눈을 팔고 있는 틈을 이용했다. 나는 출입구로부터 어느 높이, 어느 정도의 거리에 그 책을 두었는지 기억하지 않으려고 애를 썼다. 나는 약간의 안도감을 느꼈다. 그러나 나는 결코 국립도서관이 자리 잡고 있는 멕시코 가에 결코 가고 싶은 마음이 없다.

—「모래의 책」 부분(『보르헤스전집 5』, 민음사, 1997)

　「모래의 책」 중에 중요한 구절들만 가져왔다. 단편 전체도 짧다. 카프카의「가장의 근심」의 2배 분량이다. 이 단편 역시 뭔가 이상하다. '무한한 책'이라니. 페이지를 펼 때마다 페이지가 바뀌며, 같은 내용이 없다. 이 세상의 모든 지식이 이 한 권의 책에 있는데, 다시 찾아볼 수 없다.

즉, 모래의 책은, 처음과 끝이 없는 무한한 책, 무한 그 자체다. 손에 쥐지 못하고 흩어지는 모래처럼, 책도 그러하다는 것이다.

이 책은 무한한 시간이 걸려야 없앨 수 있으니, 즉 없앨 수 없는 것이다. 영원히 존재하는 것. 더욱이 소설 마지막에는 낚시질도 한다. 멕시코 가의 국립도서관에 그 책을 숨긴 것처럼 말하지만, 그 책은 끝내 찾을 수 없는 것이다. 낚기지 마시길.

무한한 것이며 없앨 수 없고, 끝내 찾을 수 없는 것. 무엇일까. 바로 소설(문학)이다! 카프카와 같은 맥락이다. 모래의 책이 소설이다, 문학이다 라고 말하는 것이 아니다. 카프카와 마찬가지로 모래의 책과 소설이 같은 존재론을 보이고 있다는 뜻이다.

보르헤스는 이런 메타소설, 소설에 대한 소설, 글쓰기에 대한 소설을 많이 썼다. 카프카가 인간 실존의 문제를 주로 다뤘다면, 보르헤스는 문학의 문제, 인간 이성의 문제를 주로 다뤘다. 둘 다 우리가 범접할 수 없는 영역에 있다.

마들렌, 잃어버린 시간을 찾게 하는 것
. . .

3대장 마지막, 마르셀 프루스트(Marcel Proust, 1871~1922). 프루스트의 『잃어버린 시간을 찾아서』는 앞서 언급했다. 들뢰즈라는 철학자가 그의 소설을 통해 4가지 기호를 말했다. 바로 그 소설이다. 시간을 잃어버리게 하는 소설. 읽어보면 알겠지만, 진짜 읽다지친다. 프랑스 특유의 끝날 듯 끝나지 않는 복문 안의 복문도 그렇고, 묘사와 서술이 우리를 '꿀잠'으로 안내할 것이다.

어려서부터 유약했던 그는 평생 천식을 앓고 있었는데, 『잃어버린 시간을 찾아서』 마지막 부분을 쓸 때는 자기 죽음을 직감하고, 집에 틀어박혀서 소설을 탈고하고 곧 유명을 달리한다. 목숨 걸고 쓴 것이다. 앞서 언급했듯이, 사교계의 기호, 사랑의 기호, 감각 기호, 예술기호가 전개되는데, 마지막 11권에 드디어 잃어버린 시간을 찾는 장면이 있다! '스포'일 수도 있겠으나, 아마 이 책을 처음부터 끝까지 다 읽을 일은 거의 없을 것 같아 마지막 하이라이트 부분을 가져왔다. 문제는 하이라이트가 거의 200페이지라는 것!

나는 게르망트네 저택의 안마당에 들어갔다. 그런데 방심하여 나는 한 대의 차가 다가오는 걸 보지 못했다가, 운전사의 고함에, 겨우 몸을 재빨리 비켜, 뒤로 물러나는 겨를에, 차고 앞에 깔린 반듯하지 못한 포석에 발부리를 부딪쳤다. 몸의 균형을 다시 잡으려고, 부딪친 것보다 좀 낮게 깔린 다른 포석에 또 한쪽 발을 딛는 순간, 지금까지의 실망은 커다란 행복감, 나의 인생의 각 시기에, 예컨대 발베크의 부근을 마차로 산책했을 적에 내가 인식할 줄로 여긴 수목의 조망이라든가, 마르탱빌 종탑의 조망이라든가, 달인 물에 담근 마들렌의 한 조각 맛이라든가, 그밖에 내가 얘기한 수많은 감각, 뱅퇴유의 최후 작품에 총합되고 있는 성싶던 감각이 나에게 주었던 것과 똑같은 행복감 앞에 가뭇없이 사라졌다. 마들렌을 맛보던 순간에 그랬듯이, 미래에 대한 온갖 불안, 온 지적인 의혹이 운산무소되었다. 아까 나의 문학적 재능의 실재와 문학 자체의 실재에 관해 나를 괴롭힌 의혹은 마법에 걸린 듯 없어지고 말았다. 아까 좀처럼 안 풀리던 난문이, 하등 새로운 따져 봄도 없이, 아무런 결정적인 논증도 찾음 없이, 온 중요성을 잃고 말았다. 물에 담근 그 마들렌 한 조각을 맛보던 날 그랬듯, 그 까닭을 모르는 채 단념하고 마는 짓을, 이번에야말로 결단코 하지 않겠다고 결심하였다. 내가 이제 막 맛본 행복감은 과연 그 마들렌을 먹으면서 맛보았던 그것, 그때의 그 깊은 이유를 추구하기를 후일로 미루던 것과 동일한 것이었다. 단지 순전히 물질상의 다름이, 환기된 심상 속에 있었다. (…)

프티트 마들렌의 맛을 무의식적으로 느꼈던 순간, 자신의 죽음에 대한 불안이 문득 그친 듯한 생각이 든 까닭은 이로써 알 만하다. 그때의 나라는 인간은 초시간적인 존재였으므로, 따라서 미래의 무상도 걱정이 되지 않았던 것이다. 이런 인간이 나에게 오거나 나타나거나 한 것은, 반드시 행동을 떠나 있을 때, 직접 향락하지 않을 경우뿐인데, 그때마다 유추의 기적은, 나를 현재라는 것으로부터 탈출시켰던 것이다. 오직 이 기적만이 나로 하여금 지나간 나날을, 잃어버린 시간을 찾게 하는 힘을 가지고 있었다. 내 기억의 노력이나 이지의 노력은, 그러한 잃어버린 시간의 탐구에 항상 실패해 왔던 것이다. (…)

나는 구태여 내가 발부리를 채인 안마당의 반듯하지 못한 그 두 포석을 일부러 찾아갔던 것은 아니다. 하지만 그런 감각에 부딪히고 만 피치 못할 우연의 투야말로, 바로 그 감각을 소생시킨 과거의, 그 감각이 벗긴 여러 심상의 진실성에 검인을 찍으니, 우리는 빛 쪽으로 다시 떠오르려는 그 감각의 노력을 느끼는 동시에, 되찾은 현실이라는 기쁨을 느끼기 때문이다. 이 감각이야말로, 당시의 갖가지 인상에 의하여 만들어진 화면 전체에 대한 진실성의 검인이며, 이윽고 그 감각에 이어, 당시의 갖가지 인상이, 의식적인 기억이나 관찰이 항상 못 보기 때문에 모르고 있을 빛과 그림자의, 추억과 망각의, 저 적확한 균형과 더불어 생생하게 재생한다.

—「되찾은 시간」 부분(『잃어버린 시간을 찾아서 11』, 국일미디어, 1998)

내가 왜 시간을 잃어버리게 하는 소설이라고 말했는지 바로 알 것이다. 읽다가 잠들기 좋은 문장들이다. 만약 당신이 불면증이 있다면 강추한다! 이 책 10페이지를 다 읽기 전에 잠들 것이다.

이 책의 하이라이트이자 백미인, 잃어버린 시간을 찾는 부분은, 바로 '포석(鋪石)'에 발부리를 부딪치는 순간이다. 갑자기 그동안 고민했던 것들이 다 해결된다. 특히 할머니가 홍차와 곁들여 주신 마들렌을 먹었을 때, 왜 행복해졌는지 몰랐는데, 이제 알게 된 것이다. 즉, 마들렌은 잃어버린 시간을 찾게 하는 예술 기호였던 것이다. 기억나는가. 예술 기호. 시간을 되찾아온다.

그동안 잃어버렸다고 생각하는 시간들을 되찾아오면서, 인생이 180도 달라진다. 그런데 이 예술기호는 의도적으로, 노력해서 얻어지는 것이 아니다. 이것은 시간의 본질과 우연히 만나는 비자 발적인 기억이다. 진짜 우연히 찾아온다. 그래서 잃어버린 시간을 모조리 찾아온다. 바로 소설(문학)이 그렇다. 소설이 문학이, 그런 역할을 하는 것이다. 독자는 그냥 아무 생각 없이 손에 잡히는 대로 책을 읽었는데, 독자에게 시간의 진실을 가져오게 한다. 갑자기 독자는 자리를 박차고 일어난다. 뒤통수를 망치로 얻어맞은 기분이다. 여태 잘못 살았던 것이다. 이제 인생은 완전히 새롭게 재편된다. 물론, 마들렌은 소설이 아니다. 무슨 뜻인지 이제 알 것이라 믿는다.

현대소설 3대장, 카프카, 보르헤스, 프루스트를 살펴보았다. 소설이 무엇인지, 소설을 어떻게 대해야 하는지 감이 잡힐 것이다. 아무것도 아닌 것은 아닌 것(오드라덱), 무한하며 끝내 찾을 수 없는 것(모래의 책), 잃어버린 시간을 찾게 하는 것(마들렌). 이 3가지만으로도 소설을 정의하는 데 충분할 것이다! 누군가 당신에게 소설이 무엇인지 묻거든, 3대장으로 답해주길. 질문자의 눈이 번쩍 뜨일 것이나, 당신은 미소만 지어도 된다.

평범한 이야기는 관심이 없다

. . .

그렇다면 하고 많은 것 중에 왜 하필 소설일까. 왜 소설을 읽어야 하는지, 소설을 왜 읽게 되는지 이야기해보겠다.

우리는 평범한 삶을 꿈꾼다. 크게 문제없이, 크게 부침 없이 남들처럼 평범하게 살기를 원한다. 물론, 생각보다 평범의 기준이 높다. 그러나, 이 세상에 평범한 사람은 단 한 명도 없다. 일종의 환상이다. 앞서 언급한 것처럼 '빠져있음의 삶'이 어쩌면, 평범한 삶일지 모르겠다. 어쨌든 우리는 평범하게 살기를 원한다. 그런데 아이러니하게도, 평범한 삶을 살기를 원하긴 하지만, 평범한 이야기에는 관심이 단 1도 없다. 당연하다. 재미가 없으니까. 우리의 삶은 평범하길 원하지만, 소설은, 이야기는, 영화는 자극적이고 특이하길 원한다. 갈등도 복잡다단해야 하고, 사건 전개도 예측 불가능해야 한다. 그러나 평범한 이야기에 관심이 없는 것에는 재미 말고도 본질적인 이유가 있다.

우리가 한창 어렸을 때, 소꿉놀이나 장난감, 인형놀이 등을 한 기억이 나는가. 무엇을 가지고 놀든 간에, 항상 뜻하지 않은 문제가 발생한다! 이를테면, 갑자기 괴물이 나타났거나 화산이 폭발하거나 누가 아프거나. 그러면 우리는 각각의 문제에 대처하고 극복하는 방식으로 놀이를 진행하면서 행복한 결말을 향한다. 문제를 극복하지 못하면 싸우거나 누군가에게 화를 내며 놀이가 끝났다.

그러니까, 놀이에는 기본적으로 어떤 문제가 발생해야 한다. 집에서 내 아들과 놀아줄 때도 항상 그렇다. 문제없이 놀이가 평범하게 끝나는 것을 경험한 적이 없다. 하다못해 갑자기 불이라도 나야 한다. 대체로 내가 '갑툭튀' 괴물이고 아들은 괴물을 물리치는 정의의 사도 역할을 한다. 어떤 문제와 갈등이 있고, 그것을 해결하는 것이 놀이의 기본 전개 방식이다. 아이들도 본능적으로 아는 것이다. 즉, 놀이 역시 '문제(trouble)'가 있어야 한다는 점을. 그래야 재미가 있다는 것을 말이다.

트러블이 있어야 이야기는 더 복잡해지고 재밌어진다. 트러블이 선택의 가능성을 다양하게 열어주고, 우연과 필연을 엇갈리게 한다. 예측 불가능하게 이야기를 견인하는 것. 바로 문제, 트러블이다. 그러니까 이야기의 핵심은 바로 트러블이다. 문제가 없는 이야기는 문제가 많게 된다.

그런데, 트러블이 흥미를 끄는 효과를 가져오기도 하지만 결국 트러블은 우리 인생과 같다. 우리 인생 역시 수많은 트러블을 겪고 극복해야 하니까. 지금도 많이 겪고 있지 않은가.

다시 말해, 우리 인생은 언제나 고난과 시련의 연속이지만, 소설 역시 우리 인생과 같다. 그렇기 때문에 우리가 소설을 읽는 것이다. 무척 특이하고, 현실에 전혀 일어날 수 없는 일들을 소설로 쓴다고 해도, 그것은 결국 인간의 일, 우리 인간의 삶일 수밖에 없다. 왜냐고? 인간이 읽으니까! 동물이 주인공이라고 해도, 외계인이 소설 전체를 차지한다고 해도, 결국 소설을 읽는 것은 동물이 아니고, 외계인이 아니고 바로 우리 인간이니까.

간단한 문제다! 그렇게 우리는 위험한 세상에, 문제 가득한 세상에 아주 쉽게 노출되어 있다.

'이불 밖은 위험해'라는 말처럼, 세상은 위험한 일 투성이다. 코로나19가 전 세계에 창궐하면서 집 밖 어디든 위험하다. 사고 역시 예기치 않는 곳에서 일어나기 일쑤. 갑자기 날벼락이 떨어지듯, 크레인이 떨어지기도 하고 공사장 잔해가 떨어져 사람이 죽기도 한다. 엊그제는 진짜 벼락 맞아 죽은 사람이 기사로 나오기도 했다. 인간관계에서 일어나는 갈등도 만만치 않다. 우리는 늘 '갑' 아니면 '을'이다. (대체로 '을'인 경우가 많다)

우리가 살고 있는 현실은 이렇게 위험하다. 이불 밖도 위험하고, 이불 안도 위험하다. 그렇게 우리는 언제나 시련과 고난을 겪어가며 살아간다. 극복 가능한지는 잘 모르겠다. 이 가운데 우리는 이야기와 소설을 읽는다. 왜 그럴까. 바로 우리가 '호모 나랜스(Homo narrans, 이야기하는 인간)'이기 때문에 그렇다!

작가 바실리스 알렉사키스(Vassilis Alexakis)에 따르면, 우리에게는 이야기가 필요하다. 현실은 평범하길 원하지만, 이야기를 통해 평범하지 않은 삶, 특이한 삶을 대리만족하고 싶은 것이다. 그는 이런 삶을 '이중생활'이라 부른다.

다시 말해, 이야기를 통해 일어나지 않은 일을 간접 경험하는 것이 소설이다. 더 정확히 말하면, 일어나면 안 되는 일을 간접경험하고 싶은 것이다. 예컨대, 불륜이나 복수극이 그렇고, 재난 영화, SF 영화, 좀비 영화에 우리는 열광한다. 현실은 지리멸렬하니까.

깨어 있을 때 꾸는 꿈, 소설

. . .

우리는 현실에서 일어나면 안 되는 이야기를 소설을 통해 대리 만족하고 간접경험한다. 마치 '시뮬레이션'처럼 미리 문제를 가상으로 겪고 해결책을 모색하여 문제의 본질을 찾아내는 것이다.

소설은 미리 인생을 이야기로 겪고 해결책을 모색하는 일이다. 시뮬레이션과 같다. 백신처럼 항체를 만들기 위해 아주 극소량의 바이러스를 투여하는 일이 곧 소설 읽기다.

예컨대, SF소설을 통해 우리는 곧 인조인간, AI가 어디까지 인간과 같아도 되는지, 기준을 만들어야 한다. '타임 슬립(time slip)'은 이제 먼 미래가 아니다. 요즘 핫한 김초엽의 소설이나, 테드 창의 소설이 우리 현실과 그다지 멀지 않다. 사랑을 주제로 한 소설도 마찬가지. 다양한 사랑의 양상을 통해 우리의 사랑을 고민하게 하고, 인간의 본질을 다룬 소설을 통해서 우리는 우리의 본질을 다시 생각하게 된다.

여기에 하나 덧붙이면, 우리는 슬픈 소설이나 슬픈 영화를 보고 펑펑 운다. 그러면 뭔가 후련해지는 느낌이 있다. 이것을 우리는 '카타르시스(catharsis)'라고 말한다. 비극을 통해 마음에 정화(淨化)가 일어나는 것(아리스토텔레스)이다. 다들 잘 아는 말이다.

그러나 여기에는 생각보다 깊은 메커니즘이 있다. 카타르시스는 마음의 정화만 이야기하지 않는다. 중요한 것은 그 비극이 내게는 일어나지 않았다는 '안도감'이다. 그 안도감에 의해 현실을 긍정하고 사랑하게 되는 것이다. 따라서 카타르시스는 단순히 마음의 정화만 일어나는 것이 아니라, 현실을 살아갈 힘을 주고, 현실의 고통을 견디게 한다. 이야기 속 고통과 비극은 현실보다 과장되어 있고, 강력하니까. 이야기 속에서는 사람이 죽고 다치는 일이 흔하지만, 현실은 그래도 덜 하다.

따라서 소설은 '깨어 있을 때 꾸는 꿈'이다. 꿈이라서 다행인 것이다. 꿈이라서 아쉬운 것이다. 중요한 것은 소설을 통해 우리는 안전하게 현실로 귀환하며, 소설에서 자기 자신으로 되돌아올 수 있게 된다. 때론 현실로부터 도피하기 위해 책을 읽는 경우도 있다. 그러나 결국, 현실로 언젠가는 다시 돌아와야 한다.

그러니까, 우리는 깨어 있을 때 꾸는 꿈을 통해 진짜 꿈을 꾸게 된다. 여기서 진짜 꿈은 우리가 바라는 것, 우리가 희망하는 것이다. 우리가 살아 있는 한, 꿈은 계속 꾸어야 하니까. 꿈을 꾸지 않는 인간은 곧, 죽음을 앞두게 될 것이다.

낭만적 거짓과 소설적 진실
. . .

나는 앞서 〈글쓰기의 존재론〉에서 텍스트를 해석하지 말고 자기 자신을 해석해야 한다고 말했다. 소설도 마찬가지. 소설은 자기 자신의 무엇을 해석하게 할까.

문학평론가이자 철학자인 르네 지라르(Rene Girard)는, 각 시대를 대표하는 소설들을 분석하면서 유명해졌다. 그는 소설 주인공의 욕망 구조를 분석하면서 인간 욕망을 밝혔는데, 그에 따르면, 우리가 어떤 대상을 향해 자발적으로 욕망한다는 것은 '낭만적 거짓'이라고 보았다. 착각이라는 것이다. 진짜는 타인이라는 모델을 설정하고 그 타인의 욕망을 '모방욕망'하는 것이며, 그것을 인정하는 것이 '소설적 진실'이라고 말한다.

예컨대, 2018년 평창 동계올림픽 때부터 한 1년간 반짝 '롱패딩'이 유행했었다. 이전에 '노페(노스페이스 패딩)'가 유행하듯 말이다. 모든 중고등학생이 하나쯤 소장해야 하는 아이템이었다.

그런데 아무리 그래도 그렇지, 모든 중고등학생이 입을 필요는 없다. 왜 그럴까? 소위 유행이라는 것, 즉, 다른 사람들이 입고 있으니, 나도 입어야겠다는 심리. 그것을 르네 지라르는 '모방욕망'이라고 불렀다. 마치, '사촌이 땅을 사면 배가 아프다'는 말처럼. 나는 땅에 별로 관심이 없는데, 사촌이 땅을 사니까, 나도 사고 싶은 것이다. 원래 없는 욕망인데, 타인에 의해 생기는 것이다.

그리고 여기서 더 나아가면, 내가 대상을 직접 욕망해야 하는데, 대상은 너무 멀고 어려우니 그 대상의 하위부류 혹은 그와 비슷한 모델을 설정하기도 한다. 욕망의 대상이 아닌 욕망할 모델을 선정하는 것, 이 모든 것이 바로 모방욕망이다.

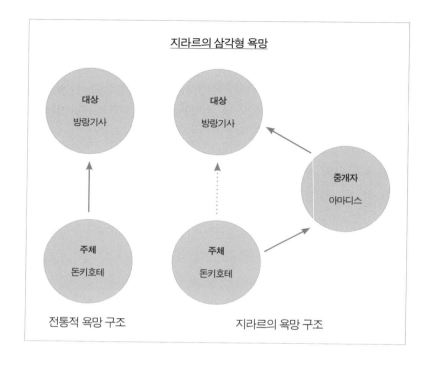

지라르의 『낭만적 거짓과 소설적 진실』에 있는 '욕망의 삼각형' 구조를 간단히 설명하겠다. 그는 소설 『돈키호테』를 예로 드는데, 전통적인 욕망 구조에서는 주체 돈키호테는 방랑의 기사가 되고자 한다. 욕망의 대상이 바로 '방랑기사'다. 그런데, 주체 돈키호테는 대상 방랑 기사를 바로 이상향으로 보지 않고, '아마디스 데 가울라' 라는 전설의 기사를 모방한다. 그를 똑같이 따라 하면 자기가 생각 하는 방랑 기사가 될 줄로 생각하는 것이다. 그의 말투부터 시작해 행동까지 모두 모방하는 것이다. 이게 바로 모방욕망이다.

지라르는 현대인의 욕망이 이처럼 삼각형의 구조로 되어 있다고 보면서 소설의 주인공 역시 왜곡된 욕망을 갖고 있다고 보았다. 즉 현대사회에서 개인의 욕망은 자연발생적으로 생긴 것이 아니라, 중개자에 의해 욕망을 갖게 된 것이다. 이를테면, 우리나라의 청소년들은 대학교에 진학할 생각이 전혀 없는데, 부모님이 강권하고, 주변 모든 사람들이 소위 명문대에 가는 것을 인생 목표로 삼으니, 아이들도 그대로 따라가게 된다. 명문대가 중개자라면, 궁극적인 욕망의 대상은 행복일 텐데 말이다.

욕망은 내가 만드는 것이 아니라, 우리 주변에서 욕망을 우리에게 부여하고 있다. 그렇기 때문에, 주변 사람들과 경쟁하게 되고 싸울 수밖에 없다. 지라르는 인간이 전쟁을 일으키는 것도 이와 같은 모방욕망에 따른 것으로 보았다.

> 인간 욕망의 모방 때문에 우리를 괴롭히는 폭력이 일어난다고 해서, 모방 욕망이 나쁘다는 결론을 내려서는 안 된다. 만약 우리의 욕망이 모방적이지 않다면, 우리 욕망은 사전에 정해진 대상만 영원히 향하는 일종의 본능과 같아질 것이다. 그렇게 되면 인간은 초원의 풀만 뜯어 먹는 목장의 소처럼 더 이상 다른 욕망을 가질 수 없게 될 것이다. 모방 욕망이 없다면 자유도 인간성도 없을 것이다. 본질적으로 말하자면, 모방 욕망은 좋은 것이다.*

---

* 르네 지라르, 김진식 역 『나는 사탄이 번개처럼 떨어지는 것을 본다』, 문학과지성사, 2004, 29쪽.

어떻게 해야 할까. 일단 지라르는 모방욕망을 잘 제어해야 한다고 말한다. 그러나 동시에 인용문에서 볼 수 있듯이 모방욕망이 무조건 나쁘다고 보진 않았다. 주변의 다양한 욕망을 보면서 우리 스스로 자극도 받고 발전도 해야 하니까. 본질적으로 모방욕망은 좋은 것이다. 그러니, 제어만 어느 정도 잘하면 될 것이다.

모방욕망을 고발하고 깨닫게 하는 것이 소설이자 진실이라고 그는 말한다. 내가 모방욕망을 가지고 있다는 것을 깨달아야 하고, 우리가 모방욕망을 따라가고 있다는 것을 알아야 제어할 수 있으니까. 소설이 제어의 역할을 해주는 것이다. 왜냐하면, 소설은 인간의 이야기를 다루고 있으니까!

현실에 있는 우리는 너무 현실에 붙어 있어서 모방욕망이 모방욕망인지 알 수 없다. 그러나 소설과 이야기는 한 발짝 인간의 현실에서 떨어져 있으니, 그만큼 잘 보일 수밖에.

그는 말한다. 소설을 쓰는 사람은, 소설을 읽는 사람은, 타락한 세계로부터 '수직적인 초월'을 하여 진실에 도달해야 한다고 말이다. 여기서 말하는 '수직적인 초월'은 좀 어려운 말이긴 하나, 간단히 설명하면, 어떤 종교에서 다른 종교로 '개종'하는 것처럼, 자신의 삶이 완전히 바뀌는 것을 말한다. 마치, 들뢰즈의 '예술 기호'처럼 말이다. 중요한 것은 타락한 세계로부터의 탈주, 초월이다.

따라서 우리가 소설에서 해석해야 할 것은 바로 우리 자신의 욕망이다!

소설은 편집점

· · ·

우리는 지금 1인 미디어 시대에 살고 있다. SNS 혹은 블로그 등으로 어느 누구나 자신의 목소리를 낼 수 있다. 누구나 정보를 공유할 수 있는 송신자이자 수신자가 되었다. 이에 따라 영상에 접근하기도 쉬워지면서 지금 세대는 영상과 이미지에 익숙하다.

그렇다면, 이 디지털 영상시대에 소설이 과연 필요할까. 이것은 나 스스로에게도 하는 질문이고, 모든 문학 하는 사람이 스스로 질문하는 문제이기도 하다.

우리가 살고 있는 지금 21.2세기는 5G, 1초에 기가바이트가 왔다 갔다 하는 초고속 시대다. 특히 한국은 유행에 엄청 민감하여, 트렌트 전환 속도가 다른 나라보다 월등히 빠르다. 학문과 직업은 수시로 사라졌다가 생겨나며, 예측도 할 수 없고 대비도 할 수 없이 빠르게 흘러간다. 그렇다면, 소설과 이야기는 이 초고속 시대를 따라갈 수 있을까. 너무 빠르게 변하는데, 소설과 문학은 여전히 아날로그적이지 않은가.

2000년대 초반 전자책이 나왔을 때, 우리는 이제 종이로 인쇄된 책이 모두 사라질 줄 알았다! 그러나 여전히 종이책은 나오고 있다. 이 책도 종이책이다! 하지만, 몇 년 지나면 종이로 인쇄된 책은 모두 사라지지 않을까. 그리고 이야기는 텍스트가 아닌 영상으로 처리될 날이 곧 오지 않을까. 문장으로 읽는 것보다 이미지가 더 빨리 이해되니까. 언제 책을 사서 들고 다니면서 문장을 하나하나 읽는가. 이미지로 후딱 보는 것이 더 효율적이다.

그러나 우리가 놓치고 있는 부분이 있다. 효율적인 것, 빠른 것이 무조건 좋은 것은 아니라는 점 말이다. 대중교통을 이용하여 목적지까지 빠르게 가는 것도 좋지만, 가끔은 산책도 하면서 주변 풍경을 보는 것도 소중할 때가 있다. 다시 말해 소설은 우리에게 '편집점'을 제공할 것이다. 편집점. 말 그대로 컷을 나누는 지점이다. 지점들을 잘 만들어야 구성이 자연스럽게 흘러간다. 흐름이 연속성 있게 말이다.

소설은 우리 삶의 분기마다, 컷마다 잘 넘어가도록, 이어지도록 도와줄 것이다. 자기 자신의 욕망이 모방욕망임을, 그래서 잘못 가고 있음을 수시로 깨닫게 말이다. 그래서 이 편집점을 통해 우리는 우리가 어디에 있는지 점검할 수 있다. 잘못 가고 있으면 바로 유턴하거나 방향을 틀어야 한다. 그것을 가능하게는 편집점. 그 편집점이 바로 소설이다.

우리가 살고 있는 이 현실은 욕망의 속도가 어마무시하게 빠르다. 적응하는 동시에 선도하지 않으면 도태되기에 십상인 현실.

그러나 여기서 현실과 욕망의 속도를 끊고, 자기만의 속도로 가게 하는 것이 소설이다.

예컨대, 사람들 모두 지하철에서 스마트폰을 보고 있지만, 혼자 소설책을 본다고 치자. 그것도 한 문장 한 문장 곱씹어가면서.

시대의 흐름에 맞지 않다. 책 한 권을 두고 며칠에 걸쳐 읽을 수도 있고, 남들 바쁘게 무언가를 할 때, 남들과 다르게 책을 볼 수도 있다. 그러면 남들이 말할 것이다. 지금 한가하게 책이나 볼 때냐고 말이다.

맞다. 지금 한가하게 책을 볼 때다. 당신들은 정신없이 바쁘게 사시라. 나는 나만의 속도를 갖고 살겠다. 내 삶의 속도에 간섭하지 말라. 나는 이대로 살아도 좋으니까. 이렇게 당신이 대답했으면 좋겠다. 나도 이렇게 대답할 수 있었으면 좋겠다.

자기만의 속도를 갖고 있는 것, 그래서 자기만의 관점을 갖고 있는 것, 그것을 나는 감성(갬성)이라고 부를 것이다. 자기만의 유니크한 속도를 갖는 것, 그것이 바로 '나만의' 감성(갬성)에서 출발하는 것이다. 남들 하는 것 다 따라 할 필요가 없다. 나만의 유니크한 속도를 부디 만드시길. 소설이 당신을 도울 것이다.

그녀는 떠났고, 저는 몇 시간 동안이나 해방의 눈물을 흘리며 거리를 배회했습니다. 그러면서 줄곧 바샤라트가 한 말이 얼마나 옳았는지에 대해 생각했습니다. 과거와 미래는 같은 것이다. 우리는 그 어느 쪽도 바꿀 수 없고, 단지 더 잘 알 수 있을 뿐이다. 과거로의 제 여행은 아무 것도 바꾸지 못했지만, 그곳에서 제가 배운 것은 모든 것을 바꿔놓았습니다. 그리고 저는 그렇게밖에 될 수 없었다는 사실을 이해했습니다. 만약 우리의 인생이 알라가 들려주는 이야기라면, 우리는 등장인물인 동시에 관객이고, 우리는 바로 그 이야기를 살아감으로써 그것이 전해주는 교훈을 얻는 것입니다. (…) 이제 제 이야기는 제 인생을 따라잡았습니다.

—테드 창, 「상인과 연금술사의 문」 부분(『숨』, 엘리, 2019)

내가 좋아하는 테트 창이라는 SF소설가의 단편소설 중 한 대목이다. 우리는 등장인물인 동시에 관객이다. 우리가 바로 그 이야기를 살아감으로써 그것이 전해주는 교훈을 얻는 것이 바로 우리 삶이 아닐까. 나는 여전히 할 이야기가 많지만, 언젠가 내 이야기가 내 인생을 따라잡을 순간이 올 것이다.

자, 이제 당신 차례다.

CHAPTER 14

애무의
글
쓰
기

글쓰기는 대상을 만지는 일이다.

글로 배우는 사랑,
애무의 글쓰기

에로스의 함정

· · ·

류승룡이라는 배우가 제대로 '포텐(potential)' 터뜨린 영화가 있었다. 바로 〈내 아내의 모든 것〉. 카사노바를 연기한 류승룡은 '더티 섹시(dirty sexy)'라는 별칭을 얻게 되었다. 이 영화에서도 그렇지만, 이 세상의 모든 남자는 다음의 세 부류로 나눌 수 있다. 당신은 이중 어디에 속할지 생각해보길.

1. 자신이 카사노바라고 믿는 남자
2. 자신이 카사노바였다고 믿는 남자
3. 자신은 카사노바가 될 수 있지만 다만 원하지 않았을 뿐이라고
   말하는 남자

앞서 지라르의 '욕망의 삼각형'에서 잠깐 언급했던 소설 『돈키호테』에서 돈키호테는 가상으로 만든 이상향의 여인 '둘시네아'를 향해 모험을 떠난다. 사실 『돈키호테』는 중세의 문화를 조롱하고 풍자하려는 소설인데, 중세의 '기사도 정신'을 '디스(dis-respect)'한다. 그 중세의 기사도 정신이 바로 '코르테지아(cortezia)'. 여성을 신격화하고 여성의 사랑을 얻기 위해 바치는 모든 시련과 고통을 정당한 것으로 여기는 것. (내 모든 게임의 닉네임이기도 하다)

이때 중요한 것은, 대상을 사랑하는 것이 아니라, 사랑 그 자체를 사랑하고 있다는 점이다. 다시 말해, 연인을 사랑하는 것이 아니라, 사랑에 빠진 상태 자체를 사랑하는 것이다. 예컨대, 당신이 누군가와 연애를 하고 있으면, 연애 대상을 (정말) 좋아하는 것이 아니라, 사랑하는 상태로서 데이트하고 밤늦게 전화 통화도 하고 애교도 부리고 사랑싸움도 하는 그런 상태가 더 좋은 것이다. 대체로 대부분 그렇다! 자각하지 못할(않을) 뿐이다.

인정하긴 싫지만, 그렇게 사랑의 대상보다는 사랑하고 있는 상태와 상황을 좋아하는 것이 인간의 어쩔 수 없는 속성이다. 이에 따라 우리는 연인에게 몰두하는 게 아니라, 연인과 자신과의 관계 자체를 우상화하게 된다.

바로 여기서 에로스라는 종교가 발생한다. 종교처럼 그 무엇보다 강력한 우상화가 되는 것이다. 이것이 바로 '에로스의 함정'인데, 이 에로스의 함정이 왜 위험한지 차차 살펴보겠다.

에로스의 종말

. . .

최근에 사랑을 연구(?)하기 위해 이것저것 찾아보다가, 정주행한 넷플릭스 프로가 하나 있다. 바로 〈Too Hot To Handle〉. THTH. 'to-too 용법' 기억나는가. '~해서 ~할 수 없다'. 말 그대로 너무 뜨거워서 어떻게 할 수 없는 것을 의미한다. 너무 뜨거워서 어쩌지 못하는 것. 무엇일까. 바로 성욕. 불타는 성욕! 끓어오르는 성욕! 어쩔 수 없는 성욕! 성욕이 들끓는 핫(hot)한 남녀를 한 펜션에 가둬둔다. 가만히 있으면 10만 달러의 상금을 받을 수 있는데, 한 가지 금기가 있다. 바로 스킨십! 과연 이들은 상금을 받을 수 있을까.

한국에서도 이와 비슷한 느낌의 프로가 하나 있다. 바로 〈하트 시그널〉. 선남선녀를 한 숙소에 머물게 하면서 썸을 타게 하고, 패널들이 이들의 썸에 대해 예측하고 이야기하는 프로다. 이런 연애 리얼리티 프로그램의 시초가 바로 그 유명한 SBS의 〈짝〉. 2011년에 방영되었는데 아주 난리가 났었다.

그런데 여기서 중요한 것은 바로 '선택'이다. 그 사람에게 끌리거나, 그 사람에 의해 내가 그 사람의 깊은 곳까지 흡수되는 선택이 전제되어야 연인으로 발전할 수 있다. '빠짐(falling)'이다.

문제는 이 '빠짐'이, 점차 가벼워지고 있다는 것이다. 더 정확히 말하면, 요즘 시대는 이 '빠짐'을 겪는 것을 두려워한다. 여러 이유가 있을 것이다.

지금은 '썸'과 '삼귀기'의 시대다. 연애보다는 썸이 좋고, 사(4)귀기보다는 삼(3)귀기까지 가는 것이 좋다. 내꺼 인듯 내꺼 아닌 내꺼 같은 너. 내가 한창 연애할 때는 '밀당'이라는 말을 썼지만, 요즘은 '썸'이라고 말한다. 2019년 설문조사에 의하면 2000년생 40% 가까이 연애를 해도 그만 안 해도 그만이라고 응답했고, 20대 절반이 현재 썸을 타고 있다고 한다. '빠짐'에까지는 도달하지 못한 것이다. 아니, 빠지고 싶지가 않은 것이다. 왜 그럴까.

　답은 간단하다. 사랑하면 나만 손해라고 생각하니까. 연애할 때 드는 돈과 시간 그리고 에너지가 아깝다는 생각이 드는 것이다. 왜 그럴까.

　우리 시대가 그렇기 때문이다. 무한경쟁사회에서 우리는 먹고사니즘을 고민해야 한다. 1등이 되어야 한다. 성과사회에 직면한 우리는 우리 스스로를 착취한다. 누군가가 우리를 착취하는 것이 아니라, 우리가 우리 스스로를 착취(지배 없는 착취)한다. 더 잘 살기 위해서다. 결국 우리는 나만 살아남으면 되는 시대에 살고 있다고 말할 수 있다. 따라서 당연히 사랑에 빠질 여유가 없다. 돈과 시간이 있고 없고의 문제가 아니다. 그런 것을 생각할 여유 자체가 없다. 참 안타까운 현실이다.

　또한 우리가 누군가를 사랑할 때 생각해볼 문제가 하나 있다. 바로 사랑의 대상이 사랑받을 만한 게 아니라, 사랑할 만하다고 믿는 것이라는 문제다. 누군가를 사랑할 때, 그 누군가가 너무 사랑스러워서 사랑하는 것으로 생각하지만, 사실은 그 사람을 사랑할 만하다고 믿는 것이다. 예컨대, 당신에게 연인이 생기면, 연인이 너무 사랑스러워서 사랑하는 게 아니라, 사랑해야겠다는 믿음으로 연인을 사랑하게 되는 것이다. 지금의 연인보다 더 매력적인 사람이 주변에 얼마나 많겠는가. 그저 믿는 것이다. 그러니까 사랑은 믿음의 문제에서 시작한다. 문제는 요즘에 그렇게 누군가를 믿기가 어려워졌다는 것이 문제.

문제는 또 있다. 요즘 우울증을 앓고 있는 사람들이 많다. 우울증은 기본적으로 '자신 속으로 침몰하는 병'이다. 자신의 장점을 보지 않고 단점만 보는 나르시시즘적 질병이다. 그런데 에로스는 타인에게 빠지는 것이니, 우울증과 에로스는 상반된 속성이 있다고 말할 수 있다.

따라서 우울증을 앓고 있는 사람은 누군가를 사랑할 수 없다. 타인에게 빠질 겨를이 없다. 자기 자신만 보고 있으니까. 반대로 에로스에 빠져 있으면, 우울증을 앓을 수가 없다. 타인을 사랑하느라 자기 자신을 들여다볼 시간이 없으니까.

진짜 심각한 문제는 바로 여기서부터 출발한다. 먹고사니즘으로 사랑할 여유가 없기 때문에 우울증에 걸리는 것인데, 성적 쾌락(욕망)은 또 어떻게든 존재한다. 그래서 상대방을 사랑의 대상으로 보지 않고 성적 욕망의 대상으로 수단화시킨다. 에로스 없는 욕망은 쾌락 그 자체를 원하지만, 에로스는 그 연인 자체를 원한다.

당신 스스로 물어보라. 나는 연인 자체를 원하는지, 아니면 쾌락(에로스의 함정)을 원하는지.

최근에 가장 이슈가 되고 있는 'n번방 범죄'에서 우리가 목도할 수 있는 것은 바로, 타자는 나의 성적 흥분을 채워주는 상대에 불과하다는 것이다. 자신의 쾌락을 위해 '지인 능욕'까지 하면서, 미성년자까지 성적 흥분의 대상으로 삼는 것이 바로 현시대의 시대정신이 되어버렸다. 큰일이다.

이러한 시대를 잘 진단한 재독 철학자 한병철은 다음과 같은 말을 했다.

> 포르노는 에로스의 적수다. 포르노는 성애 자체를 파괴한다. (…) 포르노가 음란한 것은 과다한 섹스 때문이 아니다. 오히려 섹스가 없다는 사실이 포르노를 음란하게 만든다. (…) 자본주의는 모든 것을 상품으로 전시하고 구경거리로 만듦으로써 사회의 포르노화 경향을 강화한다. 에로스는 포르노로 비속화된다.*

현재 에로스의 가장 큰 적수는 '포르노'다. 남녀 간의 사랑이, 아름다운 사랑이 포르노로 추락해버리고 있다. 데이트폭력도 이에 일종이다. 사랑은 언제나 끝이 있다. 끝났으면 사람을 떠나보내야 하는데, 폭력을 가한다. 왜냐하면, 그동안 얻었던 쾌락을 잃게 되

---

* 한병철, 김태환 역 『에로스의 종말』, 문학과지성사, 2015, 65~66쪽.

었으니까. 대상을 사랑했던 것이 아니라 사랑에 빠진 상태와 상황에 더 몰두한 것이다. 에로스의 함정에 빠진 것이다.

과연 우리는 사랑을 할 수 있을까. 사랑에 빠질 수 없는 이 시대, 포르노를 강조하는 자본주의에서 우리는 과연 사랑을 할 수 있을까. 더욱이 조금만 발을 헛디디면 에로스의 함정에 빠지고 마니, 우리는 과연 사랑을 할 수 있을까?

이제, 에로스의 종말이 왔다. 사랑하기 어려운 시대에 우리가 살고 있다. 그럼에도 불구하고, 우리가 사랑을 해야 한다면, 사랑은 무엇일까. 무엇이길래 우리가 사랑을 해야 할까. 사랑이 중요하긴 한가. 더 정확히 말하면 사랑이 무엇인지가 아니라, 사랑은 무엇이 되어야 하는지가 문제다.

> 우리는 인간과 우주의 비밀을 결코 '파악'할 수 없지만 그럼에도 사랑의 행위를 통해서 알 수 있다. (…) 만일 내가 참으로 한 사람을 사랑한다면, 나는 모든 사람을 사랑하고 세계를 사랑하고 삶을 사랑하게 된다. 만일 내가 어떤 사람에게 '나는 당신을 사랑한다'고 말할 수 있다면 '나는 당신을 통해 모든 사람을 사랑하고 당신을 통해 세계를 사랑하고 당신을 통해 나 자신도 사랑한다'고 말할 수 있어야 한다.**

우리가 사랑해야 할 이유는 이것으로 충분하지 않은가. 사랑을 통해 세계를 사랑하고 삶을 사랑할 수 있으니까.

** 에리히 프롬, 권오석 역 『사랑의 기술』, 흥신문화사, 2009, 23쪽.

그러나 앞으로 당신과 나눌(?) 사랑에는 기본 전제가 하나 있다. 그것은 바로 사랑이 위대한 것이 아니라, 사랑하는 사람이 위대하다는 것이다. 사랑의 에너지는 정말 강력하다. 그러나 그것을 제대로 활용할 줄 아는 사람이 더 강한 사람이고 위대한 사람이다. 당신도 그런 위대한 사람이 되기를 바랄 뿐이며, 사랑의 속성(이름하여, '사랑의 존재론')을 하나씩 살펴보기로 하자.

사랑의 존재론 1
정념을 숨기면서 동시에 보여주는 것
· · ·

사랑의 존재론 첫 번째, 사랑에 빠질 때 우리가 겪는 상황이다. 바로 '라르바투스 프로데오'! 소설 〈해리포터〉에 나오는 마법 주문이 아니다.

> 내 정념에 신중함의 가면을 씌우는 것, 바로 거기에 진짜 영웅적인 가치가 있다. (…) 그렇지만 정념을 완전히 감춘다는 것은 있을 수 없는 일이다. 내가 당신에게 뭔가 감추는 중이라는 걸 아세요. '라르바투스 프로데오(Larvartus prodeo), 나는 손가락으로 내 가면을 가리키면서 앞으로 나아간다.' 나는 내 정념에 가면을 씌우고 있으나, 또 은밀한 손길로는 이 가면을 가리키고 있다. 모든 정념은 결국에 가서는 그 관객을 가지게 마련이다.*

---

* 롤랑 바르트, 김희영 역 『사랑의 단상』, 동문선, 2004, 72~73쪽.

우리가 누군가를 사랑하게 되면, 우리는 그 사랑하는 마음을 마구 드러내기보다는 어느 정도 숨기려고 한다. 그게 세련된 사랑이다. 그러나 숨긴 마음을 상대방이 완전히 몰라서는 안 된다. 숨기되, 숨기는 것을 들켜야 한다. '내가 지금 당신을 향한 사랑을 이렇게 숨기고 있다는 것을 제발 좀 아세요'. 일반적으로 남자가 이쪽에 둔감한 편이다. 남자는 숨기지 않으려 하고, 여자는 숨기되 숨기는 것을 발견되길 원한다. 참고로 나는 숨기는 것을 좋아하지만, 숨기는 것을 찾는 것도 좋아한다.

왜 사랑하는 마음을 숨기려 할까. 사랑의 정열을 모두 보여주면 되는데 말이다. 이유는 간단하다. 사랑의 정열을 모두 바깥으로 드러내면, 금방 사랑이 식으니까 아끼고 아끼는 것이다. 그리고 그 사랑의 불길에 상대방이 탈 수도 있다. 상대방이 다치지 않도록 배려하는 것이다.

그러므로 당신이 누군가를 사랑할 때는 반드시 사랑을 숨겨야 한다. 물론 꼭꼭 숨기면 짝사랑이 된다. 당신이 품고 있는 사랑의 반만 보여주고, 반은 숨기시길. 그 반이 사랑을 계속 지속시킬 것이다. 그리고 상대방도 그 반을 알고 있기 때문에, 더욱 당신을 사랑하게 될 것이다.

따라서 사랑의 존재론 첫 번째, 사랑은 정념을 숨기면서 동시에 보여주는 것이다.

사랑의 존재론 2
먼저 사랑을 하는 사람이 얻는 것

. . .

사랑의 존재론 두 번째. 사랑의 대상을 어떻게 찾아야 하는지의 문제다. 더 정확히 말하면 방법의 문제가 아니라 태도의 문제다.

> 대부분의 사람들은 사랑의 문제를 '사랑하는', 곧 사랑할 줄 아는 능력의 문제가 아니라 오히려 '사랑받는' 문제로 생각한다. 그들에게 사랑의 문제는 어떻게 하면 사랑받을 수 있는가, 어떻게 하면 사랑스러워지는가 하는 문제이다.[*]

왜 내게 사랑의 대상이 오지 않지? 왜 사랑의 대상은 내 마음을 몰라주지? 왜 사람들은 나를 몰라보지? 하면서 다른 사람들을 탓하지 마시라. 사랑을 하지 못하는 것은 전적으로 당신 탓이다! 매력적인 상대를 찾기 전에 당신이 먼저 매력적인 사람이 돼라. 그리고 기다리지 말고, 당신이 먼저 사랑하길. 사랑받을 생각하지 말고 사랑을 줄 생각부터 해야 한다.

예컨대, 성경에서 어떤 율법 교사가 예수를 떠보려고 누가 나의 '찐' 이웃인지 물었다. 그 유명한 '착한 사마리아인 이야기'다. 예수는 율법 교사에게 다친 나그네에게 누가 '참된' 이웃이냐고 물었

---

[*] 에리히 프롬, 앞의 책, 13쪽.

고, 율법 교사는 다친 나그네를 보살펴 준 사마리안을 답으로 답변했다. 뒤이어 예수는 이상한 말을 했다. "너도 가서 그렇게 하라". 나에게 좋은 이웃이 누구냐고 물었는데, 네가 가서 먼저 좋은 이웃이 되라는 것이다. 질문과 답의 층위가 전혀 다르다. 사랑도 마찬가지. 좋은 사랑의 대상을 찾는 것이 아니라 당신이 먼저 좋은 사랑의 대상이 되어야 한다!

사랑의 존재론 3
새로운 세계와 진리를 구축하는 사건
· · ·

눈물 많은 내가, 눈물이 필요할 때 보는 영화가 하나 있다. 바로 〈이프 온니〉(If Only). 매우 통속적이고 뻔한 내용인데, 이상하게 이 영화만 보면 눈물이 펑펑 쏟아진다. 물론 최근에는 이 영화를 하도 많이 봐서 예전처럼 눈물이 마구마구 나진 않는다. 거짓말 안 하고 여태까지 한 80번 이상은 돌려본 것 같다. 타임 슬립을 주제로 한 이 영화에서 남자 주인공은 자신이 죽을 것을 알면서도 연인을 지키기 위해 자신의 목숨을 바친다. 그 사고 직전에 비 맞으면서 남자가 여자에게 사랑을 고백하는 장면은 진짜 울컥한다. 하루를 사랑해도 제대로 된 인생을 살았다고 말이다. 여기서 기술 들어가겠다. 철학자 알랭 바디우(Alain Badiou)의 말이다.

사랑은 개인인 두 사람의 단순한 만남이나 폐쇄된 관계가 아니라 무언가를 구축해내는 것이고, 더 이상 하나의 관점이 아닌 둘의 관점에서 형성되는 하나의 삶이라 하겠습니다. 그리고 바로 이것에 제가 '둘이 등장하는 무대'라고 일컫는 것이기도 합니다.(…)

　　사랑은 만남에서, 즉 있는 그대로의 세계에서 일어나는 마술적인 외재성의 한순간을 맞이하여 불타버리고, 소진되며, 동시에 소비된다는 말입니다. 또한 바로 여기에서 바로 기적의 범주에 속하는 어떤 것, 즉 존재의 강렬함, 완전히 녹아버린 하나의 만남이 도래합니다. 그렇지만 전반적으로 사랑이 이렇게 전개될 때 우리는 '둘이 등장하는 무대'가 아니라 '하나가 등장하는 무대'와 마주하게 됩니다. 그리고 바로 이것이 서로를 통합해버리는 사랑 개념입니다.[*]

　　뭔가 어려운 말 같지만, '둘이 등장하는 무대'라는 말만 기억하면 된다. 도형을 떠올려 보자. '나'와 '너'가 있다. 둥근 원은 나와 너가 가진 에너지, 마음의 총합이라고 치자. 사랑이 시작되면, 나의 둥근 원 중 반이, 너의 반이 사라진다. 시간이든 돈이든 에너지든 마음이든 간에 말이다. 그러면 우리는 당장에 손해라고 생각한다. 그러나 우리가 사라졌다고, 잃었다고 생각하는 반 원이 다시 나타난다! 나와 너의 반 원이 합쳐지면서 새로운 곳(무대)에 하나의 원이 만들어진다. 바로 이것이 '둘이 등장하는 무대'다. 사랑하는 두 사람은 각각 자기 자신에게서 걸어 나와 상대방에게로 건너가는

[*] 알랭 바디우, 조재룡 역『사랑 예찬』, 길, 2010, 41쪽.

것이다.

우리가 잃었다고 생각하는 시간, 돈, 에너지, 마음은 상대방에 의해 채워진다. 결국 우리는 잃은 것이 없다. 그리고 둘이 등장하는 무대에서 우리는 전혀 다른 존재가 된다. 바로 '하나가 등장하는 무대'. 통합된 너와 나. 바디우는 사랑을 새로운 세계와 진리를 구축하는 사건으로 보았다.

이렇게 새롭게 만들어진 '하나가 등장하는 무대'야말로 우리가 추구해야 할 이상향(진리)이 아닐까. 우리 자신의 동일성(이기적 속성)에서 벗어날 수 있는 유일한 방법이니까 말이다.

> 살다가 살아보다가 더는 못 살 것 같으면
> 아무도 없는 산비탈에 구덩이를 파고 들어가
> 누워 곡기를 끊겠다고 너는 말했지
>
> 나라도 곁에 없으면
> 당장 일어나 산으로 떠날 것처럼
> 두 손에 심장을 꺼내 쥔 사람처럼
> 취해 말했지
> 나는 너무 놀라 번개같이,
> 번개같이 사랑을 발명해야만 했네
>   — 이영광「사랑의 발명」전문(『나무는 간다』, 창비, 2013)

내가 정말 좋아하는 시다. 인용시에서, 사랑은 발명하는 것이다. 없던 사랑을 말이다. 상대방을 구원하기 위해서다. 그리고 그때부터 우리의 삶과 세계는 완전히 달라진다. 기존의 삶과 세계와는 비교 따위는 할 수 없을 만큼. 만약 사랑을 시작했는데, 삶과 일상이 전혀 바뀌지 않았다면, 정말 문제 있는 것이다. 사랑에 빠지면, 하다못해 지나가는 비둘기가 내게 말을 건다. 길가의 잡초도 예뻐 보인다.

따라서 사랑은 새로운 세계와 진리를 구축하는 사건이다. 여기서 진리를 구축한다는 것은, 사랑하는 사람을 위해 삶 전체가 변화된다는 말이다. 사랑이 내 삶의 중심, 진리가 되는 것이다. 물론 에로스의 함정에는 빠지지 않아야겠다.

사랑의 존재론 4
사랑은 유지하고 재-발명하는 것
· · ·

나는 결혼하기 며칠 전에 '결혼선언문'이라는 것을 썼다. 결혼은 내게 어떤 의미인지, 내가 왜 이 여자와 결혼해야 하는지, 앞으로 결혼생활을 어떻게 할 것인지 나름의 출사표 같은 것이다. 한 열흘 걸려 쓴 것으로 기억한다. A4용지 10장 분량이다. 문서에 비밀번호도 걸어놨다. 누군가가 봐서는 절대 안 될 내용이다. 근데 이번에 사랑의 존재론을 준비하다가, 결혼선언문을 다시 보게 되었다. 종종 볼 때가 있다. 특히 부부 싸움했을 때! 거기서 내가 키에르케고어라는 철학자의 글을 인용한 것을 보게 되었다.

> 그러므로 삶이 제아무리 많은 고통스러운 혼란을 간직하고 있다고 하더라도, 나는 다음의 두 가지 과제를 위하여 싸운다. 즉, 하나는, 결혼이란 첫사랑의 성화(聖火)이지 파괴는 아니고, 성화의 편일망정 적은 아니라는 사실을 밝혀주려는 엄청난 과제고, 다른 하나는 나의 보잘것없는 결혼이 이 과제를 완수할 수 있게끔 항상 나에게 힘과 용기를 주는 그런 뜻깊은 것이었다는 사실을 밝혀주는 과제가 바로 그것이다.[*]

이에 따르면, 사랑을 불러일으키는 것은 결혼이 아니다. 결혼은 (첫)사랑을 전제로 하는 것이다. 따라서 결혼은 사랑을 과거의 것으로 전제하는 것이 아니라, 항상 현재의 것으로 전제하는 것이다. 첫사랑을 계속 유지하고 재-발명해가야 한다는 것이다. 결혼은 하는 것이 아니라, 해나가는 것이다!

다시 말해, 사랑의 완성 또는 결실이 결혼이 아니라, 앞으로 계속 사랑을 해나가는 것이 결혼인 것이다. 아내의 사랑스러운 모습을 계속 발명해내야 한다. 결혼을 하든 안 하든, 갔다 오든 그것은 당신이 선택할 문제. 그러나 사랑은 쉬지 않고 계속 만들어가는 일임을 알아야 한다.

---

[*] 쇠얀 키에르케고어, 임춘갑 역 『이것이냐 저것이냐 2』, 다산글방, 2008, 60~61쪽.

　　죽음이 있는 한, 사랑은 영원할 수 없다. 그러나 그렇기 때문에 너무 아름다운 것이다. 따라서 사랑은 첫사랑을 유지하고 재발명해야 한다. 시간이 지날수록 사랑이 식는 것은 어쩔 수 없다. 그러나 식지 않도록 노력해야 한다. 그러기 위해선 계속 처음 사랑했을 때의 감정을 되찾으려 노력해야 하고, 사랑을 재발명해내야 한다.

　　사랑의 존재론 5
　　미지(무한)를 향하는 것

　　• • •

앞서 언급한 들뢰즈의 '사랑의 기호'를 좀 더 살펴보겠다.

　우리는 애인 속에 있는 미지의 세계들에 도달하지 않고서는 애인이 내뿜는 기호들을 해석해낼 수 없다. 그런데 이 미지의 세계들은 우리와는 상관없이 다른 사람들과 함께 생겨난 세계이다. (…) 애인의 몸짓은 그것이 우리를 향한 것이고 우리에게 바쳐진 것일 때조차 여전히 우리가 배제되어 있는 미지의 세계를 표현하고 있다. 애인은 우리에게 당신만을 사랑한다는 기호들을 보내준다. 그러나 동시에 이 기호들은 우리가 누리고 있는 독점적인 애인의 사랑 각각은 가능세계의 이미지를 그려낸다. (…) 사랑의 기호들이 표현하는 감추어진 것이란 미지의 세계들, 행위들, 사유의 원천이다. 사랑의 기호들은 기호 해독하는 데 점점 더 깊이 파고들면서 생기는 고통을 불러일으킨다.*

　사랑의 기호, 즉 사랑의 대상이 뿜어내고 있는 기운, 에너지, 표정은 우리가 전혀 해석할 수 없다. 미지의 영역이다. 예컨대, 당신이 누군가를 짝사랑한다고 치자. 짝사랑의 대상이 하는 말, 몸짓, 표정, 모든 것을 해석하고 생각하지만, 문제는 그것이 과연 맞느냐다. 나만의 착각일 가능성이 높다. 더욱이 그 사람의 그런 기호들은 나한테만 발산하는 것이 아니라 모든 사람에게 발산하고 있다. 미쳐버리는 지점이 바로 이곳이다. 대상의 웃음은 나에게만 유효

* 질 들뢰즈, 서동욱, 이충민 역『프루스트와 기호들』, 민음사, 1997, 30~31쪽.

한 것이 아니라 다른 사람에게도 유효하다!

그러니까, 사랑의 대상을 바라보는 나는 대상을 해석하면서 고통에 몸부림친다. 대상의 모든 것을 내게만 개별화시키려 하지만, 대상은 모든 사람에게 열려 있다. 다른 사람도 대상을 좋아할 수 있다. 대상의 행동과 말은 수많은 해석을 만든다. 말 그대로 모든 것을 이룰 수 있는 '가능세계'다. 사랑이 그렇다. 상대방은 늘 미지의 세계다. 한 이불을 덮고 평생을 살아도 옆 사람이 누군지 모른다는 말이 있다. 평생을 함께한 부부도 서로를 잘 알지 못한다. 사랑의 대상은 늘 미지의 영역이다.

이렇게 미지와 무한을 향하는 것이 어떤 의미일까. 그것은 영원성의 문제. 즉 한순간에 사라지는 것을 향하지 않고 영원한 것을 바라보겠다는 뜻이기도 하다. 아름답지 않은가.

필멸자인 우리의 인생은 유한하지만, 무한을 향해야 한다. 누군가를 사랑한다는 것은 무한을 향하는 일이다. 물론, 그 일은 무의미할 수도 있고, 끝내 헛된 일일 수도 있다. 그러나 그것을 향하는 일은 누가 뭐래도 우리에게는 소중한 일이 될 것이다.

애무의 글쓰기

· · ·

나는 '이해한다'는 말을 폭력이라고 생각한다. 잘 알지도 못하면서 아는 척하는 것. 이해한다는 말은 내가 당신의 마음과 상황을 잘 알고 있다는 말인데, 그건 상대방을 내 논리로 환원시키는 것(동일화)에 불과하다. 잘 알지도 못하면서 내 마음대로 해석하는 것이다. 따라서 타인은 내가 절대 알 수 없는 미지와 무한의 영역이다. 앞서 언급한 사랑의 속성처럼 말이다.

우리가 누군가를 사랑하게 되면 그 사람을 만지고 싶다. 처음에는 손만 잡아도 전기가 통하는 것처럼 찌르르하고, 첫 키스를 하고, 잠자리를 함께하게 된다. 왜 사랑하는 사람을 만지고 싶을까.

성적 욕망 때문이기도 하지만, 그 무의식에는 손에 잡히지 않는 당신을 어떻게든 쥐어보고자 하는 무상함이 내재되어 있다. 사랑의 대상은 미지이고 무한하니까. 절대로 알 수 없고, 가질 수 없다. 그러나 갖고 싶다. 당신의 모든 것을 갖고 싶다. 당신의 과거까지. 그래서 당신을 만지고 당신을 쥐어보는 것이다.

연인이 나의 것, 지금 나와 사랑을 하고 있다는 것을 알기 위해서는 만져야 한다. 사랑한다고 말하고 선물을 주고받는 것으로만 사랑을 확인할 수 없다. 보는 것과 듣는 것 외에도 만지는 것이 절대적으로 필요하다. 미지의 당신을 내가 사랑하고 있고, 당신이 나를 사랑하고 있다는 것을 나의 살로, 직접적인 감각으로 느껴야 한다!

따라서 '애무'는 '타자를 육화시키려는 일'이다. 물론 터치가 끝나면 상대방은 다시 또 미지와 무한의 영역으로 떠나겠지만, 지금 만지고 있는 순간만큼은 내가 사랑하는 당신이다! 내 것이다!

사랑을 이렇게 정리할 수 있겠다. 먼저 타인을 소유한다는 것은 불가능하다. 결혼해도 마찬가지. 타인은 미지와 무한이다. 그러므로 완전한 사랑도 불가능하다. 타인을 끝내 알 수 없으니까. 계속 노력은 할 수 있겠다. 그러나 죽음이 있기 때문에 영원한 사랑도 불가능하다. 따라서 사랑은 '불가능성의 반복'이라고 말할 수 있다. 불가능한 것을 알면서도 계속하는 것이다.

그러니까, 우리가 사랑하는 사람과 사랑을 나눈다는 것은, 단순히 쾌락을 위해서 하는 '짓'이 아니다. 상대방에게 벌거벗은, 솔직한 내 모든 것을 보여주는 일이면서 상대방에게 온전히 자신을 맡기는 일이다. 여기서 애무가 중요하다. 상대방을 알기 위해, 갖기 위해 노력하는 일이니까. 물론 실패로 끝나겠지만, 충분히 당신을 사랑스런 손길로 어루만져 주어야 한다. 내가 지금 당신과 만나고 있다는 것, 당신에게만 집중하고 있다는 것을 알게 해야 한다.

자 여기서, 마지막 기술 들어가겠다.

사랑하는 일, 상대방을 가지려 애무하는 일은, 결국 글쓰기와 같다! 글쓰기 역시 대상을 만지는 일이다. 이제부터 글쓰기를 '애무의 글쓰기'라고 부르겠다. 조금 야한 말이지만, 기억해두시길.

특히 애무의 글쓰기는 앞서 언급한 〈글쓰기의 존재론〉에서 이름 붙이는 일과 은유와 관계되어 있다. 무언가를 글로 말한다는 것은 그 대상을 바라보는 은유의 시선과 함께 그 대상을 이름 짓는 일, 의미화하는 일이다. 어떤 일을 쓰든 어떤 감정을 쓰든 어떤 사람을 쓰든 간에, 글쓰기는 그것이 무엇인지 어떤 의미인지 고민하는 일이면서 동시에 그것을 만지는 일이다. 마치 사랑하는 연인의 살을 만지는 것처럼. 글쓰기 대상을 만지는 것이다. 그러나 연인과 똑같이 결국, 가질 수는 없다. 불가능성의 반복이다.

우리 이제 뭐 할까 한 번 더 할까

그래 그러자

너는 아랫목에 놓인 홍시 같아

너는 윗목에 놓인 요강 같아

너는 빨개지고

너는 차오르고

우리는 이제 무엇이 될까

그사이 마당은 희어지고

너를 버릴 때도 이렇게 뜨거우면

너가 그대로 다른 땅에 스미면

아직은 깊은 밤에 혼자 나와

너를 안고 둥글게 울었다

— 유진목 「동지」 전문 (『연애의 책』, 삼인, 2016)

내가 정말 좋아하는 시다. 사랑은 영원하지 않다. 그러나 지금 이 순간, 그 누구보다 뜨겁게 당신을 안고 있다. 당신을 버릴 때도 이렇게 뜨거우면 어쩌지 하면서, 시인은 당신을 곁에 두고 혼자 몸을 둥글게 말아 운다. 당신이라는, 결국 떠날 당신을, 붙잡을 수 없는 당신을 혼자 마음으로 안고 울고 있다. 지금 뜨겁게 사랑하고 있는데도 말이다.

시는, 글쓰기는 이렇다. 그렇게 그때의 감정을, 당신을 글로 활자로 잡아두는 일이다. 기어이 당신이 내 곁을 떠나도, 글은 남는다. 그때의 뜨거웠던 당신은 여전히 글에 남아 있다!

글쓰기는 대상을 움켜쥐는 일이다. 사랑하는 사람을 살로 느끼고 싶은 것처럼, 글쓰기 또한 대상을 쥐어보고자 하는 일이다. 활자로 대상을 쥐어보려는 일, 그것이 바로 애무의 글쓰기다. 내가 글을 쓰는 이유가 바로 여기에 있다. 나는 이 세상의 모든 것을 만지고 싶고 사랑하고 싶다. 모두 갖고 싶다. 그러나 불가능하다는 것도 잘 안다. 그래도 한평생 시도해볼 만한 일 아닌가.

왜 글쓰기 책에서 뜬금없이 사랑을 마지막 챕터로 남겨두었는지, 이제 당신도 눈치챘을 것이다.

사랑은 사랑하는 사람을 선택하는 동시에 자신의 스타일과 관점을 선택하는 것이다. 사랑을 겪을 때 우리는 자기 자신이 누구인지 잘 보여주게 된다. 당신이 어떤 사람인지, 사랑을 겪으면 아주 잘 알게 될 것이며, 상대방이 누구인지 역시 잘 알게 될 것이다. 사랑이 당신의 삶을 좌지우지할 것이다. 사랑이 당신의 삶을 뒤흔들 수도 있고 완전히 바꿔놓을 수도 있다. 이왕 한 번 사는 것, 누군가를 미친 듯이 사랑하다 죽는 것도 나쁘진 않은 것 같다.

　글쓰기도 사랑과 같다. 글은 당신이 누구인지 잘 보여주며, 당신은 글을 쓰면서 당신 자신이 누구인지 잘 알게 될 것이다. 글이 당신의 삶을 뒤흔들 수도 있고 완전히 바꿔놓을 수도 있다. 당신이 누군가를 사랑해서 애무하는 것처럼, 글쓰기 역시 누군가를, 무엇인가를 애무하는 일이다. 끝내 불가능하더라도, 끝내 성공하지 못하더라도 끝내 가닿지 못하더라도. 끝까지 파 내려가 보자. 무언가가 없어도 상관없다. 결국 얻는 것은 결과물이 아니라 성장과 배움이라는 과정이니까.

　당신이 손을 뻗었으면 좋겠다. 누군가를 구원할지도 모른다.

　물론, 글쓰기 역시 당신을 구원할지도 모른다.

글쓰기
파내려가
기

초 판 1쇄 발행일 | 2020년 08월 31일
개정판 1쇄 발행일 | 2021년 03월 02일

지은이 | 김남규
펴낸이 | 노정자
펴낸곳 | 도서출판 고요아침
편 집 | 김남규

출판 등록 2002년 8월 1일 제 1-3094호
03678 서울시 서대문구 증가로 29길 12-27 102호
전화 | 302-3194~5
팩스 | 302-3198
E-mail | goyoachim@hanmail.net
홈페이지 | www.goyoachim.com

ISBN 979-11-90487-45-0(03800)